十字星
십자성
전왕의 검

십자성-전왕의 검 8

허담 新무협 판타지 소설

초판 1쇄 찍은 날 § 2016년 5월 19일
초판 1쇄 펴낸 날 § 2016년 5월 26일

지은이 § 허담
펴낸이 § 서경석

편집책임 § 조현우
디자인 § 신현아

펴낸곳 § 도서출판 청어람
등록번호 § 제387-1999-000006호
등록일자 § 1999. 5. 31
어람번호 § 제2-2660호

주소 § 경기도 부천시 원미구 부일로 483번길 40 서경B/D 3F (우) 14640
전화 § 032-656-4452 팩스 § 032-656-4453
http://www.chungeoram.com
E-mail § chungeorambook@daum.net

ISBN 979-11-04-90815-6 04810
ISBN 979-11-04-90503-2 (세트)

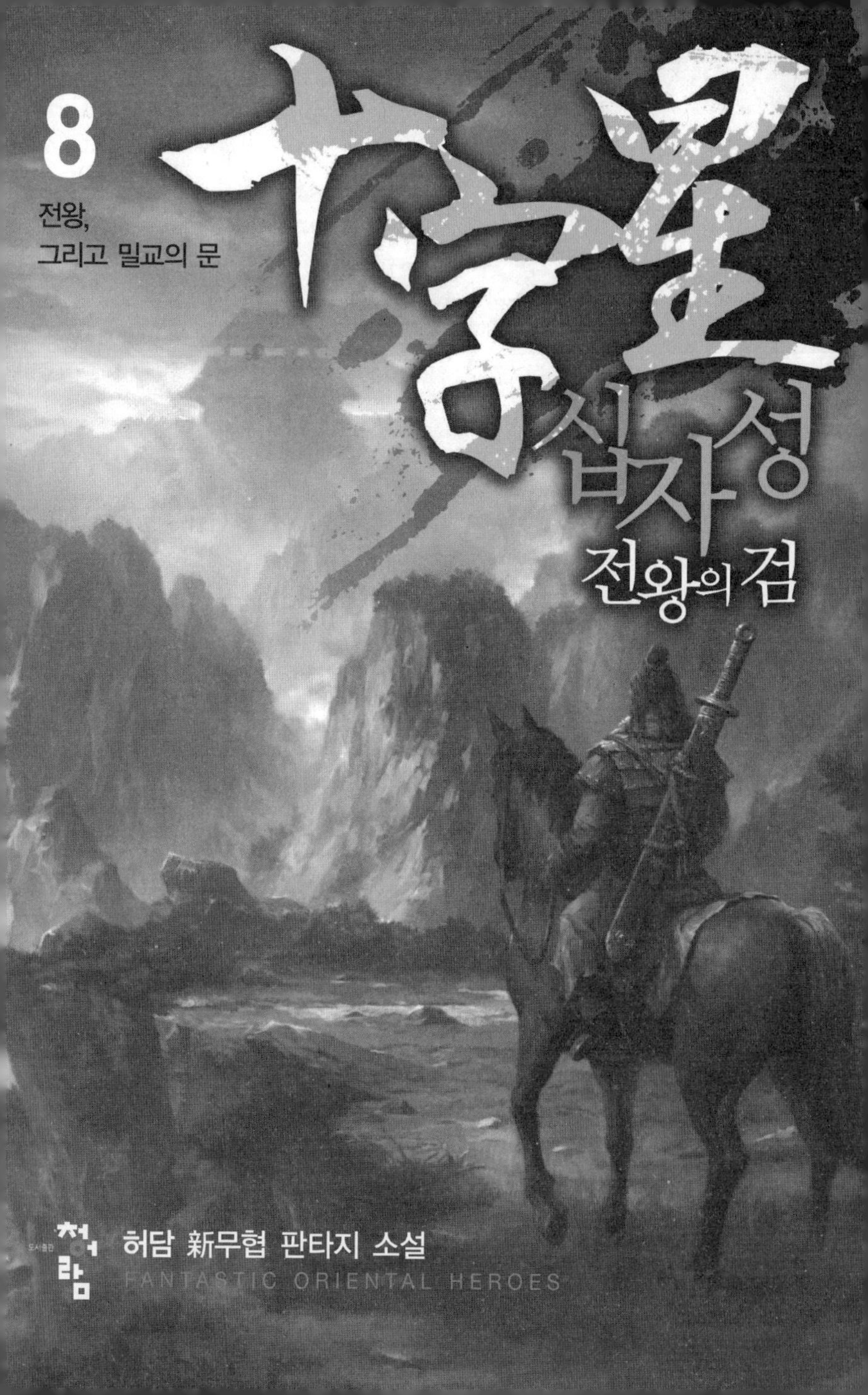
8
전왕,
그리고 밀교의 문
十字星
십자성
전왕의 검
도서출판 청어람
허담 新무협 판타지 소설
FANTASTIC ORIENTAL HEROES

十字星
십자성
전왕의 검

제1장
알 수 없는 자

하루가 지난 후 허소월은 자리를 털고 일어났다.

그리고 적풍의 배웅을 받으며 신곡을 벗어나 다시 하루를 걸어 황하변에 닿았다.

그곳에서 허소월이 적풍에게 작별을 고했다.

"이 일은 사부에게 설명하기 쉽지 않을 것 같습니다."

허소월이 눈살을 찌푸리며 말했다.

"알고 있다."

"아마… 사부께서 하산하실 수도 있습니다."

"그 또한 알고 있다."

적풍이 무겁게 고개를 끄떡였다.

"저와 함께 월하선봉으로 가시는 건 어떤가요? 가서 이 일의 전말을 설명하면 사부께서도 이해하실 겁니다."

"싫다."

너무도 단호한 거절에 허소월이 조금 놀란 표정을 지었다.

야문의 스승이란 자가 신곡 비동에서 염화마군이 소주로 받드는 우다문이란 자를 데리고 사라진 것은 사실 적풍의 의도와는 전혀 상관없는 일이었다.

오히려 적풍은 우다문을 허소월에게 내주기로 결정했다.

허소월은 적풍이 간계를 꾸며 우다문을 빼돌릴 사람이 아니라는 것을 누구보다 잘 알고 있었다. 그가 아는 적풍은 차라리 검을 들어 사부 의천노공과 싸울지언정 자신을 상대로 간계를 꾸밀 사람이 아니었다.

그러니 우다문이 사라진 일은 그 야문의 스승이란 자가 독단적으로 실행한 일이 분명했다.

이런 사정을 적풍이 직접 월하선봉에 가서 우서한에게 설명하면 사부도 이해할 수 있지 않을까 생각한 허소월이었다.

지금으로선 그것이 두 사람이 충돌하지 않을 수 있는 가장 분명한 방법이었다.

그런데 그 제안을 적풍은 일언지하에 거절했다. 찰나의 망설임도 없었다.

허소월은 적풍의 단호한 거절에 당황을 넘어 서운하기까지 했다.

"왜요?"

허소월이 조금은 신경질적으로 물었다. 그런 허소월에게 적풍이 토라진 동생 달래듯 찬찬히 자신의 생각을 설명했다.

"아마도… 널 보내 날 데려오거나 혹은 우다문이란 자를 내어놓도록 한 것은 의천노공이 널 위해 선택한 최선의 방법일 것이다."

"그게 무슨 말입니까? 날 위해 선택한 방법이라뇨?"

"네가 나를 상대로 싸우는 것이 얼마나 괴로운 일인지 알고 있다는 거지. 그 역시 전마(戰魔)와 그랬으니까. 그래서 그는 우리에게 한 번의 기회를 준 거다. 하지만 그의 내심은 그렇지 않을 거야. 그는 철저하게 나를 통제하고 굴복시키길 원할 거다. 날 뇌옥에 가두던 그때의 결정처럼! 그러니 우다문이 사라진 일은 그에게 좋은 핑계가 되겠지. 날 잡아둘 수 있는……."

"…사부님을 믿지 못하시는군요."

허소월이 우울한 표정으로 말했다.

"그를 어찌 믿겠느냐? 전마를 죽였는데."

"하지만 그건……."

허소월이 무슨 말인가를 하려다 말고 입을 닫았다. 어쩌면 그가 알고 있는 것이 적풍이 우다문에게서 알아내려 한 사실들일 것이다. 그리고 월문이 지켜야 할 그 무엇…….

"늘 이런 생각을 하고 있었다."

"어떻게 하시려고요?"

허소월이 걱정스러운 표정으로 물었다.

"그와 일검을 겨루는 생각!"

"형님!"

허소월이 화가 난 표정으로 소리쳤다.

"난 말이다, 너도 알다시피 전마의 아들이다. 그 피에 대해 누구보다 잘 알고 있겠지? 내가 모르는 것도 말이다. 그럼 이 사실을 알 것이다. 이 피는… 도검산림(刀劍山林)의 광풍 속에서 무한한 자유를 느낀다는 것을."

"형님, 정말 어쩌시려고……?"

허소월이 두려운 표정으로 적풍을 보며 물었다.

"그와 싸우겠다."

"형님!"

허소월이 화를 참지 못하고 외쳤다. 적풍이 우서한에게 대항하겠다는 사실 때문이 아니었다.

적풍을 걱정하기 때문에 화가 난 허소월이었다.

아무리 적풍이 전마 적황의 후예라 해도 절대 의천노공 우서한을 상대할 수 없다는 것이 허소월의 생각이었다.

"만약 그리되어도 이 싸움에 네가 앞서지는 말거라. 너와는 정말 싸우고 싶지 않아."

적풍이 우울한 표정으로 당부하듯 말했다.

"사부께서 하산하시면 형님은… 사부를 당해낼 수 없어요."

"글쎄… 그건 싸워봐야 아는 거지."

"지금이야 천하의 문파들의 강호의 판세에 따라 천무맹으로 모여들고 있다고 해도 사부께서 천무맹을 강호공적으로 규정하면 천무맹의 고수들은 모래성처럼 흩어져 버릴 거예요."

"그럴지도 모르지."

적풍이 고개를 끄떡였다.

"그럼 뭘 가지고 싸우실 거예요?"

"나에게도 몇 가지 생각은 있다. 사실 천무맹은 나에게도 그리 중요치 않아. 내게 중요한 것은 십자성이지. 더불어 날 강호의 공적으로 만드는 것도 수월치는 않을 것이다. 알고 있는지 모르겠지만 난 십자성주라는 신분 말고 또 다른 신분을 가지고 있다."

"초립천무객이요?"

허소월이 되물었다.

"역시 알고 있구나."

"짐작은 이미 하고 있었어요. 염화마군과 모악이란 자가 와서 그간의 일을 말할 때 확인했고요."

"월문의 눈이 무척 촘촘하다는 것은 나도 알고 있다."

적풍이 덤덤하게 말했다.

"초립천무객의 신분으로 십자성이 강호공적이 되는 것을 막을 수 있을 것 같나요?"

"어쨌든 사람들의 마음속에 한 가닥 의구심은 던져줄 수 있겠지. 그러면 아마도 전면에 나서지 않고 뒤로 물러나 사태를 주시하려는 자가 많아질 거다. 혈왕 같은 자들 말이다. 그럼 나와 십자성에도 기회가 있겠지. 전면에 나설 자들이야 겨우 북두회 정도일까?"

"하아, 그렇다 한들 사부님을 당해내실 수는 없어요."

허소월이 단호하게 말했다.

"넌 똑똑한 녀석이 옛일을 너무 쉽게 잊는구나."

"무슨 말씀이세요?"

"과거 전마가 전마별호에서 검은 사자들을 추격한 절정고수들을 단신으로 물리친 일을 잊었느냐?"

적풍이 안광을 번뜩이며 물었다.

"설마 형님이 당시의 전마와 같은 경지에 있다는 건가요?"

"알 수 없는 일이지."

적풍은 굳이 부인하지 않았다.

얼굴도 보지 못한 아버지다. 능가할 수도, 부족할 수도 있겠지만 굳이 스스로 전마에게 미치지 못한다고 말하고 싶지는 않았다.

"그는 보통의 사람과는 차원이 다른 존재였어요."

허소월이 정색을 하며 말했다.

"그러게 말이다. 그리고 난 그의 아들이지."

적풍이 대답했다.

"하아, 정말 그러실 생각이군요."

허소월이 나직하게 탄식했다.

그러자 적풍이 계속 말을 이었다.

"가서 네 사부께 전해라. 내 일에 관여치 않는다면 세상은 평온할 거라고. 물론 월문의 업이란 것에도 관여치 않을 것이고, 신혈족의 발호도 없을 것이다. 그건 내가 약속한다고 전해라. 만약 그럼에도 그가 월하선봉을 내려온다면… 그것도 좋지. 그 스스로 나에게 약점을 보이는 것이니까."

"약점이라뇨? 사부께서 하산하시는 것이 왜 약점을 드러내시는 건가요?"

"월문의 업(業)이 아니라 강호의 정세에 관여하겠다는 것은 곧 그 역시 한 명의 야심가일 뿐이란 의미 아니겠느냐? 인간이 인간을 두려워할 이유가 뭐가 있겠느냐? 의천노공이란 이름은 월하선봉에 머물 때 가장 두려운 이름이다. 인간 이상의 존재로 여겨지기 때문이지."

적풍의 태도에서 허소월은 적풍이 더 이상 자신의 사부인 의천노공 우서한을 두려워하지 않는다는 것을 깨달았다.

아니, 두려워하지 않는 것은 아닐 것이다. 어떻게 천하의 의천노공을 두려워하지 않겠는가. 단지 적풍에게 이제 우서한에 대한 절대적인 두려움을 이겨내고 자신의 사부와 싸울 용기가 생겼음을 알아챘다.

"사부께서 직접 형님을 찾아오실 수도 있어요."

"그래? 그거야말로 내가 바라는 바다. 나도 내 운명으로 인해 날 따르는 수많은 사람이 피 흘리는 것을 바라지는 않으니까."

"후우, 형님은 정말 어쩔 수 없군요."

"뭐가?"

"너무 과단하단 거죠. 뭐 좋게 말하면 시원시원한 거고, 나쁘게 말하면 무모한 거예요."

"그래서 싫다는 거냐?"

"아뇨, 그런 형님이 좋았어요. 미치지 못함에도 사부님을 찾아와 겨루던 그 모습이요. 그래도 걱정은 걱정이죠."

"모든 일은 결국… 운명대로 흘러갈 거다. 운명 앞에서 인간은 나약하지. 그러나 굴복하고 싶지는 않아. 설혹 끝이 죽음이라도 말이야. 그래서 인간은 강해. 죽음을 각오하면 운명도 두렵지 않거든."

"알았어요. 일단 가서 사부님을 설득해 볼게요. 힘들겠지만… 이만 갈게요."

허소월이 적풍이 준비해 둔 작은 배에 훌쩍 날아올랐다. 그러자 기다리고 있던 선부(船夫)가 배를 몰기 시작했다.

"넌 오지 말거라!"

적풍이 멀어지는 허소월을 향해 말했다.

"아마도 그럴 거예요!"

"그래, 이 일은 그에게 맡겨라!"

적풍이 다짐하듯 말했다.

그런데 그 순간 갑자기 허소월이 품속에서 작은 철궁을 꺼내 들었다. 그 길이가 겨우 사람 팔꿈치에도 이르지 못할 정도로 작은 철궁이었는데 신기하게도 철궁에서 은빛이 흘러나왔다.

"선물 하나 드리고 갈게요!"

십여 장 거리로 멀어진 허소월이 소리쳤다.

"선물?"

적풍이 의아한 표정을 지었다. 선물이라면 배에 오르기 전에

줬어야 한다.

적풍의 의구심을 뒤로하고 허소월이 철궁에 어울릴 만큼 작은 나무 화살을 꺼내 시위에 걸었다.

그러고는 망설이지 않고 화살을 들어 적풍을 겨눴다.

"소월! 뭘 하는 것이냐?"

적풍이 황급히 소리치며 얼른 사자검을 빼 들었다. 허소월은 아무런 대답 없이 그대로 당긴 시위를 놓았다.

고오오!

시위를 떠난 화살에서 기이한 소음이 일어났다. 보통의 화살과는 확연히 다른 모습이다.

날아오는 속도보다 화살 자체가 회전하는 속도가 훨씬 빨라서 만들어지는 소리인 듯 보였다.

그 맹렬한 회전이 공기의 소용돌이를 만들고, 그 소용돌이가 순식간에 커졌다.

순간 적풍은 자신의 몸이 나무 화살이 만든 소용돌이 속으로 빨려들어 가는 듯한 느낌을 받았다.

그래서 그 기운으로부터 벗어나려는 순간 수많은 올가미가 그를 휘어감은 듯 공기의 소용돌이가 그를 옭죄었다.

"웃!"

적풍이 당황스러운 음성을 흘렸다.

그사이 나무 화살은 어느새 그의 전면에 이르러 있었다. 몸을 움직여 화살을 피해낼 여유는 이미 사라졌다.

적풍은 본능적으로 사자검을 들어 나무 화살을 막았다. 그러나 사자검조차 나무 화살이 만들어내는 소용돌이에 휘말려 제대로 움직이지 않았다.

나무 화살이 어느새 사자검을 스치듯 지나쳐 적풍의 왼쪽 눈앞에 이르렀다.

지잉!

나무 화살이 사자검에 스치는 소리가 요기롭게 흘러나왔다. 적풍은 재빨리 손안에 든 사자검을 회전시켰다. 그러자 화살의 끝이 틀리면서 촉의 방향이 바뀌었다.

팟!

나무 화살이 적풍의 머리카락 몇 올을 자르며 지나갔다.

고오오!

적풍의 등 뒤로 날아간 화살은 여전히 그 괴이로운 파공음을 만들어냈다.

그러고는 마치 살아 있는 생물처럼 허공에서 크게 회전하더니 적풍의 머리 위를 지나쳐 배 위에 있는 허소월의 손으로 들어갔다.

적풍이 사자검을 늘어뜨리며 허소월을 바라봤다. 그러자 허소월이 웃으며 물었다.

"어때요, 제 선물이?"

"좋구나! 그게 파마시냐?"

"그래요! 사부는 이런 놈을 네 개나 더 가지고 있지요! 감당할 수 있으시겠어요?"

"상대할 준비를 하라고 미리 보여준 것이라면 넌 큰 실수를 했구나! 난 이제 네 사부의 파마시에게는 당하지 않을 것 같은데?"

"이 철궁은 전륜밀궁이라고 해요! 이 전륜밀궁만이 오직 파마시를 통제할 수 있죠! 사부는 이 철궁을 백 년이 넘게 사용했어요! 전 이제 겨우 십 년! 비교할 수 없는 일이죠! 그러니 조심하세요! 제 생각에는 사부의 손에 전륜밀궁이 들리면 몸을 피하시는 게 좋을 거예요!"

"내가 알아서 하마!"

적풍이 대답했다.

"아이구, 저 고집! 아무튼 다시 봐요!"

허소월이 조금 화가 난 듯 소리치고는 배 앞쪽으로 가 등을 돌리고 쪼그려 앉았다.

"그래, 다시 보자! 이 싸움이 끝난 후!"

적풍이 허소월의 등을 보며 소리쳤다. 그래도 허소월은 뒤를 돌아보지 않았다. 그저 손을 한 번 들어 보이는 것으로 대답을 끝냈다.

배가 본격적으로 흐름을 타기 시작했다. 배는 순식간에 한 점으로 변해 황하의 저 건너로 사라졌다.

"고맙구나. 날 위해 월문의 비기를 보여주다니. 그래서 나도 네게 약속하마. 절대 내 손으로 그를 죽이지는 않겠다."

적풍이 나직하게 중얼거렸다.

뜨거운 열기가 가득한 동굴. 동굴 옆으로 흐르는 지하수는 연신 쿨럭거리며 커다란 기포를 만들어냈다.

온천수로 쓰기에는 지나치게 뜨거운 지하수가 밖으로 흘러나가는 물길 옆에 급하게 만든 나무 탁자가 놓여 있고 그 위에 하나의 관이 놓여 있다.

관 속에 든 자는 어떤 여인이라도 한 번 보면 마음을 빼앗길 것 같은 백옥처럼 흰 피부를 지닌 미청년이었다.

"스승님, 아무래도 이건……."

관을 탁자 위에 올려놓고 관 속의 인물을 내려다보고 있던 삼 인 중 젊은 여인이 말했다.

야문 십이흑선 중 십일선 이령이다.

"이미 벌어진 일이다."

조금 지쳐 보이는 야문의 스승 고력이 냉정하게 대답했다.

"그를 배신하고 야문이 무사할 수 있을까요?"

이령이 걱정스러운 표정으로 물었다.

"배신? 누가 배신을 했다는 것이냐?"

고력이 화가 난 표정으로 물었다.

"이자는 십자성주가 무척 중요하게 생각하던 자입니다. 그런 자를 빼돌렸다는 것은……."

"이건 주군을 위한 일이다."

고력이 단호하게 말했다.

"그게 무슨 말씀이십니까? 이 일이 성주를 위한 일이라니요?"

곁에서 두 사람의 언쟁을 지켜보고 있던 십이선 고월송이 물었다.

그는 성씨대로 천기자의 유훈을 이은 고씨의 혈통이기에 이령과 달리 함부로 고력의 행동에 반대할 수 없는 처지였다.

"그대로 두었다가는 결국 그자에게 빼앗겼을 거야."

"그자라면 비마대주가 데려온 자 말입니까?"

"그래."

"대체 그가 누구기에……?"

"그가 누군지는 나도 모른다. 그러나 누가 보낸 자인지는 알지. 비마대주가 외인을 비곡에 들일 때 내 반대를 피하기 위해 한 말이 있다. 그는 월하선봉에서 온 자라고. 월하선봉에서 온 자라면 의천노공의 사람이 아니냐?"

"그런… 일이 있었나요?"

이령이 모르던 사실을 알게 되자 표정이 어두워지며 물었다. 그러자 고력이 눈을 가늘게 뜨고 손을 우다문이 들어 있는 관에 올리며 말했다.

"의천노공이 왜 사람을 보냈겠느냐? 천하를 향한 천무맹의 행동을 제약하려는 것이 첫 번째 목적일 테고, 이자를 데려가려는 것이 두 번째 목적이었을 것이다."

"왜 그가 이자를 데려가려 한다고 생각하세요?"

이령이 물었다. 애초에 의천노공 우서한이 우다문이란 자가 신곡에 있다는 것을 알고 있는지도 불확실한 일이었다.

"풍신에게 들었다."

"그가 어떻게 그 사실을……?"

"내가 부탁을 했지. 주군께 어떤 위해를 가할지 모르는 자이니 멀리서라도 두 사람의 이야기를 들으라고 말이야. 너희도 알다시피 풍신 이위령은 십 리 밖의 이야기도 정신을 집중하면 들을 수 있는 귀를 가지고 있지 않더냐."

"아, 스승께선 너무 위험한 행동을 하셨군요. 이 일을 십자성주가 안다면……."

"이위령이 스스로 자신의 무덤을 파겠느냐? 감히 이 일을 발설치는 못할 거다. 아무튼 의천노공은 분명 이자를 원했다. 그건 곧 그에게도 이자가 무척 중요한 사람이란 거지. 그렇다면 왜 죽어가는 자가 중요하겠느냐? 그것도 지왕종문의 사람이. 이유가 뭐라 생각하느냐?"

고력이 이령과 고월송을 돌아보며 물었다. 고력의 질문에 이령이 망설이지 않고 대답했다.

"둘 중 하나죠. 이자의 입을 막으려는 것이거나, 혹은 이자에게 들을 말이 있든지……."

"역시 령이 너답구나. 나도 그렇게 생각한다. 난 전자에 가깝다고 생각한다. 왜냐하면 염화마군과 모악이란 자가 그를 찾아갔다고 했거든. 그렇다면 이들은 월문에 대해 무척 많을 것을 알고 있는 것이 분명하다. 그리고 그것이 월문의 약점이 될 수도 있지. 그러니… 후후, 이자의 입을 열 수 있다면 그건 의천노공을 상대하는 데 아주 대단한 무기가 될 것이다. 그러니 주군께도 좋은 일이지."

고력이 득의한 표정으로 말을 끝냈다.

그러나 이령과 고월송은 여전히 불안한 기색을 감추지 못했다. 짧은 시간이지만 그들이 보아온 적풍이 과연 고력의 이 독단적인 행동을 이해해 줄 것인지 확신할 수 없었다.

아니, 솔직히 말하자면 그들 자신도 여전히 고력의 행동에 동의할 수 없었다. 그러나 고력은 그들의 스승, 이제 와서는 그를 도울 수밖에 없는 두 사람이었다.

"이자를 어떻게 깨우죠?"

이령이 기왕에 벌어진 일은 뒤로하고 우다문을 깨우는 일 쪽으로 관심을 돌렸다.

"그래서 이곳에 온 것이다."

고력이 뜨거운 온천수가 용솟음치는 동굴 안쪽을 보며 말했다.

"온천수와 무슨 관계가 있나요?"

"지왕종문에서의 싸움에 대해 들어보니 이자는 극양의 무공을 지녔다고 하더구나. 진맥을 해본 결과도 역시 그렇고. 천의비문의 의원들 말로는 화수 유취려가 이자를 치료할 때도 그런 말을 했다고 했다. 그러니 결국 이자에게 극양의 기운을 불어넣어 주면 깨어나긴 할 거다. 물론 그렇다고 심맥과 혈맥이 치료되어 무공을 회복할 수 있을지는 모르지만 적어도 입이야 뗄 수 있겠지."

"하지만 온천수 정도로 그를 깨울 수 있을까요?"

고월송이 의심스러운 표정으로 되물었다.

"마냥 물에 담가만 두겠다는 게 아니다. 이 굴 안쪽을 파고

들어가서 극양지처를 찾겠다는 거지. 내가 왜 신곡을 북십자성의 거처로 정했는지 아느냐? 그건 바로 신곡의 북산인 이곳에 극양지처가 존재하기 때문이다. 그 이유로 신곡은 한겨울에도 온화한 기후를 보이지."

"그것까지 살피셨을 줄은 몰랐습니다."

이령이 고력의 능력에 감복한 듯 머리를 조아리며 말했다. 그러자 고력이 동굴을 둘러보며 중얼거렸다.

"그래도 시간은 좀 걸리겠지. 주군께서 당분간은 날 찾지 않았으면 좋겠구나."

"저희는 어찌할까요?"

"돌아가거라."

"예?"

"대신 내가 이곳에 있다는 것은 알리지 말거라. 중도에 헤어졌다고 해. 그리고 내가 우다문을 데려온 것은 주군을 위한 일이었다고도 전해라. 이자를 깨워 돌아가는 날… 어쩌면 의천노공을 상대할 좋은 방책을 가져갈 수 있을 거라 전하거라."

"그러나 어떻게 스승님 홀로……."

"걱정 말거라. 아직 그 정도 힘은 남아 있으니까."

고력이 우다문이 든 관을 손으로 쓰다듬으며 야심 가득한 안광을 흘려냈다.

*　　　　*　　　　*

허소월을 떠나보내고 신곡으로 돌아온 적풍은 천무맹의 세력을 단단히 구축하는 일에 매진했다.

그러나 그럼에도 불구하고 적풍은 신곡을 떠나지 않았다. 대신 하루에도 수십 마리의 전서구가 천무맹과 남십자성을 향해 날아갔다.

그가 직접 강호로 나가 천무맹과 십자성의 고수들을 이끌고 강호를 병탄하는 일을 해야 하는 시기였지만 그는 신곡에 발이 묶였다.

이유는 단 하나, 우다문을 데려간 고력을 찾는 일 때문이었다.

고력이란 자는 사실 이제 와선 적풍에게 그리 중요하지 않았다. 그러나 우다문은 달랐다.

우다문은 적풍에게 이젠 없어서는 안 되는 중요한 인물이 된 것이다. 의천노공 우서한이 원하는 자, 자신의 노복을 자처한 고력이 적풍을 배신하면서까지 데리고 사라진 자, 그리고 무엇보다 사자검과 쌍벽을 이루는 신검의 소유자인 그라면 신혈족과 월문의 과거비사를 말해줄 수도 있었다.

그리고 무엇보다도 우다문 본인에 대한 알 수 없는 불안감이 존재했다. 고력은 신중하고 음흉한 사람이지만, 우다문은 일단 깨어나면 그 순간부터 범인이 예상할 수 없는 움직임을 보일 수 있는 자였다.

그건 그를 상대해 본 적풍 본능이 전하는 경고였다. 고력은 우다문을 너무 과소평가하고 있거나, 아니면 정반대로 그 힘을 정확하게 알고 있을 수 있었다.

그 어느 쪽이든 적풍에겐 불안한 일이었다.

깨어난 우다문이 고력을 제압하든, 아니면 고력이 불가사의
한 힘을 지닌 우다문을 통제할 수 있게 되든 둘 모두 적풍에게
는 심각한 문제를 일으킬 수 있었다.

그런 이유로 적풍이 신곡에 발이 묶여 있은 지 십여 일이 흐
른 뒤에 뜻밖의 사람들이 돌아왔다.

"성주, 그들이 돌아왔습니다!"

나는 듯이 달려와 적풍에게 신곡으로 돌아온 사람들의 소식
을 전한 자는 이위령이었다.

이위령은 고력이 우다문을 데리고 사라진 이후 죄인처럼 지
내고 있었다.

자신이 적풍과 허소월이 대화를 엿듣고 그 이야기를 고력에
게 전한 사실을 이미 적풍에게 실토한 후였다.

적풍은 이위령의 행동이 악의에 의한 것이 아니었음을 알기
에 그 잘못을 추궁하지 않았지만 이위령 자신은 그렇지 않았
다.

그로 인해 고력이 우다문을 데리고 사라졌다는 생각에 며칠
동안 신곡 주변을 미친 사람처럼 헤집고 다닌 이위령이었다. 고
력에 대한 분노도 대단해서 찾기만 하면 자기 손으로 늙은이의
멱을 따겠다는 거친 말도 서슴없이 내뱉고 다녔다.

그런 그가 신곡 북쪽 산에서 내려오는 야문의 두 흑선을 가

장 먼저 발견한 것은 당연한 일이라고 할 수 있었다.

"그도 왔소?"

적풍이 침착한 표정으로 물었다.

"그는 아닙니다. 다만 그의 두 제자인 그 젊은 연놈이 돌아왔습니다."

이위령이 벌겋게 상기된 얼굴로 말했다.

만약 그들을 발견하더라도 절대 살수를 써서는 안 된다는 적풍의 엄명이 없었다면 이위령은 지금쯤 야문의 두 흑선과 생사결을 하고 있었을 것이다.

"이리로 데려오시오."

적풍은 별일 아니라는 듯 나직하게 명했다.

"알겠습니다, 성주!"

이위령이 쉽게 흥분을 가라앉히지 못하는 표정으로 적풍의 석동을 떠났다.

신곡 사람들이 하나둘 적풍의 거처가 있는 석동 앞의 송림으로 모여들었다.

이미 신곡 전체에 야문 십일선과 십이선이 돌아왔다는 소문의 퍼졌다. 신곡에 들어온 이후 줄곧 자신들의 거처에서 의술에 매진하고 있던 천의비문의 의원들조차도 오늘은 송림을 찾았다.

그들도 대체 고력이 왜 이런 무모한 짓을 벌였는지 궁금하기 때문이었다. 또한 적풍이 돌아온 자들을 어찌 처분할지도 사람들의 호기심을 자극했다.

야문 십일선 이령과 십이선 고월송은 사람들이 모여 있는 송림 안으로 무거운 표정을 한 채 걸어 들어왔다.

그들은 며칠 전까지 자신들과 한 식구나 다름없던 사람들의 차가운 시선을 느끼며 송림을 지나 적풍의 석동 앞에 섰다.

"성주, 돌아왔습니다!"

석동 앞에서 걸음을 멈춘 두 사람 중 고월송이 큰 소리로 외쳤다. 적풍은 아직 석동에서 모습을 드러내지 않고 있었다.

침묵이 한동안 이어졌다. 적풍은 여전히 모습을 드러내지 않았다.

"성주께 죄를 청합니다!"

이번에는 이령이 외쳤다.

그러자 드디어 석동의 창가에 사람 그림자가 어른거리더니 적풍이 모습을 드러냈다.

"그는?"

적풍이 고개를 숙이고 있는 두 사람에게 짧게 물었다.

"스승께선 돌아오지 않으셨습니다."

"뭘 하고 있느냐?"

"스승께선… 그를 깨우시려 합니다."

"왜 이런 일을 벌였다고 하더냐?"

"스승께선 그에게서 의천노공을 상대할 방법을 찾을 수 있다는 기대를 하고 계십니다. 그것이 성주께도 도움이 될 거라 말씀하셨습니다. 부디 스승님의 뜻을 오해하지 말아주십시오."

이령이 머리를 조아리며 말했다.

"그를 깨울 방법은 있다더냐?"

"극양지처를 찾아내 그를 깨우겠다고 하셨습니다. 극양지처를 찾는 여행은 시간이 제법 걸릴 것이라 하셨습니다."

이번에는 고월송이 대답했다.

"벌써 찾은 것은 아니고?"

적풍이 무심하게 물었다.

순간 이령과 고월송 두 사람의 말문이 막혔다.

적풍은 이미 고력이 우다문을 깨울 장소를 찾았다는 것을 짐작하고 있었다. 두 사람의 말 중에 다시 거짓이 섞여 있었으니 적풍의 노기가 일어날 수밖에 없었다.

"너희는 두 번의 기회를 썼다. 우다문을 데려간 일이 첫 번째, 그리고 방금 전 내게 거짓을 고한 것이 두 번째. 여기까지는 참아주겠다. 그러나 세 번째는 내 인내심도 한계를 보이겠지. 야문은 나에게 눈과 귀처럼 중요한 문파지만, 설혹 그렇다 해도 다음에는 너희를 벨 것이다. 비록 야문을 잃는다 해도 말이다. 돌아가 쉬어라!"

적풍이 싸늘한 경고를 남기고 창가에서 사라졌다. 그러자 이위령이 화가 난 얼굴로 소리쳤다.

"성주, 이자들을 그냥 두시는 겁니까? 이자들을 추궁하면 그 늙은이가 있는 곳을 알 수 있을 겁니다!"

"말조심하시오! 그 늙은이라니!"

고월송이 이위령을 노려보며 경고했다. 자신들의 스승인 고력을 함부로 부르는 것에 화가 난 표정이다.

"그럼 배신자가 무슨 취급을 받길 원했느냐?"

이위령이 차가운 살기를 뿜어내며 말했다.

"배신자라니! 이자가 정녕……!"

고월송이 검을 잡아갔다.

"흥! 너희 애송이들 따위, 십초지적도 안 되지!"

이위령이 창을 들어 고월송을 겨누며 이를 갈았다.

"그만하게."

자칫 칼부림이 일어날 상황이 되자 신혈족의 우두머리랄 수 있는 궁백이 이위령을 제지했다.

"왜요? 이자들이 잘못을 하고도 외려 큰소리를 치잖아요?"

"이 사람들이 무슨 잘못이 있겠나. 노야의 결정을 따를 수밖에 없었을 텐데."

"젠장, 노야는 무슨 노얍니까? 괴팍한 늙은이지. 아주 그 냥… 어휴, 내가 그자에게 속은 걸 생각하면……."

이위령이 여전히 화가 풀리지 않는지 창을 들어 흔들면서 이령과 고월송을 노려봤다.

궁백이 끼어들어 싸움을 말리는 순간 이령과 고월송도 이미 손에서 도검은 놓았다.

"그만 처소로 가시오. 이곳에 있어봐야 싸움만 나겠소."

궁백이 두 사람을 보며 말하자, 이령이 몰려든 신곡 사람들에게 정중하게 포권을 하며 말했다.

"모두에게 사과드리겠습니다. 저희로 인해 소란이 일어난 것 같아 마음이 무겁습니다. 하지만 한 가지는 분명히 말씀드리겠습니다. 방법이 다를 뿐 스승께서 하신 일 역시 성주님을 위한 일입니다. 그렇지 않다면 우리가 다시 이곳에 돌아올 수 없었겠지요. 그러니 일단 스승께 시간을 좀 주시기 바랍니다."

"시간이야 이미 가지신 것 같고… 만약 일이 잘못되면 노야뿐 아니라 야문 전체가 책임을 져야 할 수도 있소."

정천사자들의 우두머리 타파가 말했다.

"물론 그건 각오하고 있소."

이령이 대답했다.

"후우, 참 어려운 길을 택했소이다. 그만 쉬시구려. 보아하니 그간 잠도 제대로 자지 못한 것 같은데……."

"고맙소, 가요."

이령이 고월송에게 말하고는 자신이 먼저 송림을 벗어났다. 그러자 고월송도 축 처진 어깨를 하고 이령의 뒤를 따랐다.

"그래도 다행이군. 성주께서 참아주셔서……."

타파가 중얼거렸다. 그러자 궁백이 고개를 돌려 적풍이 머무는 석동을 보며 말했다.

"그게 더 무서운 거요. 정말 노야가 배신을 했다고 생각하시면… 야문은 멸문하고 말 거요."

"하긴 야문 같은 문파는 적으로 두기엔 너무 위험하긴 하오."

타파가 고개를 끄떡였다.

"자자, 우리도 그만 갑시다, 괜히 성주님의 심기 어지럽히지 말고. 위령, 자네도 이제 그만하게. 산을 헤매고 다닌다고 그를 찾을 것 같나? 그는 진법의 대가야. 눈앞에 있어도 찾지 못할 거야."

"알았소. 형님 말대로 하지요. 하지만 난 이제 그 늙은이 믿지 않소. 사람은 하나를 보면 열을 아는 법이오. 그자가 성주를 진심으로 따른다고는 생각할 수 없소. 그래서 난 이제부터 그자와 그자를 따르는 자들을 살펴볼 생각이오."

"그야 자네 편할 대로 하게. 자, 모두 그만들 돌아갑시다!"

궁백의 말에 송림 아래 모였던 신곡의 사람들이 각자 처소를 찾아 흩어졌다.

"잘했어."

설루가 무거운 표정으로 생각에 잠겨 있는 적풍의 어깨를 가볍게 두드리며 위로하듯 말했다.

"잘한 걸까?"

"그럼, 잘한 일이지. 아니면 그 두 사람 목이라도 베게? 그건 안 되지. 우 대협을 봐서라도 말이야."

우마는 강호로 나가 적풍을 대신해 천무맹과 십자성을 움직이고 있었다.

우마는 적풍에게 가장 믿음직한 친구요 형제였다. 그 우마의 여인이 야문의 문주다. 그러니 야문의 문도를 함부로 대할 수 없는 적풍이었다.

"그렇긴 하지만… 껄끄러워."

"고 노야?"

"음⋯⋯."

적풍이 고개를 끄떡였다. 그러자 설루가 잠시 생각에 잠겼다가 말했다.

"지금은 나도 좀 그래. 처음에는 네가 그를 경계하는 이유를 잘 몰랐는데 이번에 그가 한 행동을 보고는 경계하지 않을 수 없을 것 같다는 생각이 들어. 널 위해 모든 것을 바칠 사람이라고 여겼던 것은 순진한 생각이었던 것 같아."

"그에게는 언제나 다른 목적이 있었지. 그 목적을 위해서는 언제든 이번과 같은 행동을 할 수 있어. 더 중요한 것은 그 목적에서 의천노공은 반드시 죽어야 하는 사람이란 거지. 난 그가 우다문을 데려간 것이 꼭 그에게서 알아내야 할 비밀 때문이라고는 생각지 않아."

"그럼?"

"그는 내가 우다문을 소월에게 내줌으로써 의천노공과 싸우지 않을 수도 있다는 것이 마음에 들지 않았을 거야."

"너와 의천노공이 싸우길 원한다고? 그래서 그를 데려갔다고?"

설루가 놀란 표정으로 물었다.

"그는 항상 의천노공에 대한 열등감과 복수심에 불타고 있었지. 야문의 스승으로 있을 때는 불가능한 일이기에 포기했겠지만 날 만난 이후에는 가능한 일이라고 생각하고 있어. 그러니 내가 의천노공과 타협하는 것을 두고 볼 수 없었을 거야."

"정말 그렇다면 아주 고약한 사람이야."

설루가 고개를 저었다.

"아무튼 이제부터가 중요해. 그가 어떻게 나올까?"

적풍이 곤혹스러운 표정으로 설루에게 물었다. 의천노공에 대한 이야기였다.

"글쎄… 나도 알 수 없지. 강호로 나와 북두회를 중심으로 무리를 규합할 수도 있고, 또 어쩌면 혼자서 널 찾아올 수도 있겠지."

"어느 쪽이든 쉽지 않은 싸움이 될 것 같아."

"그래, 누가 뭐래도 그는 의천노공이니까."

"십자성으로 가야겠어."

"십자성으로?"

"음, 그가 북두회를 중심으로 천하의 고수들을 모아 날 상대하려 한다면 이곳에 머무는 것은 위험한 일이지."

"다른 사람들은?"

"네가 그들과 함께 여기 남아줘."

적풍의 말에 설루가 화가 난 표정으로 되물었다.

"또? 또 혼자 남으라고?"

"싸움이 커지면 결국 십자성에서 결판이 날 테니까."

"그럼 더더욱 안 돼. 어떻게 끝나든 난 네 곁에 있어야겠어."

설루가 단호하게 말했다. 그러자 적풍이 설루의 손을 잡고 그녀의 팔에 머리를 기대며 말했다.

"나든 너든 누구든 한 명은 이곳에 남아야 해. 그래야 무슨 일이 생겨도 신곡이 유지될 테니까. 너도 알잖아. 신곡이 우리 신혈족에게 얼마나 중요한 곳인지. 다른 사람으론 안 돼. 너만 가능해. 너야말로 내 분신이니까."

적풍이 혼잣말처럼 중얼거렸다. 조금 지친 듯 보이는 적풍의 모습이다.

설루가 그런 적풍을 한참 동안 바라봤다. 그러고는 가볍게 적풍의 머리를 안고 속삭이듯 대답했다.

"알았어. 네가 원한다면 남을게. 하지만 약속해야 해. 반드시 살아남는다고. 승패는 상관없어. 하지만 살아는 있어야 해. 아니면… 내가 널 찾아가겠어. 그곳이 지옥이라도! 그러니까 날 살리려면 너도 반드시 살아."

제2장
거인(巨人), 산을 내려오다

"너희가 해줄 일이 있다."

염화마군 철특과 모악은 뇌옥의 문 앞에서 아무렇지도 않게 자신들에게 명을 내리는 의천노공 우서한을 보며 생경한 느낌이 들었다.

이렇게 친한 사이였던가?

서로가 서로를 본 것도 얼마 되지 않고, 더군다나 그들을 잡아 가둔 자다. 물론 죽이지 않은 것은 은혜를 베푼 것이라고 할 수 있었다. 그러나 그렇다고 해도 이건 너무 태연하지 않은가.

"우릴 풀어주겠다는 말이오?"

"비슷하지."

"뭘 해야 하오?"

철륵이 물었다.

"내 가신(家臣)이 되어줘야겠다. 아주 잠깐이지만."

"제길, 그게 무슨 소리요? 가신이라니? 우리가 누군지 알고 있지 않소?"

"물론 알고 있지. 그래서 더더욱 너희를 데려가야겠다. 너희가 적당히 연극을 해줄 필요도 있다."

"연극? 도대체 무슨 소린지……."

염화마군 철륵이 심드렁한 표정으로 고개를 저었다.

"그 아이를 데려와야겠어."

"누구 말이오? 혹… 소주님을 찾았소?"

"음, 그 소주라는 자를 그 아이가 내놓지 않는군. 그래서 아예 그 아이를 데려오려는 거다."

"설마 십자성주를 말하는 것이오?"

"그렇다."

우서한이 담담하게 수긍했다.

"제길, 그를 상대하지 못해 당신을 찾아온 우리요. 그런데 우리더러 그 자를 상대하라는 거요?"

"그 아이를 상대하는 것은 나지."

"그럼 우린 왜 필요한 거요?"

"천하의 의천노공 우서한이 강호로 나간다. 근 삼십여 년 만이지. 그런데 종복 한 명 없이 다닐 수는 없지 않느냐. 그 종복이 대지왕종문의 두 마두라면 더할 나위 없지."

우서한이 빙그레 미소를 지었다.

"이제 보니 법황께선 우리의 힘이 필요한 게 아니라 우리 이름이 필요하신 거군요."

모악은 처음부터 지금까지 우서한을 대할 때는 항상 조심스러운 모습을 보였다.

"과연 현명하구나. 그런 현명함으로 어찌 월문을 떠났을꼬?"

"사람의 욕심이란 것이 결국 추한 삶을 만들지요. 묵안노 역시 마찬가지 아닙니까?"

모악이 대답했다.

"그렇군, 사형도 있지. 흐흠, 이번 기회에 문호도 정리를 좀 해야겠어."

우서한이 가볍게 고개를 끄떡이며 말했다.

"지왕종문의 대마두들조차도 감복시켜 회개하게 만든 사람, 그들을 강호의 화근을 뿌리 뽑는 데 선봉에 서게 하는 거인, 법황님의 명성은 한층 더 높아지겠군요. 천하의 고수들이 법황님의 그늘에 모여들 겁니다. 법황께서는 그저 십자성을 향해 걸어가기만 하면 되시겠군요."

"바로 내가 바라는 바다."

법황이 대답했다.

"그럼 우린 뭘 얻을 수 있습니까?"

모악이 물었다.

"네가 아직도 월문의 법황과 거래를 하려느냐?"

"…이젠 월문의 제자가 아니니까요."

그 노련하고 대단한 모악이 두려움을 느끼는지 풀 죽은 목소리로 대답했다.

"그렇구나. 넌 이미 월문의 제자가 아니지. 배덕한 월문의 배신자일 뿐이지."

"……"

우서한의 말에 모악이 입술을 깨물며 말을 아꼈다. 그러자 우서한이 적선하듯 말했다.

"일신의 자유가 보장된다. 지왕종문의 복원까지는 아니지만 강호의 일방을 구축할 여유를 주겠다. 그 선을 넘지 않으면 너희는 무림의 사람으로 살아갈 수 있을 것이다. 본래 이 제안은 십자성주와 한 거래다. 그런데 그 아이가 그 거래의 한계를 넘었으니 나야 다른 상대와 거래를 해야겠지."

"무공을 회복시켜 주실 수 있다는 것입니까?"

"아니면 뭐에 쓰게?"

우서한이 되물었다.

"배신을 걱정하지 않으십니까?"

"하하하! 겨우 너희 따위가? 설혹 칠왕이라 해도… 내일 답을 듣겠다. 그로부터 무공을 회복하는 데 칠 일! 열흘 후에는 하산한다. 선택은 너희 몫이다."

우서한이 호탕하게 웃음을 터뜨리며 향후의 일을 말해주고는 대답도 듣지 않고 뇌옥을 떠났다.

우서한이 떠나자 모악과 철륵은 멍한 표정으로 말없이 침묵을 지켰다. 이 갑작스러운 제안은 그들에게 무척 반가운 것이지만 왠지 달가운 기분이 들지 않았다.

그건 마치 그들이 땅바닥에 굴러다니는 음식이나 구걸하는 걸인처럼 느껴졌기 때문이다.

"제길, 현월문의 문주가 세상에서 가장 오만한 자인 줄 알았더니 이제 보니 그보다 더한 자군."

"그는 법황입니다."

모악이 대답했다.

"후후, 법사는 아직도 월문에 대한 자부심을 가지고 있구려."

"제가 미치지 못한 것이지, 월문이 부족한 것은 아니지요."

"법사 같은 사람이 미치지 못하는 월문이라……. 과연 대단하군. 어쨌거나 그의 제안은 어떻게 생각하시오?"

"받을 수밖에요."

"음, 나도 그리 생각하오. 소주라도 구해야지. 훗날은 훗날이고."

"한 가지 알아두셔야 할 게 있습니다."

"뭐요?"

철륵이 진지한 표정으로 물었다.

"월문은 신비한 법술을 지닌 문파입니다. 우리의 무공을 회복시켜 준다는 것은 곧 우리에게 결계를 걸어둔다는 말과 같습니다. 그러니 그의 제안을 받아들이면 그로부터 벗어나기 어려울 겁니다. 어쩌면… 평생!"

"후후 괜찮소, 괜찮아!"

철륵이 별일 아니라는 듯 실실 웃음을 흘리며 손을 저었다.

"진심이십니까?"

"평생 이 뇌옥에서 사는 것보다야 더하겠소?"

철륵이 정색을 하며 물었다.

"하긴 그렇군요. 이 뇌옥에서야 아무것도 할 수 없으니까요."

"어쨌든 다시 한 번 기회가 주어진 것은 맞는 것 아니오?"

"맞습니다. 나쁜 일은 아니지요. 나중 일은 나중에 생각하면 그뿐이니까요."

모악이 차가운 미소를 지으며 대답했다.

허소월은 이해할 수 없었다. 굳이 저 믿을 수 없는 두 명의 마인(魔人)을 데리고 떠나는 사부 우서한의 행동이 지금도 마음에 들지 않았다.

그들의 무공을 회복시키기 위해 월문의 비술을 사용하고, 오래전 백두에서 구해 온 천년 삼까지 희생했다.

아마 말하지는 않았지만 스승 의천노공의 진기도 어느 정도 허비했으리라.

"그들이 없다고 형님을 상대하지 못할 것도 아니고……."

허소월의 말대로 철륵과 모악이 없더라도 적풍을 상대하는 데 의천노공 우서한이 부족한 것은 없었다.

의천노공 우서한이라는 이름만으로도 천하의 기인이사들과 명문대파들이 구름처럼 모여들 것이기 때문이다.

"하여간 생각보다 농이 지나치시다니까."

허소월이 손으로 관자놀이를 지그시 누르며 말했다. 그의 말투에 우서한에 대한 서운함이 깃들어 있었다.

월하선봉으로 돌아온 허소월은 우서한에게 그가 빈손으로 돌아와야 한 이유를 최대한 상세히 설명했다.

그리고 적풍과 다시 한 번 타협할 기회를 달라고 간청했다. 그러나 우서한은 허소월에게 더 이상의 기회를 주지 않았다.

"정리해야 할 일이 많구나. 내 대에서 끝내야 하는 일들이다. 너에겐 너의 시간이 기다리고 있다. 하지만 아직은 내 시간이란 다."

우서한이 스승이 아닌 월문의 법황으로서 한 말이다. 그 말을 듣고서는 더 이상 고집을 부릴 수 없는 허소월이다.

의천노공 우서한이 스승일 때는 한없이 자애로운 사람이지만 월문의 법황일 때는 세상에서 가장 두려운 존재라는 걸 누구보다 잘 알고 있었다.

의천노공 우서한은 허소월을 뒤에 남겨두고 모든 일을 스스로 했다.

염화마군 철륵과 모악의 무공을 회복시키는 일, 월하선봉 아래 거하는 월문 제자들에게 연통을 하는 일 등을 우서한은 노구를 이끌고 스스로 해나갔다.

그러면서 그는 점점 젊어지는 듯 보이기도 했다.

허소월이 저러다가 반로환동하는 것 아닌가 생각할 정도로 우서한은 활기에 넘쳤다.

그리고 그렇게 분주한 열흘이 지나자 우서한은 무공을 회복한 염화마군 철륵과 모악을 오래된 가신처럼 거느리고 얼어붙은 전마별호를 걸어서 건넜다.

허소월은 호숫가 초가에 남았다. 그에게 주어진 사명, 월문의 차기 법황으로서 그가 해야 할 일이 그곳에 남아 있었기 때문이다.

그리고 그의 손에는 석 대의 파마시가 주어졌다.

"두 대로 안 되면 석 대가 필요할 테니까."

석 대의 파마시를 넘기며 의천노공 우서한이 한 말이다.

우서한 자신이 두 대의 화살로 적풍을 제압하지 못하면 허소월이 석 대의 화살로 적풍을 제압해야 한다는 뜻이었다.

그러나 허소월은 그런 일은 절대 벌어지지 않을 거라 생각했다. 스승 우서한과 같은 신인(神人)이 전륜밀궁과 두 대의 파마시로 상대하지 못할 자가 세상에 존재할까.

아마 지옥의 염왕조차도 우서한을 당하지 못할 거라 허소월은 생각했다.

"그런데 왜 이렇게 불안하지? 스승님 때문인가, 아니면 형님 때문인가?"

허소월이 손을 들어 가슴을 쓸어내리며 중얼거렸다.

*　　　　*　　　　*

수백 년 동안 세상의 중심이던 대도 연경. 원이 북방으로 물러간 이후 야심만만한 연왕 주체가 이곳을 맡은 이후 연경에는 세상의 중심이고 싶어 하는 자들이 모여들고 있었다.

그 무리 중에서도 연왕 주체의 신임을 한 몸에 받고 있는 승려 도연은 중이면서도 절에 머물지 않고 성내 과거 원의 고관들이 살던 장원에 머물고 있었다.

그 장원에 은밀히 손님이 찾아든 것이 보름 전이었다.

도연은 극진히 손님을 맞이했고, 그의 장원에서 가장 화려한 방을 내어주었으며, 아침저녁으로 산해진미를 차려 올렸다.

그러나 그런 환대가 손님을 즐겁게 하지는 못했다. 그가 원하는 것은 따로 있었고, 도연은 보름이 지나도록 손님이 원하는 것을 내놓지 못하고 있었다.

"스승님!"

문밖에서 들리는 소리에 차를 마시고 있던 묵안노 마한이 시선을 돌렸다.

"들어오거라."

마한의 허락이 떨어지자 문이 열리며 이제자 황옥이 들어섰다. 늘 숨길 수 없는 염기가 흐르는 황옥이다.

"그는 돌아왔느냐?"

"아직입니다."

"늦는구나."

"오늘은 답을 가져오겠다 했으니 시간이 걸릴 것입니다."

"그렇겠지. 하아, 참 사람의 마음이란 간사한 것이지?"

"연왕이 사부님의 청에 대한 답을 이렇게 미루는 것은 참으로 배은망덕한 일입니다. 그가 장성을 넘어 북방을 토벌할 때 준 도움이 얼마입니까? 그가 연경에 자리를 잡게 된 것 역시 사부님의 도움이 아니라면 어찌 가능했겠습니까? 그런데……."

"인심이란 그런 것이다. 북두회를 보아라. 하루아침에 등을 돌리더니 다시 또 자신들이 필요하니까 채 반년이 되지 않아 찾아오지 않더냐. 그래서 사람의 마음은 믿을 것이 못 되는 법이지."

마한이 씁쓸한 표정으로 말했다.

"약속과 달리 오늘도 힘든 것 아닌지 모르겠습니다."

"그러게 말이다."

마한이 걱정스러운 표정으로 문 쪽을 바라봤다. 그런데 그때 문 쪽에 사람 그림자가 어른거리더니 나직한 목소리가 들렸다.

"노야, 도연입니다."

"왔구려. 어서 들어오시오!"

마한이 자리에서 일어나며 말했다.

보통 때라면 절대 있을 수 없는 일이다. 마한이 얼마나 다급한 심정인지 고스란히 드러나는 행동이다.

방문이 조용히 열렸다. 그리고 파르라니 머리를 깎은 중년의 중이 방 안으로 들어왔다.

"어서 오시오. 이리 앉으시오"

마한이 서둘러 도연에게 앉기를 권했다. 그런데 도연은 마한이 권하는 대로 자리에 앉는 대신 깊게 합장하며 먼저 사죄를 했다.

"노야께 진심으로 사죄드리겠습니다."

순간 묵안노 마한의 얼굴이 변했다. 도연이 사과를 한다는 것은 일이 틀어졌다는 것을 의미하기 때문이다.

"연왕이 끝내 거절했소?"

"그렇습니다."

"흐흠, 그자가 정말 어려울 때 생각을 못 하는구나."

"그렇지는 않습니다. 그 또한 노사를 도와드리기로 결심하던 찰나였습니다. 그런데……."

"다른 변수가 생겼다는 것이오?"

마한이 눈을 가늘게 뜨며 물었다.

"그렇습니다."

"대체 누구요? 누가 감히 나 마한의 일을 틀어지게 한 것이오?"

마한의 눈에 살기까지 돌았다. 그로서는 연왕 휘하의 군병을 움직이는 것이 거의 마지막 수단이었기 때문이다.

"연왕께서 노사의 은혜에 보답하기로 결정하는 순간 한 사람이 연왕을 찾아왔습니다."

"구중궁궐 밤늦은 시간에 연왕을 찾아왔다면 고수란 뜻이군."

"그렇습니다. 신비한 신법을 쓰더군요. 그래서 그의 얼굴은 한 번도 본 적이 없지만 그가 어디서 온 것인지는 대번에 짐작할 수 있었습니다."

"어디서 온 자요?"

마한이 재촉하듯 물었다.

"그는… 노야와 같은 신법을 썼습니다."

승려 도연이 모든 것을 포기한 사람처럼 힘없는 표정으로 말했다.

"나와 같은 신법……! 하면?"

"이런 서찰을 가져왔습니다. 연왕께 부탁드려 서찰을 이리 가져왔지요."

승려 도연이 묵안노에게 한 장의 서찰을 내밀었다. 그러자 마한이 낚아채듯 도연의 손에서 서찰을 받아 들고는 그 안의 내용을 살폈다.

"음……!"

첫 줄을 다 읽기도 전에 마한의 입에서 비명 같은 소리가 흘러나왔다. 그리고 그는 미처 서찰을 다 읽지도 않고 탁자에 던져 버렸다.

"끄음……!"

마한이 다시 신음 소리를 흘렸다.

"대체 무슨 일인지요?"

황옥이 놀란 표정으로 마한을 보며 물었다. 마한이 모아 쥔 두 손에 이마를 대며 길게 한숨을 내쉬었다.

황옥도 더 이상은 마한에게 서찰의 내용을 물을 수 없었다. 대신 그녀는 조심스레 마한이 던져 버린 서찰을 집어 들었다.

그리고 곁눈질하듯 서찰을 읽다가 자신도 모르게 손에서 서찰을 떨어뜨렸다.

그녀 역시 첫 줄을 모두 읽기도 전에 일어난 일이다.

"사부님······!"

놀란 그녀가 자신도 모르게 마한을 바라봤다.

마한은 여전히 두 손을 모아 쥐고 생각에 잠겨 있었다. 그러다가 고개를 들며 힘겹게 말했다.

"돈오와 구룡을 불러라."

"······"

"모든 것이 내 계획과 어그러지는구나. 이골마족들의 배신, 십자성의 성장, 북두회 육가의 어리석은 행동들 하며··· 그런데 그런 것들은 귀찮긴 하지만 시간이 지나면 극복될 수 있다. 그러나 예상보다 빠른 법황의 움직임은 도저히 감당할 수 없구나. 모두 불러들여라. 향후의 행보는 너희 셋도 함께 논의해야할 것이다."

"알겠습니다, 사부님!"

황옥이 맥 빠진 모습으로 대답하고는 마한의 방에서 물러났다.

황옥이 나가자 도연이 마한에게 물었다.

"어쩌실 생각입니까?"

"후후, 어쩔 수 있겠소? 대명 제일의 권력가라는 연왕도 의천노공이란 이름 앞에선 머리를 조아릴 수밖에 없는데. 사제가나왔다면 나로서도 버티기 힘드오. 사실 그간의 모든 일··· 북두회를 장악하고, 이골마족으로 정천림을 만들고, 또 연왕을 통해 관군을 움직일 수 있게 한 준비들은 언젠가는 반드시 상대해야 할 법황을 위한 것이었소. 그런데 지금 내게는 그중 어느 하나도 남아 있지 않구려."

마한이 허탈한 표정으로 중얼거렸다.

"뭐라 드릴 말씀이 없습니다."

도연은 위로조차 건네지 못했다.

"선사께 신세를 지는 것도 이번이 마지막인가 보오."

"신세라뇨. 오늘날 제가 연왕의 곁에 있게 된 것도 모두 노사의 덕분이지 않습니까?"

"선사는 능력이 출중하시니 내가 아니었어도 큰일을 도모하셨을 거요. 아무튼… 이젠 선사도 나로부터 자유로워질 수 있겠구려."

"무슨 그런 말씀을!"

도연이 놀란 표정으로 고개를 저었다.

"아니오. 사실 그간 무림의 일에 선사를 끌어들이는 것이 내내 마음에 걸렸소. 이제 자의든 타의든 무림과 거리를 두어야 하니 이 기회에 마음껏 천하를 노려보시구려."

"저로서는… 마음이 편치 않습니다."

"하하하, 그러실 필요 없소. 혹 일이 잘되면 먼 훗날 좋은 궁전에서 술 한잔 마실 기회나 주시오."

"어디 술뿐이겠습니까."

"고맙소, 고마워. 자, 이젠 좀 쉬고 싶구려."

"술이라도 올릴까요?"

"음, 독주 한 병 넣어주시오."

"알겠습니다."

도연이 대답하고는 뒤로 물러나 마한의 방을 나갔다.

도연이 나가자 금세 사위가 정적 속에 파묻혔다. 모든 것이 사라진 것 같은 공간에 마한 홀로 덩그러니 남아 있다.

"잘못된 선택이었을까?"

마한이 혼잣말로 중얼거렸다.

그날 대제자 돈오를 데리고 월하선봉으로 갔던 일에 대한 회한이다.

"그때 법황에게 독을 쓰지 않고 천하를 갖겠다고 고집을 부렸으면 어땠을까? 어쩌면 법황은 내 고집을 들어줬을 수도 있겠지. 그는… 적어도 그 부분에 대해서만은 너그러운 사람이니까. 하지만 그럴 수 없었다. 천하만큼은 사제의 허락이 아닌 내 의지로 직접 갖고 싶었으니까."

마한이 자리에서 일어났다. 그러고는 허리 뒤춤으로 손을 돌려 작은 검을 번개처럼 뽑았다.

팟!

그의 검이 탁자 위에서 하늘거리던 촛불을 반으로 갈랐다.

반으로 잘린 촛불 윗부분은 맥없이 떨어져 금세 불씨가 꺼졌고, 남아 있던 부분은 잠시 주춤거리다 이내 다시 본래의 불꽃을 회복했다.

그 모습을 보며 마한이 중얼거렸다.

"부럽구나. 다시 타오를 수 있어서. 나는 심지까지 모두 베인 신세인데. 하지만 사제, 실수하는군. 설 곳 없어진 늙은이가 선택할 곳은 많지 않네. 내가 사제의 반대편에 섰을 때 어떤 일이 벌어질지 생각지 못했단 말인가? 날 제어하려 했다면 내 일을 방해하는 대신 먼저 날 찾아와 제압했어야지. 사제의 그 아량이 결국 사제를 곤란하게 할 걸세. 물론 그래도 월문의 법황이시니 잘 수습하겠지만. 하지만 무척 고생할 거야. 후우, 십자성주라······."

*   *   *

노인은 수수한 옷차림으로 말을 탄 채 숲길을 지나고 있었다. 홀로 가는 길이지만 외로워 보이지는 않았다.

가끔 노래를 흥얼거리기도 하고 손을 들어 나무를 가리키면 이름 모를 산새가 날아와 노인의 손끝에 앉기도 했다.

누가 보아도 인세의 사람이 아닌 신선의 모습을 한 노인이 앞으로 움직일 때마다 숲도 노인을 따라 변화하는 것처럼 보였다.

그렇게 한동안 말을 타고 이동한 노인이 어느새 산봉우리에 올라섰다.

천하를 덮은 눈도 어느 덧 서서히 녹아내리고 있었다. 산봉우리에 잔설이 남아 있긴 하지만 계절을 일찍 타는 나무들에서는 새싹이 움트고 있었다.

겨울과 봄의 경계가 한눈에 느껴지는 산봉우리의 정경이었다.

"봄이 오는구나."

노인이 나직하게 중얼거렸다. 옷깃을 스치는 바람결에도 온기가 돌고 있어서인지 홑장삼을 걸친 노인은 그리 추워 보이지도 않았다.

그런데 신선처럼 산 정상에 서서 계절의 변화를 음미하고 있던 노인 앞에 늙은 산꾼 한 명이 불쑥 나타났다.

그는 약초꾼의 모습을 하고 있었지만 그 눈빛만큼은 절대 약초꾼일 수 없는 안광을 가지고 있었다.

"법황!"

노인이 말 위의 노인 의천노공 우서한에게 고개를 숙여 보였다.

"어서 오게, 조금 이르군."

우서한이 여유로운 표정으로 노인을 맞았다.

"생각보다 일이 수월하게 끝나 길을 서둘 수 있었습니다."

"연왕이 동의했나 보군."

"고민이 없었습니다."

"허어! 사형이 안됐군. 그에게서도 신뢰를 잃은 것인가?"

"외람된 말씀이지만… 묵안노께선 천하를 얻으실 그릇은 아닌 듯싶습니다. 재기는 넘치시지만 사람을 곁에 모으지 못하시는 성품이라……."

"아쉬운 일이지."

"아무튼 명의 관군은 어떤 경우에도 움직이지 않을 것입니다."

"좋아, 그럼 이제 북두회에 들어가야겠군."

우서한이 시선을 돌려 저 멀리 고즈넉한 산 아래에 펼쳐진 거대한 장원을 바라봤다.

명화산 북두회의 본거지다.

"꼭 북두회여야 하는 것입니까?"

노인이 조금 걱정스러운 표정으로 물었다.

"내키지 않으신가?"

"사정이야 어쨌든 결국 월문을 배신한 자들 아닙니까? 묵안 노께서 비록 법황께 씻을 수 없는 죄를 짓기는 했으나 그 사실을 저들은 모릅니다. 그런 상태에서 묵안노 님을 배척했다는 것은……."

"그렇지. 배은망덕한 짓들이지. 그래서 더더욱 북두회여야 하네."

"무슨 말씀이신지……?"

"그 아이를 데려오기 위해 누군가 피를 흘려야 한다면 그간 우리 월문의 은혜로 세상의 주인으로 군림할 수 있던 그들이어야지 않겠는가? 그들이 아니면 다른 누구의 피를 요구하겠는가?"

우서한의 말에 노인의 얼굴이 두려움으로 물들었다.

그리고 오랜 세월 월문의 문도들 사이에 전해진 한 가지 이야기가 그의 머리를 스치고 지나갔다.

'월문의 법황은 선악의 경계에 서 있다.'

무서운 말이었지만 실체를 알 수 없던 그 이야기의 진실을 노인은 지금 자신의 눈으로 보고 있는 듯했다.

"세상인심이란 게 참 알 수가 없습니다, 사형!"

명화산 북두회 근거지의 경비는 최근 들어 부쩍 강화되어 있었다. 그래서 다른 때라면 한 문파가 하루의 경비를 담당했지만 지금은 두 개 문파의 고수들이 동원되어 하루를 책임지고 있었다.

그런 만큼 명화산은 나는 새도 드나들 수 없을 만큼 촘촘한 방어막을 형성하고 있었다.

천무맹과의 천하쟁투에 들어간 이후의 변화였다.

아니, 정확히 말하자면 천무맹에게 천하의 패권을 내어준 이후의 변화라고 할 수 있었다.

"그러게 말일세. 그 단단하던 천하의 패자들이 모두 흩어졌네. 우리 북산맹은 물론 천마맹과 오대세가에 속한 문파들도 각기 자파의 이득을 찾아 흩어졌지. 어디 그뿐인가? 정천육문의 분열은 또 어떤가? 누구도 예상치 못한 일 아니었나. 소림조차도 그 분열을 막지 못했네."

"후우, 그러고 보면 십자성주라는 자, 대단하지 않습니까? 적이지만……."

"듣자 하니 무척 젊은 자라던데……."

"더 무서운 것은 여전히 그의 내력이 알려지지 않았다는 거지요."

"그러게 말일세. 세간에 떠도는 북십자성이라는 곳에 그의 뿌리가 있을 거라지만 북십자성이 어디에 있는지 아는 사람이 없으니… 정말 그런 곳이 있는지도 모르겠고……."

"어쨌든 이젠 정말 위험해졌습니다. 천무맹에 들지 않은 문파들조차도 그들을 천하패자로 인정하는 분위기니까요."

중년 사내가 한숨을 쉬며 말했다.

"애초에 지왕종문에 대한 원정이 잘못된 결정이었는지도 모르지."

"그렇지요? 하긴 묵안노는 그 일을 처음에 반대했었지요."

"그 사람 이야기는 하지 말게."

말거리를 하던 다른 사내가 불쾌한 표정을 지으며 말했다.

"그래도 그가 애초에 이런 상황을 경고한 것은 사실이지 않습니까?"

"흥, 사정이 어렵다고 북두회를 떠난 자이네. 결국 배신자일 뿐이지."

"그런데 소문에 듣자 하니 묵안노가 스스로 떠났다기보다는 육가의 주인들께서 그를 쫓아내신 거라고……."

"그런 말 말게. 설마 육가의 주인들께서 그리하셨겠는가? 물론 조금 서운하게 대했을 수는 있어도… 그 약간의 질책을 참지 못하고 회를 떠나다니. 그건 애초에 그에게 회에 대한 충성심이 없었다는 말이 되는 걸세."

"그런 건가요?"

묵안노를 동정하던 사내가 머쓱한 표정으로 대답하고는 입을 닫았다. 그러자 두 사람 사이에 어색한 공기가 흘렀다.

서로의 의견이 달라 시작된 어색함은 쉽게 풀리지 않았다.

그런데 그 어색함을 풀어줄 일이 일어났다.

"사형!"

묵안노를 동정하던 사내가 나직하게 입을 열었다.

"아아, 내가 심했네. 괜히 사제에게 화를 냈어."

같은 동문이란 이런 것인가. 사형이란 자가 사제의 말을 끊으며 먼저 사과를 했다. 그런데 사제란 사내의 대답은 그가 예상한 것과 달랐다.

"사형, 그것이 아니라……."

"왜? 달리 할 말이 있는가?"

"저기… 저거 사람 아닙니까?"

사제인 사내가 손을 들어 이십여 장 밖에서 이어진 산비탈을 가리켰다. 그러자 사형이란 자가 시선을 돌려 그의 사제가 가리키는 곳을 바라봤다.

그리고 잠시 후 사내의 눈이 커졌다.

"저건?"

의문 가득한 그의 눈에 들어온 사람의 형상, 산비탈을 따라 높게 자란 삼나무 위를 걷듯 장원을 향해 다가오고 있는 것은 분명 사람이었다.

"사람 맞지요?"

"사람 맞네."

"위험한 자겠지요?"

"경고하게!"

사형이란 자가 급히 말했다.

그러자 사제란 자가 재빨리 옆으로 이동해 성벽 위에 매달
아놓은 커다란 징을 치기 시작했다.

징징징!
소란스러운 징 소리에 경비를 서던 육가의 무사들이 징이 울
린 곳으로 달려왔다.

"무슨 일이오?"

"적이오?"

징을 치는 사내 쪽으로 달려온 무사들이 긴장한 표정으로
물었다. 그러자 징을 치던 사내의 사형이란 자가 손을 들어 삼
나무 숲 위를 걸어 허공을 날듯 다가오는 노인을 가리켰다.

"저자를 보시오!"

어느새 노인은 숲이 끝나는 지점에 이르러 있었다.

숲과 장원의 거리는 이십여 장, 그 사이는 적의 침입을 막기
위해 나무와 키 높은 풀을 제거한 초지가 이어져 있다.

초봄, 눈이 녹은 초지는 물기가 가득했는데 노인은 십여 장
이 넘는 높이의 삼나무에서 가볍게 몸을 날려 초지 위에 내려
섰다.

"아!"

"대체 누구기에……?"

노인이 보여주는 놀라운 무공에 북두회 고수들이 탄식을 자
아냈다. 그들로서는 평생을 수련해도 이를 수 없는 경지의 무
공이었다.

"일단 조심합시다."

가장 먼저 노인을 발견한 자의 말에 북두회 무사들이 노인이 오고 있는 방향을 물샐틈없이 막아섰다.

그러는 사이 노인은 어느새 장벽 아래 이르러 있었다.

그런데 노인에게 모두의 시선이 집중되어 있는 찰나에 어느새 따라붙었는지 노인만큼이나 늙어 보이는 다른 노인이 노복처럼 나타났다.

"어디서 오는 고인이시오?"

장벽 위의 무사 중 한 명이 두 노인을 보며 소리쳤다.

그러자 뒤늦게 나타난 노인이 되물었다.

"육가의 가주들께선 모두 안에 계시는가?"

"그렇소이다만… 대체 뉘시오?"

북두회의 무사가 대답했다.

그러자 대답을 들은 노인이 나무 위를 날듯 걸어온 노인을 돌아봤다.

나무 위를 걸어온 노인이 가볍게 고개를 끄떡였다. 그러자 북두회 무사와 말거리를 하던 노인이 고개를 돌려 다시 소리쳤다.

"육가의 주인께 전하시오! 월하선봉에서 어른이 오셨다고!"

순간 장벽 위에 서 있던 무사들이 얼음처럼 굳었다. 노인의 입에서 흘러나온 말, 월하선봉이란 말이 뭘 의미하는지 모르는 사람은 장내에 없었다.

그리고 그곳에서 온 어른이라면 천하에서 오직 한 사람만을 일컫는다.

"의천노공……."

누군가가 신음하듯 중얼거렸다.

"어서 가서 전하게."

다른 누군가의 재촉하는 소리도 들렸다. 그러자 몇몇 무사가 장벽 안쪽으로 뛰어내려 장원 안으로 달려 들어갔다.

그리고 침묵이 이어졌다.

북두회 무사들은 감히 그 누구도 노인에게 당신이 정말 의천노공 우서한이냐고 묻지 못했다.

산을 내려오던 신선 같던 모습, 남루하지만 탈속한 듯한 옷차림, 그리고 단지 서 있는 것만으로도 느껴지는 산악 같은 무게감. 그들은 더 묻지 않아도 노인이 의천노공 우서한임을 의심치 않았다.

그러다가 누군가 용기 있는 자가 문득 입을 열었다.

"아, 안으로 드시지요. 문을 열겠습니다."

하기야 의천노공 우서한을 문밖에 세워두는 일은 있을 수 없는 일이었다.

무사의 말에 우서한이 빙그레 미소를 지으며 손을 저었다.

"번거롭게 문을 열 필요는 없네."

북두회 장원의 문은 웬만한 성의 성문보다도 크고 무거워서 열려면 장정 서넛이 힘을 써야 했다.

"하지만 귀인(貴人)을 어찌……."

"문이 아니라도 허락을 한다면 어찌 장원에 들지 못하겠나.

아무튼 문을 열겠다고 했으니 장원에 드는 것을 허락한 것으로 알겠네."

노인 의천노공 우서한이 부드러운 미소를 짓더니 가볍게 땅을 찼다. 그러자 그의 신형이 미끄러지듯 장벽으로 다가섰다.

벽에 이른 우서한의 발이 계단을 오르듯 담장 벽에 걸쳐졌다. 그러자 그의 몸이 허공으로 붕 떠올랐다.

우서한은 평지를 걷듯 연속해서 담장 벽을 발로 디뎠다. 그의 몸은 아무런 저항 없이 수직으로 담장을 거슬러 올라 금세 북두회 무사들 앞에 당도했다.

그러자 거짓말처럼 우서한을 따르는 노인이 우서한 바로 뒤에 나타났다.

은밀한 움직임으로 보자면 노인이 우서한보다 더 대단한 것처럼 보였다. 그러나 장내의 북두회 육가의 고수들은 두 사람의 움직임이 사실은 비교할 수 없을 만큼 큰 차이가 있다는 것을 알고 있었다.

아무런 방해가 없을 때 수직의 담장을 날아오르는 것은 일정한 경지에 이른 고수라면 누구나 할 수 있는 일이다.

우서한을 따르는 노인처럼 사람들의 눈에 보이지 않을 정도로 빠르게 날아오르는 것 역시 절정의 무공을 지닌 자라면 가능했다.

그러나 우서한처럼 마치 구름을 밟고 평지를 걷듯 느리게 성벽을 오르는 일은 절대고수만이 할 수 있는 일이었다.

우서한은 그 일을 호흡 한 번 흩뜨리지 않고 해냈다. 마치 평소 일상의 일처럼. 우서한의 무공은 그래서 고수들의 눈에만 보이는 공포를 담은 무공이었다.

"의, 의천노공을 뵈옵니다."

장벽 아래 있을 때는 그의 등장이 너무나 급작스럽고 놀라워서 미처 하지 못한 인사를 북두회 고수들이 뒤늦게 당황한 얼굴로 했다.

"의천노공을 뵙습니다."

다른 북두회 무사들 역시 일제히 허리를 숙여 최대한 정중하게 인사를 했다.

"인사가 과하면 손님이 불편한 법이네. 그쯤 하게들."

의천노공이 부드럽게 말했다. 그러자 북두회 무사들이 감복한 표정으로 머리를 들고 몇 걸음 뒤로 물러나 의천노공에 대한 예를 표했다.

"모두들 수고가 많구만."

우서한이 경비무사들을 보며 말했다.

"때가 때인지라……."

애초에 우서한과 대화를 나눈 무사가 말꼬리를 흐렸다.

"흐흠, 그래, 천무맹, 아니, 십자성이라고 했나? 대단한 자들이지."

우서한이 고개를 끄떡였다.

"하지만 이제 의천노공께서 강호에 나오셨으니 그들 역시 곧 노공의 뜻에 따를 것입니다."

"하하하, 늙은이가 무슨 힘이 있다고. 아, 저기들 오는군."

우서한이 가볍게 미소를 짓다가 장원 안쪽에서 달려오는 여섯 명의 절대자를 발견하고는 말머리를 돌렸다.

장벽 위에 서 있던 북두회 무사들이 고개를 돌려 보니 북두회 육가의 수장들이 시종도 거느리지 않고 바람을 가르며 장벽을 향해 달려오고 있었다.

"노공! 아! 정말 노공이셨군요!"

가장 먼저 장내에 도착한 소림의 방장 월명이 감격한 표정으로 말했다.

"선사, 오랜만이구려."

"그렇습니다. 정말 오랜만입니다. 그간 어찌 강호행을 하지 않으셨습니까? 노공께서 은거하시는 동안 강호가 아주 혼란스러워졌습니다."

"후후, 이 늙은이 하나의 유무에 어찌 강호의 정세가 좌우되겠소이까?"

"그렇지가 않습니다. 노공의 말씀 한마디, 행보 한 걸음이 천하의 정세를 좌우한다는 걸 모른다면 그야말로 무림인이 아니지요. 그런데… 아, 정말 우리는 크게 오해를 하고 말았습니다."

월명이 나직하게 탄식했다.

"오해라니, 무슨 말씀이시오?"

"묵안노 말입니다. 묵안노께서 우리의 청을 면전에서 거절해 내심 그분을 원망하고 있었는데… 아아, 역시 월문의 노선들은 다르시군요. 우리를 책망하기 위해 말은 그렇게 하셨어도 결국 이렇게 노공을 불러주셨군요."

월명은 의천노공의 하산이 묵안노에 의한 것이라 생각하는 모양이다. 우서한은 굳이 그의 생각을 바로잡지 않았다.

"흐음, 사형의 일은 들었소."

우서한이 얼굴에서 미소를 거두며 말했다.

그러자 월명이 당황한 표정으로 머리를 조아리며 말했다.

"사과드립니다. 월문의 은혜를 한시도 잊지 말아야 하거늘 눈앞에 닥친 사정이 급하다 보니 그만 월문의 큰 어른이신 묵안노께 큰 무례를 범했습니다."

"흐흠, 사형의 마음이 상한 것은 맞는 것 같소."

"그래서 함께 오지 않으셨군요."

월명이 슬쩍 장벽 아래를 살피며 말했다.

"사형은 이제 강호의 일에서 손을 떼실 생각인 모양이오."

"아, 그렇게까지… 정말 송구할 따름입니다."

월명이 어쩔 줄 몰라 하며 머리를 조아렸다.

다른 육가의 주인들 역시 유구무언, 어떤 변병도 하지 못하고 침묵을 지킬 뿐이다. 그러자 우서한이 말했다.

"그 일은 나중에 해결할 시간이 있을 것이고… 일단은 천무맹을 상대하는 일이 먼저 아니겠소?"

"그렇습니다. 아, 그자들은 어느새 무림의 칠 할을 장악했습니다. 참으로 대담하고 욕심 많은 자들입니다."

"사람은 누구나 욕망을 가지고 있지 않겠소? 그들만 탓할 문제는 아니오. 단지 나로서는 그들이 행보가 강호에 혈난을 불러올 수 있을 것 같아 그것을 미연에 방지하려고 온 것이오."

북두회 육가의 잘못도 함께 추궁하는 대답이다.

우서한의 말에 월명이 부끄러운 표정을 감추지 못하면서도 조심스레 물었다.

"어찌 처리하실는지……?"

"수고스럽더라도 천하무림에 통발을 띄워주시오. 나 우서한 이 절강에 있는 십자성까지 여행을 하려 한다고. 그리고 그 여정에 길 위에 있는 모든 문파의 주인들과 때마다 오찬을 즐기려 한다고 말이오. 산 위에서만 살다 보니 노자가 부족해서 부득이 천하 각문의 신세를 지지 않을 수 없다고 말이오. 허허허!"

제3장
노공무행(老公武行)

무림이 갑자기 정지했다.

누구도 예상치 못한 충격이었다. 무림천하의 물살이 천무맹으로 흐르고 있다는 것은 삼척동자도 아는 상황이다.

본래 기존의 세력이 무너지고 새로운 세력이 등장할 때면 으레 꿈을 좇아 움직이는 자들이 생겨나게 마련이다.

민초들이야 변란의 질곡에서 고통받지만 영웅과 기인이사들은 그 변란을 좋은 기회로 여기게 마련이다.

그래서 일부러 세상을 혼란스럽게 만드는 자들도 있지 않던가.

그러니 북두회 원정대를 겁박해 그들로부터 양보를 받아낸 천무맹으로 사람들이 몰려드는 것은 당연한 일이었다.

설혹 천무맹을 찾지 않는다 해도 강호 패자가 교체되는 그 시간에 살고 있는 무림인들은 자신도 모르게 변화의 물결에 휩쓸려 흥분하게 마련이었다.

그런데 그렇게 들끓던 천하가 한순간 그 움직임을 멈췄다.

천무맹을 찾아가던 고수들도 걸음을 멈췄고, 지왕종문과 북두회, 그리고 천무맹의 놀라운 고수들이 펼친 영웅담을 자기 자랑처럼 늘어놓던 재담꾼들의 입도 닫혔다.

단 한 사람의 등장, 그 이름이 명화산의 북두회로부터 흘러나오는 순간 천하는 그렇게 정지되고 그 한 사람의 행보만을 주시하게 되었던 것이다.

의천노공 우서한, 오직 그 이름만이 만들 수 있는 결과였다.

"형님!"

절강의 십자성 깊숙한 곳에 존재하는 적풍의 거처에서 다시 그 안쪽으로 깊이 들어가면 적풍을 위한 연무실이 있다.

적풍은 십자성에 돌아온 이후 그 연무실에서 대부분의 시간을 보내고 있었다.

사람들은 적풍이 한창 바쁜 강호의 중심에서 벗어나 십자성으로 돌아온 것을 의아하게 생각했지만, 그가 연무실에 칩거하자 그의 귀성이 새로운 무공에 대한 연공의 일환이라고 생각했다.

무림의 고수에게 무공의 연공은 그 무엇과도 바꿀 수 없는 일이라 그의 귀성을 설명할 수 있는 가장 유력한 이유였던 것이다.

적풍이 연무실에 있을 때 그를 만날 수 있는 사람은 극히 제한되었다. 그중 한 명이 지금 연무실 문을 박차고 들어온 우마였다.

적풍은 사자검과 우다문이 불의 검이라 부르던 신검 두 개를 양손에 들고 몇 가지 기수식을 연이어 취해보다 하늘이 무너진 것처럼 당황한 채 뛰어 들어오는 우마를 무덤덤한 시선으로 바라봤다.

"형님! 일났수!"

이런 말투는 평소의 우마라면 생각할 수 없는 것이다. 그는 십자성이 세워지고 세상에 대한 천무맹의 지배력의 커질수록 적풍에 대한 언동에 특히 주의하고 있었다.

"무슨 일인데?"

적풍이 되물었다.

"그, 그가 강호에 나타났소."

"그? 누구?"

"의천노공 말이오!"

순간 적풍의 표정이 묘하게 변했다.

긴장으로 굳은 듯도 하고, 혹은 입가에 작은 미소가 지어진 것 같기도 했다.

"결국 왔군."

적풍이 나직하게 말했다.

"놀라지도 않소?"

우마는 의천노공의 등장을 생각보다 덤덤히 받아내는 적풍의 모습에 실망조차 한듯 물었다.

"올 사람이 온 것인데 뭐가 놀라?"

"아니, 형님은 그가 강호에 나올 줄 알고 있었다는 거요?"

"그 제자가 빈손으로 돌아갔다. 그럼 당연히 그가 나올 차례지."

"그, 그런 건가? 아무튼 말이오, 지금 그게 중요한 게 아니오. 그자가… 여기 십자성으로 오겠다고 강호에 선언했소."

"선언?"

"그렇수."

"그답지 않군."

"뭐가 말이오?"

"내가 아는 그는 십자성으로 올 거면 조용히 날 찾아올 사람이지 세상에 소문을 낼 사람은 아니거든."

적풍이 어깨를 으쓱하며 말했다. 확실히 그가 알고 있는 우서한의 행보는 아니었다.

"그것뿐이 아니오."

"더 있어?"

"자신이 십자성으로 오는 여정 동안 그 길 위에 있는 각 문파의 수장들에게 자신의 요기를 해결해 달라고 했답니다. 그게 뭘 의미하는 것이겠소. 천하의 제 문파에게 자신의 뜻에 동의하란 의미가 아니겠어요?"

"음……."

이번에는 적풍도 심각한 표정을 지었다.

우서한의 의도는 분명했다. 천무맹에 가입했거나 혹은 동참하려는 자들의 발을 묶으려는 것이다. 그리하여 천무맹으로 급격하게 쏠리던 무림의 흐름을 멈추게 하고, 외려 천무맹을 분열시키려 하는 것이 분명했다.

그의 의도대로 된다면 그가 십자성에 도착할 때쯤 천무맹에 남아 있는 문파는 거의 없을 것이다.

반면 그는 등 뒤에 천하무림의 제 문파를 업고 적풍을 만나게 될 것이 분명했다.

그게 바로 의천노공 우서한의 무서움이었다. 그 이름만으로 정사양도를 자신의 그늘에 모을 수 있는 자가 바로 우서한인 것이다.

"어쩌면 좋겠어요?"

우마는 무척 당황한 듯 보였다. 그의 입에서 여러 가지 말투가 섞여 나오는 것도 그의 심기가 흔들렸음을 보여주는 것이다.

"두 가지 소식을 흘려."

"어떻게 말이우?"

"첫째, 초립천무객이 십자성주와 함께 의천노공 우서한을 맞이할 것이라고 전해."

"드디어 써먹는 거요, 그 이름?"

"그래, 지금 써야 할 이름이야. 자칫 그 늙은이의 말 한마디에 십자성이 강호공적으로 몰릴 수도 있으니까. 아직은 그렇게까지 하지 않은 모양이니 선수를 치자고. 초립천무객이 십자성과 함께한다면 그도 십자성을 강호공적으로 몰기는 힘들 거야."

"그렇군요. 하다못해 사마의 오명을 씌우기도 힘들 겁니다."

우마가 반색하며 말했다.

"두 번째는 우리 십자성은 의천노공 우서한의 방문을 환영한다고 전해. 그와 함께 혼란한 강호를 안정시킬 방책을 논의할 충분한 준비가 되어 있다고 말이야. 그럼 그가 이곳에 도착하기 전에 먼저 천무맹을 공격하는 일은 없을 거야. 먼저 공격한다면 그로서도 명성에 큰 타격을 입게 되는 것이니까. 공격이 없다면 천무맹을 탈퇴하는 자들의 숫자도 줄어들게 될 거야."

"아하! 그것도 참 묘책이우. 그런데 정작 문제는 그를 이곳에서 어찌 상대하느냐는 것 아니오?"

"그 준비를 하러 내가 십자성에 온 거야."

적풍의 대답에 우마가 화들짝 놀란 표정을 지었다.

"설마… 그와 싸우시려오?"

"싸워야 한다면!"

"형님, 그 일은 신중히 생각해요. 그와 싸우는 건 십자성과 천무맹을 이끌고 대전(大戰)을 벌이는 것보다 더 위험한 일일 수도 있소."

"언젠가는 한 번 싸워야 할 존재였다. 그 스스로 날 찾아온다면 나쁘지 않지."

적풍은 걱정보다 투기가 솟구치는 모습이었다.

"후우, 일단 알겠소."

"그리고 천무맹에 전해. 당분간 강호 활동을 중지하라고 말이야."

"그야 명하지 않아도 벌써 다들 자신들의 본거지에 틀어박히고 있소."

우마가 대답했다.

"또 하나, 북십자성을 움직인다."

"그들을요?"

"모든 것을 걸어야 할 수도 있어. 그리고 혹시 말이야……."

적풍이 말을 하다 말고 사자검과 불의 검을 동시에 휘둘렀다. 그러자 붉은 기운과 묵빛 기운이 연무실을 딱 반으로 가르며 퍼져 나갔다.

그 놀라운 모습에 우마의 눈이 휘둥그레졌다.

적풍의 무공이 나날이 미지의 세계로 향해가고 있다는 것은 알았지만 지금 그가 보인 이 이질적인 두 기운의 조합은 세상을 반으로 가른 것처럼 강렬한 인상을 주었다.

"혹시라도 그를 이긴다면… 우린 영원한 자유를 얻게 된다. 신화의 존재가 돼서. 신화가 뭔지 알아?"

적풍이 물었다.

"제길, 내가 어린애요?"

우마가 화를 냈다. 그러나 적풍은 우마의 대답에 아랑곳하지 않고 자신의 생각을 말했다.

"신화란 두려움이다. 당대 무림의 신화는 의천노공 우서한이지. 그를 제압하면 그의 신화는 우리 것이 될 거야. 그렇게만 된다면 우린 십자성이란 이름으로 영원히 자유로울 거다. 애써 검을 휘두르지 않아도. 우서한이 월하선봉에서 노닐며 군림한 것처럼 말이야."

"알았수, 난 형님만 믿겠수."

"두 사부를 잘 달래. 겁먹지 않게."

"제길, 그 노인네들 벌써부터 난리요. 형님이 우서한을 마중 나가야 하지 않느냐면서. 겁먹은 거지."

"당연한 일이다. 상대가 우서한 아니냐."

"십자성의 식솔들이 제대로 싸워줄지 모르겠소."

"그래서 그와 내가 겨뤄야 하는 거야. 전면전이 벌어지면 필패다. 그런 의미에서 십자성까지 여행을 하겠다는 그의 행보는 내겐 무척 고마운 일이지."

적풍이 한 줄기 미소를 지으며 말했다.

*   *   *

강변 버드나무들이 솜털 날리는 꽃망울을 터뜨릴 때 의천노공 우서한은 황하에 닿았다.

사람들은 십자성을 향한 그의 행보를 노공무행(老公武行)이라고 부르며 절대자의 무행을 지켜보고 있었다.

우서한의 행보는 전혀 바빠 보이지 않았다. 황하 변에 닿은 그는 바로 배를 타고 강을 건너는 대신 하룻밤을 강변에서 노숙하기로 결정했다.

그곳에 거대한 숙영지가 펼쳐지고, 황하 이북의 문파 중 아직도 우서한을 만나지 않은 문파 수장들을 기다려 줄 생각인 그였다.

이미 수많은 문파의 주인들이 그를 찾아왔고, 그에게 한 끼 식사를 대접했으며, 그의 행보를 축원했지만, 여전히 그를 찾지 않은 문파도 존재했다.

그런 그들에 대한 징벌의 의견이 북두회 육가 사이에서 일어났지만, 의천노공 우서한은 그의 행보 전후로 강호에 피를 뿌리는 것을 단호하게 거부했다.

그 대신 황하 변에서 하루를 머물며 아직 오지 않은 자들에게 기회를 주기로 한 것이다.

그리고 그곳에서 우서한은 십자성의 결정을 전해 들었다.

"날 환영한다고?"

"그렇습니다."

의천노공의 충실한 가신으로 평생 월하선봉 아래에서 우서한을 지켜온 맹의검이 대답했다.

"후후, 맹랑한 녀석. 피를 뿌리지 말고 오라는 것이겠지?"

"아마도 그런 듯합니다."

"과연 놈이구나."

우서한이 감탄했다.

"그리고… 초립천무객이 십자성에 들었다는 소식도 함께 냈습니다."

"초립천무객?"

"예, 십자성에서 그리 소문을 냈습니다. 초립천무객은 십자
성주와 의기투합해 강호의 안정을 위해 노력하겠다는……."

"헛, 제대로 써먹는군. 초립천무객이라… 그저 장난으로 생
각했는데. 아무튼 육가의 주인들이 애가 타겠군."

"아무래도 그렇지요. 그들은 십자성과 천무맹을 강호공적으
로 몰고 싶어 하니까요."

"사실 나쁜 방법은 아니지. 그렇게 되면 녀석의 손과 발이 모
두 잘려 나갈 테니까. 그럼 힘 안 들이고 산으로 데려갈 수 있
지 않을까?"

"그렇다 한들 십자성주가 순순히 따라나서겠습니까? 그는
전마의 아들입니다."

"하아, 그렇지. 전마, 그 무서운 혈통… 신혈 중의 신혈이
라……."

우서한이 우울한 표정을 지었다. 그러자 맹의검이 조심스럽
게 물었다.

"걱정되십니까?"

"걱정?"

우서한이 맹의검을 돌아봤다.

"죄송합니다. 제가 실언을 했습니다."

"아니, 아니야. 생각해 보니까 자네 말이 맞는 것 같아."

"……?"

"난 지금껏 적풍 그 아이가 껄끄러운 것이 단순히 그가 전마의 아들이기 때문이라고 생각했네. 그 혈통의 무서움 때문이 아니라 그가 전마의 아들이기에 내 마음속에 그 아이에 대한 미안함과 안쓰러움이 존재한다고 생각했었네. 그래서 과거 전마에게 한 일을 다시 그 아들에게 하고 싶지 않기도 하고 말이야."

"법황께서 누군가에게 그만큼의 호의를 베푼 것은 아주 특별한 일이지요. 십자성주도 이 사실을 알아야 할 겁니다. 얼마나 많은 호의를 받은 것인지."

"그렇지가 않네."

우서한이 고개를 저었다.

"그게 무슨 말씀이시온지……?"

"자네 말을 듣고 깨달았네. 난 내가 그 아이를 동정하고 있다고 생각했었으나 사실은 동정이 아니었다는 것을 말이야."

"저로선 이해하기가……."

맹의검의 곤혹스러운 표정으로 말했다.

"내가 지금껏 그 아이를 살려둔 이유는 아마도… 두려움 때문이었던 것 같네."

"법황!"

"생각해 보게. 그는 전마의 아들이야. 더군다나 그 무서운 검을 들고 있네. 어찌 두렵지 않겠는가? 그 아이가 그 검과 함께 내가 두려워할 정도로 성장할 수 있다는 사실을 너무 간과했어. 사실 어쩔 수 없이 강호에 내보내기는 했지만, 난 가끔 그 일을 후회했네. 흐흠, 그래서 사형이 더욱 용서가 안 돼. 사형이 독을 쓰지만 않았어도 그 아이가 강호로 나가는 일은 없었을 터인데……."

"그분은 어쩌실 생각이십니까?"

"사형?"

"예."

"일이 끝나면 출문이네. 당연히 월문이 사형에게 준 모든 것을 놓고 나가야겠지."

"아……!"

맹의검이 안타까운 듯 표정으로 탄식했다.

"누구보다 자네가 잘 알 걸세. 월문의 법이 얼마나 냉혹한지."

"그럼요. 누구보다 제가 잘 알지요. 그 때문에 법황께서 전마에게 파마시를 쓴 것이 아닙니까. 스스로 월문의 법을 지키시기 위해서."

"그러니 사형도 자신의 행동에 대해 대가를 치러야 할 걸세. 그리고 그래서도 반드시 내가 십자성주를 데리고 가야 해. 그러지 않는다면 소월이 내가 겪은 고통을 다시 겪어야 하니까."

"그래야지요. 소문주의 손으로 그를 죽이는 일은 없어야겠지요."

맹의검이 고개를 끄떡였다.

그때 숙영지 쪽에서 노인 한 명이 빠르게 두 사람이 있는 곳으로 다가왔다.

"준비가 끝났습니다."

노인은 우서한 앞에 이르자 공손하게 말했다.

그는 우서한을 따르는 또 다른 심복 자천추다. 맹의검이 월하선봉 아래서 우서한을 보필한다면 그는 천하를 종횡하며 강호의 정세를 우서한에게 전하는 일을 맡고 있었다.

"얼마나 왔지?"

"열한 개 문파의 수장들이 왔습니다."

자천추가 대답했다.

"혈궁주는?"

"그는 오지 않았습니다."

"역시 그렇군."

우서한이 고개를 끄떡였다.

"사람을 보낼까요?"

자천추가 물었다. 그러자 우서한이 잠시 생각에 잠겼다가 고개를 저었다.

"아니, 되었네. 십자성이 사라지면 자연히 오늘의 일에 대한 대가를 치르겠지. 가세."

우서한이 숙영지를 향해 천천히 걸음을 옮겼다.

                    *   *   *

참으로 기이한 일이다.

대체 이 늙은이는 왜 찾아왔을까. 적풍으로선 도저히 가늠이 되지 않았다.

묵안노 마한, 이 늙은이가 찾아올 줄이야.

적풍은 허름한 마의에 한 명의 여인만을 데리고 자신을 찾아온 마한을 괴물 보듯이 바라봤다.

'이 문파의 종자들은 하나같이 괴상하단 말이야. 우리 신혈족보다도 더.'

적풍이 씁쓸한 표정을 지으며 생각했다. 신혈족이야 타고난 신체적 특징이 보통 사람과 다른 것이지만, 이 월문의 인간들은 생각 자체가 보통 사람들의 상식을 벗어나 있었다.

대체 지금 이 시점에 마한이 십자성주 적풍을 찾아온다는 것 자체가 이해할 수 없는 일이었다.

"무슨 일이오?"

적풍이 묵안노 마한을 보며 물었다. 그러자 마한이 혀를 차며 말했다.

"역시 그대였군. 쯧쯧, 혈산에서 알아봤어야 하는데. 하긴 천하에서 북두회 육가 고수들의 공격을 그리 막아낼 사람은 오직 십자성주밖에 없을 것이었는데……"

"눈썰미가 좋구려."

"후후, 그 덕에 지금까지 살아남은 것이오."

마한이 넉살 좋게 웃으며 대답했다.

"자, 이제 말해보시오. 왜 날 찾아온 건지."

"손님에 대한 대접이 박하구려."

적풍이 묵안노를 만나고 있는 곳은 그의 연무실이었다. 묵안노 마한을 적풍에게 데려온 사람은 놀랍게도 야문의 문주였다.

그렇다고 야문의 문주가 묵안노와 인연이 있는 것은 아니었다. 단지 묵안노가 누가 자신을 적풍 앞에 은밀히 데려다줄 수 있는지를 정확히 알고 있을 뿐이었다.

"보다시피 이곳은 연무실이오. 딱히 손님 대접할 장소는 아니니 그저 편할 대로 앉으시오. 설마 차라도 대접받고 싶은 거요?"

"하하하, 생각보다 속이 좁구려."

"그러니 조심하는 게 좋을 거요."

적풍이 날카로운 시선으로 묵안노를 보며 경고했다.

"후우, 좋소, 좋아. 그럼 여기쯤이 좋겠군."

묵안노가 적풍의 수련실을 스윽 둘러보다 병기를 올려두기 위해 만들어놓은 나무 탁자 위에 엉덩이를 걸치고 앉았다. 그러자 그를 따라온 여인, 마한의 이제자 황옥이 그의 뒤쪽으로 걸어가 시립했다.

자리를 잡고 앉은 마한이 날카로운 눈으로 적풍을 살폈다. 적풍은 조금 귀찮은 표정으로 묵안노를 바라보고 있었다.

"생각보다 좋구려."

"뭐가 말이오?"

"성주의 눈빛 말이오."

"내 눈빛이라……. 내 눈빛이 어떻소?"

"처음 그대를 찾아올 때는 둘 중 하나를 기대했지. 세상을 혈난에 빠뜨릴 마왕의 눈빛을 하고 있거나, 혹은 세상을 혼란에 빠뜨릴 간웅의 눈빛을 하고 있거나. 그런데 둘 모두 아니구려."

"그럼 내 눈빛은 누구의 눈빛이오?"

"성주의 눈빛은… 투사의 눈빛이구려. 굳이 강호의 말로 말하자면 패웅의 눈빛이랄까."

"그게 당신 마음에 드시오?"

"그렇소. 간교한 자보다야 호방한 자가 사귀기 좋으니까."

"미안한데 난 당신과 사귈 생각이 없소. 이유는 방금 전 당신이 말했소. 간교한 자와 사귀는 것은 바보 같은 짓이지."

적풍의 비웃음에 마한의 표정이 살짝 변했다. 그러나 심기를 드러낼 정도는 아니어서 그가 적풍의 말에 분노했는지는 정확히 알 수 없었다.

대신 그의 뒤쪽에 서 있던 이제자 황옥이 차가운 살기를 흘려냈다. 그녀로서는 스승이 조롱받는 것을 참을 수 없는 모양이었다.

"내가 그리 보였소?"

"당연한 일 아니오? 질투에 눈이 멀어 사제에게 독을 풀고, 세상을 얻을 욕심에 그 가족을 인질로 정천사자들을 만들어낸 당신이 간교하지 않다면 세상에 누가 간교하겠소!"

팡!

갑자기 마한이 무기를 올려놓은 나무 탁자를 내려쳤다. 그의 손이 닿은 탁자가 한순간에 부서져 내렸다.

"값은 치르고 가야 할 거요."

적풍이 침착한 표정으로 부서진 탁자를 보며 말했다.

"그대가 어떻게 그 사실을……?"

마한의 얼굴이 경악으로 물들어 있다.

정천사자를 길러낸 내막이야 그들을 데려온 자가 십자성주이니 당연히 알고 있을 사실이다.

하지만 사제 월문 법황 우서한에게 하독한 것은 천하에서 오직 그와 우서한만이 알고 있는 비밀이다. 그런데 어떻게 십자성주가 그 사실을 알고 있단 말인가.

불가능한 일이 눈앞에서 일어나자 아무리 심기가 깊은 마한도 흥분할 수밖에 없었다.

"그때 나도 그곳에 있었소."

"…설마 사제의 그 어린 제자? 아니, 아니야. 아무리 시간이 지났다고 해도 소월 그 아이는 아니야."

"당시 나는 월문의 금옥에 있었소."

"대체… 성주는 누구요?"

"그건 나중에 법황에게 물어보시오. 아무튼 그곳에 있었기 때문에 그대가 법황에게 한 일을 잘 알고 있지. 그래서 한편으로는 고맙기도 하오."

"그를 공격해 줘서 말이오?"

"그가 중독되지 않았다면 난 결코 월문의 뇌옥을 벗어나지 못했을 거요."

적풍의 말에 마한이 믿을 수 없다는 표정으로 물었다.

"설마 법황이 중독되었다고 월문의 금옥을 파옥하고 나올 수 있었단 말이오? 아니, 그건 불가능한 일이야. 월문의 뇌옥은 파옥될 곳이 아니니까."

"물론 파옥한 것은 아니오. 그가 날 직접 강호에 내보낸 거지. 당신과 지왕종문을 견제하라고 말이오. 그는 무림이 균형을 유지하길 바랐소. 그가 회복될 때까지는 말이오. 하지만 그대도 선을 넘었고, 나도 선을 넘었지. 그래서 그가 월하선봉을 내려온 것이오. 자, 내 이야기는 이 정도면 충분한 것 같고, 이제 그대의 이야기를 해보시오. 왜 날 찾아온 거요?"

적풍이 조금 긴 말을 끝내며 물었다. 그러자 마한이 의구심 가득한 눈으로 적풍을 응시하며 잠시 침묵을 지켰다.

그의 비상한 머리가 적풍과 월문의 인연을 이리저리 추측해 보고 있음이 분명했다.

그러나 적풍이 말하지 않는 이상 그가 전마 적황의 아들임을 마한이 알 수는 없었다.

"왜 갇힌 거요?"

마한이 자신의 지혜로는 답을 얻지 못하자 결국 적풍에게 물었다. 그러자 적풍이 차갑게 대답했다.

"내 이야기는 끝났다고 했소. 이제 당신의 이야기를 해보시오. 말하지 않겠다면 그만 떠나시오. 알겠지만 요즘 내가 무척 바쁜 사람이라……."

적풍의 말에 마한이 잠시 망설였다. 적풍의 내력이 그가 알고 있는 것보다 훨씬 복잡하다는 것이 그를 망설이게 만드는 것 같았다.

그러나 그로서는 자신이 찾아온 이유를 적풍에게 말하지 않을 수도 없었다. 그건 그가 생각해 낸 사제 의천노공 우서한을 상대할 수 있는 유일한 방책이기 때문이다.

"난, 성주에게 법황을 상대할 방책, 그걸 알려주러 왔소."

마한이 힘겹게 입을 열었다. 말을 하는 동안 그는 우서한에게 하독을 할 때보다도 더 긴장한 듯 보였다.

법황을 상대할 방책을 알려주겠다는 마한을 적풍이 물끄러미 바라봤다. 그러다가 갑자기 키득거리기 시작했다.

"크크크, 정말 재밌는 사람일세. 법황을 상대할 방법이라니… 클클, 그 방법을 알고 있다면 당신이 싸우면 될 거 아니오?"

"지금 그와 싸우는 것은 내가 아니라 성주시니까."

"하하하, 이것 참, 표정을 보아하니 법황에게 하독한 일도 아직 마음에서 풀어버리지 못한 것 같은데 이제 다시 법황을 배신하면 앞으로 어찌 살아가려 그러시오?"

적풍의 말에 마한의 얼굴이 일그러졌다.

적풍의 지적이 검으로 살을 찌르는 것보다도 아프게 느껴졌다. 사실 그로서도 법황을 두 번 배신하는 결정을 하는 것이 쉬운 일은 아니었다. 하지만 법황이 그가 움직일 공간을 전혀 주지 않았기에 오직 하나의 길만이 남아 있다고 생각한 마한이었다.

"그렇다고 지금 죽을 수는 없으니까. 더군다나 이제 내 수명도 그리 오래 남지 않았고, 한을 풀려면 지금 풀어야지……."

"원하는 게 뭐요?"

적풍이 물었다.

의천노공 우서한을 상대할 계책을 내놓는 일이다. 당연히 원하는 바가 적지 않을 것이다. 그러나 묵안노는 또 한 번 적풍의 예상과는 벗어나는 대답을 내놨다.

"없소."

"……?"

"없소. 단지 성주가 그를 이겨주기만 하면 되오. 이후의 일은 내 문제요."

마한이 단호하게 말했다.

적풍이 다시 한 번 마한의 눈을 응시했다. 그의 눈에서는 어떤 간계나 기만의 빛도 찾을 수 없었다. 진심으로 마한은 적풍에게 바라는 바가 없었다.

'단지 의천노공에 대한 원한 때문이라고? 아니지, 원한이 아니라 열등감이 맞겠군. 그러나 그러기에는 너무 큰 거래가 아닌가?'

적풍은 자신에게 원하는 것이 없다는 마한의 말을 곧이곧대로 믿어야 하나 하는 의심을 갖지 않을 수 없었다. 그러자 그 의심을 풀어주려는 듯 마한이 다시 입을 열었다.

"굳이 작은 소득이라면 월문의 업을 수행치 못한 사제 대신 내가, 혹은 내가 지목하는 사람이 월문의 문주가 되는 것이랄까……."

마한의 대답을 듣는 순간 적풍은 이자가 가장 큰 이득을 취하려 한다는 것을 깨달았다.

월문의 문주란 당대 천하제일인의 상징과도 같다. 그 정도라면 가능한 거래다.

"말해보시오. 그를 어찌 상대해야 하오?"

"그를 상대하려면 첫째, 그를 따르는 무리를 흩어놔야 하고, 둘째, 그의 약점을 치고 들어가야 하오."

"그러니까 그 방책이 뭐냐고 묻는 것 아니오?"

적풍이 다시 물었다. 그러자 마한이 잠시 뜸을 들이다가 입을 열었다.

"월문 법황 제일의 사명, 밀교의 문을 공격하는 것이오!"

쿵!

순간 적풍은 심장이 내려앉는 것 같은 충격을 받았다. 밀교의 문, 아니, 정확히는 밀교와 천기자의 문이다. 그 문을 지키는 것이 월문 법황들의 업이라는 것은 이미 알고 있었다.

그러나 그 문이 어디에 존재하고 또한 그 문 안에 무엇이 있는지는 전혀 알 수 없었다. 단지 그 이름을 들을 때마다 이상하게도 가슴이 뛰고 신경이 곤두설 뿐이었다.

"대체 그 문 안에 뭐가 있소? 듣자 하니 천기자란 고대의 천재도 그 일에 희생되었다고 하던데……."

"후후후, 희생? 글쎄……."

마한이 말꼬리를 흐렸다.

"희생이 아니란 말이오?"

"천기자는 스스로 그 문(門)의 주인이 되려 했기에 죽은 거요. 희생은 무슨……."

순간 적풍은 문득 내면에 잠재해 있는 두려움의 실체를 깨달았다.

그가 늘 야문의 스승 고력에게서 느끼던 그 불안함, 자신을 적풍의 노복이라고 자처하던 야문의 스승 고력에 대한 두려움의 실체였다.

'그자도 문을 원하고 있었어. 천기자가 그랬듯이!'

고력에게 필요한 것은 야문도, 십자성도, 천무맹도 아니었다. 천하 따위 그에게는 어떻게 되든 상관없었을지도 모른다. 하물며 적풍은 안중에도 없었을 것이다.

그는 단지 가문의 오랜 원한, 혹은 염원을 풀기 위해 전마 적황을, 혹은 적풍을 선택했을 것이다.

밀교와 천기자의 문, 그것을 차지하는 것이 아마도 고력의 유일한 목적이었을 것이다.

'그 외 모든 것은 목적을 달성하기 위한 수단이었을 테지. 그자신조차도.'

이제야 그의 모든 행동이 이해되었다. 우다문을 데리고 사라진 것까지. 그는 우다문이 그 문에 대한 비밀을 알고 있을 거라 생각한 것이 분명했다.

'그러니 우다문이 깨어나 문에 대해 이야기한다 해도 그를 데리고 다시 내게 올 확률은 반반이지. 문을 차지하는 데 내가

필요하면 올 것이고, 필요치 않다면 오지 않겠지.'

적풍이 씁쓸한 미소를 지으며 고개를 저었다. 그리고 한 가지 사실이 분명해졌다. 결국 모든 것은 그 문과 연결된다.

"이제 보니 전마 적황도 사실은 그 문(門) 때문에 죽은 것이겠구려."

적풍이 담담하게 물었다.

"맞소. 전마 적황도 그 문(門)을 열고자 했소. 그래서 칠가를 공격한 것이오. 그 문을 열기 위해선 칠가에 보관되어 있는 일곱 개의 신물이 필요했소. 그 물건들의 실체와 행방은 오로지 월문의 법황만이 알고 있었고 말이오. 그래서 전마는 법황을 찾았고, 사제는 전마의 강력한 힘이 두려워 그를 따르는 척하며 기회를 엿봤던 거요. 그게 두 사람 사이에 일어난 일의 전부요."

그러나 그것만이 전부가 아니라는 것을 적풍은 알고 있었다.

이자, 이 삭막한 심성을 지닌 채 야망에 물든 자는 도저히 알 수도, 이해할 수도 없는 서로에 대한 동경이 두 사람 사이에는 있었을 것이다.

적풍 자신과 월문의 후계자 허소월이 느끼는 그런 감정들. 그래서 전마 적황을 죽이고도 자신과 어머니를 찾아왔을 우서한이다.

적풍은 이제 자신이 비밀의 끝에 와 있다는 것을 느끼고 있었다. 모든 문제는 하나로 귀결된다.

밀교와 천기자의 문, 대체 그 안에는 뭐가 있을까?

대체 어떤 것이 존재하기에 전마는 천하를 갖는 대신 그 문을 택했고, 월문의 문주 우서한은 자신이 동경하던 전마를 죽인 걸까.

"대체 그 안에 뭐가 있소?"

적풍이 처음에 던진 질문을 다시 했다. 이자라면, 법황의 사형이라면 답을 해줄 수도 있을 것 같았다.

그러나 마한의 대답은 기대와 달랐다.

"솔직히 말하자면 나도 모르오."

"……"

순간 적풍이 실망을 넘어 분노한 눈으로 마한을 노려봤다. 이자가 또 거래를 하자는 건가 하는 표정이다.

"거짓이 아니오. 나도 정말 그 안에 뭐가 있는지 모르오. 그 비밀은 오직 법황만이 알고 있소. 다만 이건 확실하오. 그 문이 열리는 순간 세상이 지금껏 보지 못한 힘이 나타날 거란 사실 말이오."

"그런 모호한 대답은 내 결정에 아무런 도움이 되지 못하오."

적풍이 차갑게 말했다.

그러자 마한이 곤혹스러운 표정을 지어 보였다. 그의 말이 거짓이 아닌 것은 분명했다. 그 자신도 월문의 법황이 대대로 지켜온 그 문 안에 무엇이 있는지 모르는 것은 확실했다.

"하지만 짐작은 할 수 있소."

끝까지 적풍을 놓을 수 없는 마한이 지푸라기라도 잡는 표정으로 말했다.

"말해보시오."

적풍이 조금은 거만하게 말했다.

필요한 것을 모른다면 마한의 가치는 베어야 할 적에 지나지 않았다.

"무림사에 시간이 지나도 그 진실이 밝혀지지 않은 사건들이 있소. 예를 들면 오백 년 전 이십팔룡의 은(隱) 같은 것 말이오."

"그런 일이 있었소?"

현재라면 모를까, 강호의 역사까지는 아직 해박하지 못한 적풍이다.

그러나 적풍은 처음 듣는 말이지만 오백 년 전에 일어난 이십팔룡의 은(隱)은 이후 일백 년 이상 무림에 막대한 영향을 미친 대사건이었다.

"오백 년 전 천하제일을 다투던 스물여덟 명의 고수가 서로 자웅을 결하기 위해 북방의 이름 모를 산에 모였소. 그들 중에는 소림의 고승도, 무당의 절대검객도, 그리고 고금오대고수에 속한다고 알려진 무악검 이소도 포함된 그야말로 그 시대의 절대강자들이었소. 그런데 그들은 그 회합 이후 거짓말처럼 무림에서 증발했소. 그 어디서도 그들의 흔적을 찾을 수 없었던 것이오."

"양패구상은 어떻소?"

적풍이 물었다.

절대의 고수들이 천하제일인의 자리를 놓고 다투었다면 충분히 가능한 일이었다.

"그건 불가능하오. 스물여덟의 동패구사라니 그게 가능하겠소? 설혹 그랬다 해도 적어도 그 시신은 발견됐어야 하지 않겠소? 아무튼 그 일로 인해 강호는 근 일백 년간 혼란에 빠졌소. 그들의 빈자리를 메우는 데 일백여 년의 시간이 필요했을 정도였단 말이오."

"알겠소. 참 신기한 일이라고 칩시다. 그런데 그 일이 우리 일과 무슨 상관이 있다는 거요?"

"이후에도 가끔씩 그렇게 절대고수들이 홀연히 강호에서 사라지는 일이 가끔 일어났소."

"그야 언제나 있는 일이지 않소? 속세를 떠나 은거의 삶을 택한 고수가 어디 한둘이오? 우리 같은 속물들이나 도검을 들고 죽을 둥 살 둥 싸우는 거지."

적풍이 자조하듯 말했다.

적풍의 말에 마한이 씁쓸한 표정을 지으며 말했다.

"맞는 말이기는 하지만 그들 중에는 절대마인이라 일컬어지는 자도 있었으니 은거는 아닐 거요. 난 그들의 유진(遺塵)이 밀교의 문 안에 있을 것이라 생각하오!"

마한의 말에 적풍이 뚫어지게 마한을 바라봤다. 그러다가 낮은 목소리로 물었다.

"그러니까 밀교의 문이 천하의 고수들이 수백 년을 두고 찾아들어 죽은 무덤이란 뜻이오?"

"정확히는 월문의 법황이 그들을 끌어들였을 거라 생각하오."

"대체 왜?"

"전마 적황과 마찬가지 이유로 말이오."

순간 적풍은 심장이 멎는 듯한 충격을 받았다. 전마 적황과 같은 이유라면 두 가지 가능성을 내포한다.

하나는 그들 모두가 밀교와 천기자의 문에 욕심을 냈거나 혹은 그들 모두가 신혈의 피를 가졌다는 의미가 될 수 있다.

아니면 그 두 가지 이유 모두일 수도 있었다.

"그들이 신혈족이었단 의미요?"

적풍이 확인하듯 물었다.

"처음에는 그랬을 거요."

"처음이라……."

"월문이 탄생한 이유 중 하나가 이골마족, 그러니까 당신들이 신혈이라 부르는 그 피를 지닌 자들과 밀접한 관련이 있는 것은 알 것이오. 월문이 그들을 통제하기 이전의 시대에 그들은 무림의 최고 고수로 군림했소. 그 정점에 있던 자들이 바로 이십팔룡이었고 말이오."

"그러니까, 소림에도 무당에도 신혈족이 있었다?"

"그렇소."

"그런 그들을 솎아내어 그 문(門) 안쪽에 가뒀단 말이구려."

"짐작하건대 그렇소. 아무리 월문의 법황이라도 그들 모두를 죽이지는 못할 것이니 아마도 그들을 문 안으로 끌어들이고 그곳에 영원히 가둬두는 방법을 택했을 것이오. 그리고 그들은 그곳에서 죽어갔겠지. 어쩌면 그곳에서 천수를 모두 누렸을 수도 있소. 아니아니, 이 모든 것은 나로서도 확신할 수 없소. 도대체 그 문 안쪽이 어떻게 되어 있는지 알 수가 없으니까. 그러나 한 가지 확실한 것은 있소."

"그게 뭐요?"

"그 문 안에 고금을 통틀어 무림 최고 경지에 올랐던 자들의 유진이 남아 있다면… 혹은 극소수의 그 후손들이 어둠 속에서라도 갇힌 채 살아가고 있다면 그건 천하의 모든 무인을 불러 모을 수 있는 유혹이 될 거요. 십자성을 향해 오고 있는 의천노공의 노공무행 따위는 관심도 끌지 못할 만큼 말이오."

마한의 말이 다시 한 번 적풍의 심장을 흔들었다.

제4장
북행(北行)

처음에는 모두가 반대했다.

공격하는 적의 배후를 돌아 그 본거지를 치는 방법은 병가의 책사들이 즐겨 쓰는 방법이기는 했다.

그러나 그건 그 본거지에 지켜야 할 세력이 있을 때의 일이다. 월하선봉이 강호에서 중요한 이유는 그곳에 의천노공 우서한이 있기 때문이었다.

우서한이 월하선봉이고 월하선봉이 곧 우서한이다. 우서한이 없다면 월하선봉은 아무런 의미가 없는 곳이 된다. 그러니 그 의미 없는 월하선봉으로 가겠다는 적풍의 결정에 찬성할 사람은 없었다.

우마조차도 반대했다.

그러나 적풍이 월하선봉으로 가려는 이유를 설명하자 이번에는 단 한 명도 반대하지 않았다.

그곳에 월문의 법황이 대대로 지켜오는 하나의 문(門)이 있기 때문이 아니었다. 그 문을 지키기 위해 의천노공이 행보를 돌려 월하선봉으로 돌아갈 것이란 것 때문도 아니었다.

그렇게 되면 십자성은 당분간 안전해지겠지만 그렇다고 적풍의 북행을 절대적으로 지지할 만한 이유는 되지 못했다.

십자성의 사람들이 적풍의 북행을 전폭적으로 지지하게 된 이유는 그 문(門) 안에 있을지도 모르는 것들 때문이었다.

무림의 최대 전설이자 의문이던 이십팔룡의 은(隱), 그 비밀이 그곳에 잠들어 있다는 사실이 십자성 고수들의 마음을 단번에 움직였다.

그 비밀들이 풀어지는 순간, 그들은 고금 절대고수들의 유물, 혹은 절대의 무경들을 얻을 수 있다.

무림 고수들에게 무공 비결이란 목숨과도 같은 것이다. 명예나 권력, 혹은 금은보화도 무공의 뒤를 따를 뿐 앞서지 못하는 곳이 무림이 아닌가.

무공을 얻고 나면 다른 것은 줄기에 매달린 고구마처럼 따라오게 마련인 곳이 무림이었다.

더군다나 절대의 무공 비결이 있는 곳이라면 그곳이 지옥이라도 쫓아갈 위인들이 십자성에 즐비했다.

십자성의 뿌리는 흑사회, 애초에 마도에서 출발한 이들에게 이십팔룡의 무공은 거절할 수 없는 유혹이었다.

노구의 유령마군 사혼조차도 탐욕의 눈빛을 빛낼 정도였다.

"그럼 이곳은 어쩝니까?"

그나마 제정신이 남아 있는 율사가 물었다.

"일단은 진(陣)의 힘으로 지킨다. 그러다가 우리가 장성을 넘을 즈음에 소문을 낸다. 그럼 그도 월하선봉으로 돌아가지 않을 수 없을 것이다. 월문의 법황에게는 천하의 운명보다 월문의 업이 더 중요하니까."

"좋은 계책입니다."

이산해가 고개를 끄떡였다.

"일백을 모은 후 내일 즉시 출발한다. 우마, 사람을 추려라!"

"알겠습니다, 성주!"

우마가 흥분한 표정으로 대답했다. 그러자 유령마군 사혼이 걱정스러운 표정으로 물었다.

"일백으로 될까?"

"은밀히 움직여야 하는 일입니다. 그 이상은 위험합니다."

"하지만 만약 그 문(門)이란 것을 열지 못한 상황에서 의천노공이 돌아온다면……"

"어차피 그렇게 된다면 결국 그와 나의 싸움이 될 겁니다. 그를 따라 이곳으로 오는 자들 역시 그 문(門) 안쪽의 보물에 관심이 많을 테니 의천노공도 함부로 사람들을 끌고 오지는 못할 겁니다."

"그럴까?"

"오히려 초조할 겁니다. 월문이 지켜온 밀교의 문에 대한 비밀이 강호에 퍼져 나가면… 어쩌면 천하인 모두가 그의 적이 될 수도 있겠지요."

"하기야 사람이란 정파나 사파나 다 똑같지. 더군다나 이십팔룡 중 상당수는 강호 명문 출신, 분명히 각 파의 권리를 주장하는 자들도 나올 거야. 그러면, 흐흠, 의천노공이 오히려 궁지에 몰리게 되겠지."

"이 싸움은 결국 그를 천하를 구한 의인이 아니라 천하를 상대로 칼을 들어야 하는 마인으로 만들 겁니다. 그러니 설혹 우리가 그 문을 열지 못한다 해도 상관없지요."

적풍의 말에 사혼의 눈빛이 빛났다.

"성주의 진짜 목적은 바로 그거였군."

"맞습니다. 사실 월하선봉에 밀교의 문이 있다고는 하지만 그 문이 어디에 있는지는 누구도 모릅니다. 오직 월문의 법황만이 알고 있지요. 더군다나 만약 그 문이 전마별호 아래에 위치해 있다면 그곳에 고인 물을 모두 빼내야 하는데 그게 가능한지도 모르겠습니다."

"알겠다. 결국 미끼라는 것이구나, 천하인을 의천노공과 등지게 만들."

"문을 찾아 열면 더 좋겠지요."

"하하, 일석이조라……. 좋아, 가보자구!"

사혼의 노구가 일순간 다시 젊어진 것처럼 활기차 보였다.

적풍은 우마를 하루 먼저 보냈다.

우마가 향한 곳은 신곡, 그곳에서 북십자성의 고수들을 데리고 육로를 통해 장성을 넘는 것이 우마의 임무였다.

적풍은 십자성의 고수 일백여 명을 데리고 수로를 통해 십자성을 떠났다.

적풍은 일단 바다로 나간 후 북상해 요하 하류를 관통해 상류까지 이른 후 그곳에서부터 육로로 월하선봉으로 향할 생각이다.

그리고 배에서 내릴 때 천무맹 각 파에 적풍의 행로를 알릴 생각이다. 그렇게 되면 천무맹의 고수들도 적풍을 따라 북행을 시작할 것이고, 의천노공을 따르는 자들보다 먼저 장성을 넘게 될 것이다.

그리고 결국 그들은 적풍의 뒤에서 의천노공과 그를 따르는 강호 고수들을 막아서는 일 차 저지선 역할을 하게 될 터였다.

배는 그렇게 십자성을 떠났고, 적풍은 그의 삶에서 가장 중요할 수도 있는 여행을 시작했다.

* * *

의천노공 우서한은 이제 장강을 앞에 두고 있었다. 지난 한 달여간 그의 여행은 성공적이었다.

그가 황하를 넘어 장강에 이를 때까지 천무맹이든, 혹은 십자성이든 그 누구도 그의 앞을 막지 않았다.

그의 행보가 십자성의 목줄을 조여가는 것이 분명한데도 십자성에서 어떤 반발도 하지 못하자 무림인들은 이제 천하의 정세가 의천노공 쪽으로 완전히 기울었다고 생각했다.

더군다나 그의 곁에서 노복처럼 따르는 염화마군 철특과 모악의 존재는 사람들에게 의천노공을 더욱 절대적인 존재로 느껴지게 만들고 있었다.

그래서 이제 사람들은 의천노공이 십자성과 십자성주를 어떻게 처리할지, 그를 충실히 따르고 있는 육가의 요구대로 그들을 강호공적으로 몰아 멸절시킬지, 아니면 적당한 선에서 굴복을 받고 그들의 존재를 인정할지에 관심이 쏠리기 시작했다.

판세가 기운 싸움에서 기울어진 쪽에 몸을 담고 있는 자들은 줄어들게 마련이다.

황하를 건널 때만 해도 의천노공과의 한 끼 식사에 응하지 않던 천무맹의 주요 문파들도 그가 장강에 이르러서는 절반 이상이 그의 초대에 응해 의천노공과 상을 같이했다.

덕분에 천무맹도 이젠 거의 와해되었다는 것이 무림의 평가였다. 그나마 버티는 것은 혈궁과 지혈문 정도. 그러나 그들 역시 오래 버티기는 힘들 것이라는 게 무림의 중론이었다.

의천노공이 십자성을 향해 한 걸음 옮길 때마다 그의 명성은 그만큼 높아져 갔다.

한 번의 싸움 없이, 단 한 번의 피 흘림도 없이, 그저 밥 한 끼 먹는 것으로 천하를 접수해 가는 그의 행보는 무림사에 유례가 없는 것이었다.

의천노공은 그래서 무림성인이라는 인간이 얻을 수 있는 최고의 별호까지 새로 얻게 되었다.

도검이 난무하고 혈풍이 가득한 무림에서 그 이름만으로 강호를 굴복시킨 자에게는 무척이나 어울리는 별호였다.

"아직도 오지 않았는가?"

넘실거리는 장강의 물결을 앞에 두고 우서한이 물었다. 그러자 맹의검이 대답했다.

"그렇습니다."

"혈왕, 제법 강단이 있군."

우서한이 빙그레 미소를 지었다.

"지혈문주가 더 대단하지요. 지척에 이르렀는데도 움직이지 않고 있으니."

"그런가? 확실히 예상외야. 내가 사람을 잘못 보았나 싶어. 어쩌면 그가 혈왕 종고보다 더 고집이 셀 수도 있겠어. 흐흠, 십자성에 이르기 전에 그 두 사람을 만나고 싶은데……."

"결국은 그렇게 될 겁니다. 사람을 보내겠습니다."

맹의검이 대답했다.

"조금 불편하군."

"……?"

"스스로 오지 않는 자를 사람을 보내 불러야 한다는 것이 말이야."

"그럼 부르지 말까요?"

"자네는 어떻게 생각하나? 인간이 오직 당근만으로도 움직일 수 있는 나귀일까?"

우서한이 진지한 표정으로 물었다.

"하면……?"

"한 번쯤은 채찍이 있음을 보여줄 필요도 있지. 난 그 채찍을 그 아이에게 쓰고 싶지는 않아."

"하지만 십자성주야말로 가장 좋은 대상이기는 하지요."

맹의검이 말했다.

"내가 그 아이에게 너무 너그럽다고 생각하나?"

"십자성주는 이미 노공의 뜻에 반한 행동을 했습니다. 삼분의 균형을 깨뜨리지 않았습니까?"

"언젠가는 깨질 균형이었지. 애초에 불가능했던 일이야. 강호란 곳에서 세 개의 세력이 균형을 유지하는 것은."

"하지만 어쨌든 약속을 어긴 죄를 물어야 합니다."

"죄라……. 그럼 내가 전마에게 한 일은?"

"그건……."

"이 일은 죄와 벌의 범주에 있는 일이 아니네. 이건 단지 월문의 이득에 관한 일일 뿐이야. 그러니 채찍의 대상이 꼭 그 아이가 아니어도 상관없네."

우서한이 말했다.

"알겠습니다. 하면 언제 혈왕과 두관웅을 칠까요?"

"장강을 넘을 때까지 오지 않으면 그때."

"알겠습니다."

맹의검이 고개를 숙여 보였다.

그런데 그때였다. 갑자기 한 사람이 바람처럼 달려왔다.

우서한의 또 다른 심복 자천추다. 그런데 평소 침착하기 이를 데 없는 그의 표정이 무척 상기되어 있었다.

"무슨 일인가?"

우서한 앞에서 당황한 모습을 보이는 자천추에게 맹의검이 나무라듯 물었다.

"기이한 일이 생겼습니다."

자천추가 대답했다. 본래 맹의검과 자천추는 젊은 시절부터 함께 우서한을 모셔왔기에 호형호제하는 사이다.

"무슨 일이기에?"

"월하선봉에 대해 이상한 소문이 퍼지고 있습니다."

순간 우서한이 시선을 자천추에게 돌렸다.

"자세히 말해보시게."

우서한이 침착하지만 굳은 목소리로 물었다.

"월하선봉에 오백 년 전 이십팔룡의 유물이 남아 있다는 소문이 강호에 퍼지고 있습니다."

쿵!

순간 우서한의 발이 땅을 굴렀다.

평소와 다른 행동이다. 그만큼 우서한의 분노가 크다는 것이다.

"감히 누가 그런 소문을……!"

"문제는 어느새 그 소문이 거의 기정사실로 받아들여지고 있다는 것입니다. 그간 산과 강을 지나 이동하면서 무림 소식에서 잠시 멀어져 있었는데 그사이 소문이 돈 모양입니다."

"으음……."

우서한이 나직하게 침음성을 발했다. 그러자 자천추가 다시 입을 열었다.

"더 큰 문제는 그 소문 때문인지는 알 수 없으나 강호의 일부 세력이 북쪽으로 이동하는 모습이 포착되었다는 것입니다. 혹 강호의 고수들이 소문을 믿고 월하선봉으로 가는 것이 아닌지……."

"감히 누가 월하선봉으로 간단 말인가? 당금 강호에 그럴 배짱이 있는 자가 있다고 보지는 않네."

맹의검이 자천추의 추측을 부정했다.

그러자 우서한이 우울한 음성으로 말했다.

"무림인에게 무보(武寶)는 모든 것에 우선하네. 명분도, 재물도, 명예도… 목숨조차도 무보에 대한 욕망은 막지 못하네. 천추 자네의 짐작대로 그들은 월하선봉으로 가고 있을 것이네."

"……."

우서한의 근심 어린 말에 맹의검과 자천추 두 사람이 침묵을 지켰다. 그러자 우서한이 다시 입을 열었다.

"이렇게 되면 난 돌아가야 하네."

"노공!"

맹의검이 놀란 표정으로 우서한을 바라봤다.

"나도 잠시 잊고 있었어. 아니, 방심했다고 봐야겠지. 내게 주어진 사명이 문을 지키는 일임을. 그래서 그간 강호에 나오지 않았던 것인데… 이번에는 노공무행이라는 이 그럴듯한 여행에 그만 너무 심취해 있었던 것 같아. 시간을 너무 허비했어. 일이 너무 수월하게 풀리는 바람에 그만……. 애초에 혈난과 평화는 강호인들의 몫, 월문이 관여할 바가 아닌 것을 쓸데없는 일에 재미가 들려서는… 쯧쯧."

우서한이 씁쓸한 표정으로 스스로를 자책했다.

"그러나 노공께서 산을 내려오신 덕에 천하는 피 한 방울 흘리지 않고 안정되어 가고 있지 않습니까? 이 일이 어찌 가치가 없다고 하겠습니까?"

맹의검이 반문했다. 그러자 우서한이 가볍게 웃음지었다.

"하하하, 안정? 이보게, 정말 천하가 안정되었다고 생각하는가? 이건 안정이 아니야. 숨죽인 거지. 그 내부에 더 강한 반동력을 응축하면서 말이야. 내가 산으로 돌아가면 천하는 금세 다시 혈풍의 소용돌이에 빠져 들어갈 것이네. 그렇다고 평생 죽을 때까지 강호에 머물까? 그럼 또 그 이후에는? 그리고 내가 죽고 나면? 하아, 이건 끝이 없는 거야. 탐욕의 수레바퀴지."

"그럼 강호는 어찌합니까?"

"이제는 내 알 바 아니네. 서로 죽이든 살리든. 문지기는 문지기의 삶이면 충분해. 문이나 지키면 그뿐이네. 후욱, 내가 잠시 착각했어. 사형에 대한 분노, 전마의 아들에 대한 경계심, 뭐 그런 이유로 무림을 내 통제하에 두려 했네. 하지만 어떤가? 사람의 마음이 통제되지 않듯 무림도 그러하네. 그래서 당장 밀교의 문이 위험해지지 않았는가? 역대 월문의 법황들께서 세상의 일에 관여치 않은 것은 다 그 이유가 있었던 거지."

우서한이 씁쓸한 표정으로 눈앞에 놓인 장강을 바라봤다.

그의 눈 깊은 곳에 한 줄기 욕망이 스치고 지나갔다.

지금이라도 장강을 넘어 단숨에 십자성까지 치고 들어가고 싶은 마음이 드는 듯했다. 그러나 그는 이내 고개를 저었다. 돌아갈 때라고 그의 머리가 계속 말하고 있었다.

"찾게, 누가 그런 소문을 냈는지. 그리고 어떤 자들이 장성을 넘어 월하선봉으로 가고 있는지도. 소월에게도 알리고."

"예, 법황!"

맹의검과 자천주가 동시에 대답했다.

             *   *   *

까악! 까악!

까마귀 떼가 마른 뼈 위에서 계속해서 울어댔다.

북방에서 까마귀는 영물로 통한다. 오래전 북방의 땅을 지배하던 고구려는 그래서 삼족오를 숭앙했다.

그러나 또 누군가에 까마귀는 죽음의 상징이다. 까마귀가 나는 것은 주변에 시신이 있기 때문이다. 물론 독수리의 출몰 역시 마찬가지다.

"어째 스산한데?"

유령마군 사혼이 어깨를 추스르며 중얼거렸다.

"그러게 말입니다. 늘그막에 무슨 고생인지……."

마도충이 혀를 찼다.

"남으려면 남을 수도 있었지 않은가?"

"이십팔룡의 유물이라니 참을 수가 있어야지요."

"그럼 불평 말게. 보시게, 아우님. 이제 우리가 살아야 얼마나 살겠나. 이십팔룡의 무공을 얻는다 해도 그걸 수련해 천하제일인이 되겠나? 어리석은 일이지. 하지만 그럼에도 불구하고 월하선봉으로 가는 것은 단 한 가지 이유 때문이네."

"그게 뭡니까?"

"흐흐, 궁금해서지. 인간은 궁금증을 참지 못하는 족속 아닌가?"

"하하, 그렇지요. 죽기 전에 좋은 구경 한 번 할 수 있다면 족하지요."

마도충이 늙은 얼굴에 미소를 지으며 고개를 끄떡였다.

"사실 이번에 우린 죽을지도 몰라."

사혼이 덤덤하게 말했다.

"그럴까요?"

"그럼! 그 망할 놈의 작자가 한 말이 사실이면 의천노공은 반드시 돌아올 거네. 그것도 아주 빨리! 그리고 손에 피 묻히는 것을 망설이지 않겠지. 그럼 생사를 장담할 수 없네."

"그가 오기 전에 일을 끝내면 좋을 텐데요."

"나도 그러길 바라지만… 생각해 보게. 전마별호에 가득한 물을 언제 빼낸단 말인가? 그나마 겨울이 지난 것이 다행이라면 다행이겠지만, 그 위의 물은 아직 얼어 있을 수도 있네."

"그럼 뭐 사실 거의 실패한 거나 마찬가지지요."

마도충이 두 손을 들어 올리며 말했다.

그런데 그때였다. 무풍대의 고수들을 이끌고 수 리씩 앞서 가며 길을 열던 준갈이 바람처럼 초원을 달려 돌아왔다.

두두두!

초원에서의 준갈은 천하에서 가장 강하고 자유로운 사람처럼 보였다. 과거 혈랑대의 대주이던 시절로 돌아간 듯한 준갈의 질주는 보는 사람의 마음까지 시원하게 해줬다.

그러나 그가 적풍 앞에 도착했을 때 그의 표정은 사뭇 긴장되어 있었다.

"무슨 일인가?"

적풍이 물었다.

"앞에 이상한 것들이 있습니다."

준갈이 대답했다.

"이상한 것이라니?"

사혼이 앞으로 나서며 적풍을 대신해 물었다.

"죽은 시신이 여럿 있는데……."

"시신?"

"그렇습니다."

"뭐, 초원의 마적에게 당한 모양이지. 흔한 일 아닌가? 자네가 더 잘 알 텐데?"

과거 마적으로 살던 준갈이 초원에서 발견한 시신을 두고 긴장하는 것이 이해가 가지 않는다는 듯 사혼이 물었다.

"그것이… 죽은 모양새가 이상합니다."

"어떻게 말인가?"

"마치 불에 그을린 듯합니다. 그렇다고 불에 타서 죽은 것은 아닌 것이 주변에 불난 흔적이 없습니다."

순간 적풍의 눈이 가늘어졌다.

"도검에 베인 흔적은 있나?"

적풍이 물었다.

"한둘은 그런데 모두 그렇지는 않습니다. 대부분의 시신은 머리부터 상체가 검게 그을린 상태로 죽어 있었습니다."

"시신들의 정체는?"

"근방을 떠도는 마적들인 듯싶은데……."

확실하지 않은 듯 준갈이 말꼬리를 흐렸다. 그러자 마도충이 고개를 갸웃하며 중얼거렸다.

"마적을 죽여? 그렇다면 무림인이란 건데. 불에 탄 듯한 흔적이 남았다면 극양지공을 쓰는 자란 뜻이고. 그런 양강 고수가 강호에 누가 있지?"

순간 적풍의 머릿속에 불안한 생각이 떠올랐다. 그런 시신을 남길 수 있는 극양지공의 고수들을 알고 있기 때문이다.

'지왕종문… 정말 그들일까? 아니면…….'

지왕종문의 고수들이라면 가능한 일이다.

그러나 철륵과 모악이란 자는 의천노공이 손에 잡혀 있지 않은가. 그들이 아니라면 지금 이런 양강지공을 쓸 수 있는 자는 오직 한 명, 우다문뿐이다.

"하지만……."

적풍이 고개를 저으며 중얼거렸다.

"성주, 생각나는 인물이 있으신가?"

사혼이 적풍에게 물었다. 사혼은 사람들이 없는 곳에선 적풍에게 반말을 지껄이지만 이렇게 사람들이 보는 곳에선 제법 예의를 차리려고 노력했다.

"일단 가보죠."

적풍이 사혼이 말에 대답하는 대신 길을 재촉했다.

준갈이 전한 대로 시신들은 처참함을 넘어 괴이했다. 머리부터 가슴 어림까지 검게 그을린 시신들. 개중에는 붉은 기운이 그대로 남아 있는 자도 있었다.

시신들 옆에 나뒹구는 도검을 보니 준갈의 예상처럼 마적들이 분명해 보였다.

"어디 보자."

사혼이 훌쩍 말에서 내려 시신들을 살피기 시작했다.

시신의 숫자는 모두 열두 구, 개중 몸의 상부가 불탄 듯 죽은 자가 아홉이었다.

"음, 이자들은 검에 당한 듯하고……."

사혼이 불타지 않은 시신들을 살피며 중얼거렸다. 그러고는 걸음을 옮겨 불에 탄 듯 죽어 있는 시신들을 살피기 시작했다.

사혼은 무척 꼼꼼하게 시신들을 살폈다. 본래 그는 사도(邪道)의 고수라 시신들을 살피는 일에는 일가견이 있었다.

한참 동안 시신을 살피던 사혼이 손을 털며 적풍에게 다가 왔다.

"맞는 것 같소, 성주. 극양지공에 당했소. 하지만 그래도 이 상하군. 극양지공을 가진 고수라면 사체의 심맥을 태울지언정 밖으로 드러나게 하지는 않을 텐데… 저건 마치 자신의 양기를 스스로 통제하지 못하는 자가 한 일 같소."

"자신의 힘을 감당하지 못한다……."

"누군지 모르지만 무척 위험한 자요, 문주."

사혼이 경계심을 드러내며 말했다.

"얼마나 되었습니까?"

"닷새 정도?"

사혼이 대답했다.

그러자 적풍이 고개를 돌려 준갈을 보며 물었다.

"혹 흔적을 찾았는가?"

"예, 북쪽으로 향하고 있습니다. 말 다섯 필에 마차 한 대, 그 러나 사람 숫자는 정확치 않습니다. 아시다시피 이 초원에선 사람보다 말의 숫자가 많아야 여행이 가능하니까요."

"북쪽이라……."

적풍이 불안한 시선으로 북쪽을 바라봤다.

"짐작 가는 일이 있으신가?"

사혼이 앞서 한 질문을 다시 했다. 그러자 적풍이 혼잣말처 럼 중얼거렸다.

"만약 내 예감이 맞다면 난 정말 그를 용서할 수 없을 것 같습니다."

"누구 말인가?"

"야문의 스승 말입니다."

"고력? 그가 왜? 아!"

사혼이 무엇인가를 깨달은 듯 눈을 크게 떴다. 그러고는 그
역시 시선을 북쪽으로 돌리며 말했다.

"그자가… 그 어린놈을 깨운 건가?"

"확인해 봐야지요. 모두 전속력으로 달린다!"

적풍의 명이 떨어졌다. 그러자 그를 따르는 십자성의 고수들
이 급히 말에 올랐다.

두두두!

준갈은 벌써 말을 몰아 앞으로 달리고 있었다.

그의 뒤를 따라 십자성 무풍대의 고수들이 무서운 속도로
초원을 질주하기 시작했다.

적풍이 월하선봉 아래 도착했을 때, 그곳에선 그제야 봄이
시작되고 있었다.

'산 위의 물은 녹았을까?'

적풍이 고개를 들어 월하선봉을 바라보며 호수를 떠올렸다.
그 호수를 낡은 배를 타고 건너던 몇 해 전의 기억이 떠오르자
이상하게도 마음 한쪽이 뭉글거리며 우울해졌다.

'더 나빠졌다는 거냐? 이렇게 강해졌는데?'

적풍이 사자검을 움켜쥐며 스스로에게 물었다. 왜 외려 그

시절이 좋았단 생각이 드는 것일까?

그 당시 적풍은 거의 모든 것을 포기할 수도 있다는 심정으로 의천노공 우서한을 찾았다.

반면 지금은 모든 것을 얻을 수 있다는 심정으로 월하선봉에 도착했다. 그럼에도 마음은 그때보다 불편했다.

알 수 없는 노릇이지만 그 마음 때문에 산에 오르길 주저할 적풍은 아니었다.

"마을이 비었습니다."

준갈이 달려와 적풍에게 보고했다.

"죽은 자는?"

"없습니다. 그냥… 모두 사라진 듯합니다."

죽은 자가 없다는 소리를 듣자 왠지 모르게 마음이 놓였다. 월문은 그의 적이지만 월문의 문도들로 이뤄진 이 마을 사람들이 안전하다는 소리가 반가웠다.

"산에 오른다!"

적풍이 명을 내렸다. 그러자 일행이 일제히 산을 향해 다가가기 시작했다.

*　　　　*　　　　*

허소월의 눈에서 감정이 사라졌다.

본래 그는 맑은 눈을 지닌 젊은이였다. 그건 그가 적풍을 만난 시절이나 의천노공 우서한으로부터 월문의 차기 법황으로 공인받은 이후나 변함이 없었다.

의천노공 우서한은 허소월의 그 눈빛을 자랑스러워하기도 하고 한편으론 걱정스러워하기도 했다.

월문의 법황 자리는 어느 순간에도 냉정해야 하는 자리였다. 그런 냉정함을 허소월이 가질 수 있을까 걱정하곤 하던 우서한이다.

그러나 만약 오늘 우서한이 허소월을 보았다면 그런 걱정이 기우에 지나지 않았음을 깨달았을 것이다.

아니, 오히려 허소월의 내면에 잠들어 있는 이 날카롭고 차가운 기운의 실체에 두려움을 느꼈을지도 모른다.

"아이야, 여기가 우서한의 집이냐?"

노인의 물음으로 변하기 시작한 허소월의 표정은 노인이 누구인지 아는 순간 세상에서 가장 차가운 사람이 되었다.

"당신들은 누구요?"

"난 고력이라는 사람이다. 난 널 한 번 보았다. 물론 넌 날 모르겠지만……."

그러나 고력의 짐작은 반은 맞고 반은 틀렸다. 허소월은 그의 얼굴은 모르지만 그의 이름은 알고 있기 때문이다.

적풍을 만나러 신곡이란 곳에 갔을 때, 적풍이 내어주기로 한 지왕종문의 소주를 빼돌린 자, 그로 인해 오늘날 스승인 의천노공 우서한의 강호 출도를 만들어낸 자다.

그자가 오늘 면사가 달린 검은 모자를 쓴 괴인과 함께 월하선봉에 나타난 것이다.

"당신이 여긴 무슨 일이오?"

허소월이 차갑게 물었다.

"당연히 볼일이 있어서 왔지."

"원하는 게 뭐요?"

"난… 밀교의 문에 대한 권리를 찾아왔다."

순간 허소월의 눈에서 차가운 살기가 흘렀다.

"당신, 넘지 말아야 할 선을 넘으려 하는군."

"웬걸, 말했지만 이건 당연한 권리야."

"밀교의 문(門)을 안다는 것만으로도 죽어야 할 이유는 충분하다. 그런데 그 문을 원한다면 반드시 죽겠다는 말이지."

허소월이 중얼거렸다.

그의 표정이 밝지 않았다.

소식은 이미 듣고 있었다. 천하에 퍼져 나간 소문, 이십팔룡의 유물이 월문이 지키는 문 안에 있고, 그 문이 전마별호의 수중(水中)에 존재할지도 모른다는 소문으로 인해 사부 의천노공 우서한의 노공무행도 끝이 났다는 소식이었다.

그래서 결국 사람들이 이곳으로 몰려올 것도 예상하고 있었다. 그런데 가장 먼저 나타날 자가 이자일 줄은 생각지 못한 허소월이었다.

더군다나 이자가 밀교의 문에 대한 권리를 내세우리라고는 더더욱 예상치 못했다.

그러자 갑자기 궁금해졌다. 이자는 왜 밀교의 문에 자신의 권리가 있다고 생각하는 것일까?

"우서한이 없는 이상 넌 날 막을 수 없어."

고력이 심각한 표정을 짓고 있는 허소월을 보며 말했다.

"어째서 당신에게 밀교의 문에 대한 권리가 있다는 것이오?"

허소월이 상대에 대한 살기를 누르며 물었다.

"왜냐하면 내가 천기자 조사의 당대 후손이기 때문이다."

고력이 이때만큼은 단호한 표정을 지었다.

순간 허소월의 말문이 막혔다. 밀교와 천기자의 문에 대한 모든 것을 알고 있는 허소월이다. 그래서 허소월은 이자의 말이 전혀 근거가 없는 것이 아니라는 것을 인정할 수밖에 없었다.

"어때, 이젠 내가 월문이 지키는 문에 대해 절반의 권리가 있다는 것을 인정하는가?"

"인정할 수 없소."

"하아! 역시 월문이군. 고고한 척하지만 세상에서 가장 고집 센 문파지. 왜 내게 권리가 없다고 말하느냐? 천기자가 없었다면 문은 만들어지지도 않았을 것이다."

"그가 아니었어도 우린 문을 만들었을 것이오. 그리고 그는 단지 고용된 사람이었을 뿐이오. 집을 짓기 위해 고용된 자에게 집을 넘기는 주인은 없소. 밀교의 문은 우리 월문의 것이오."

허소월이 차갑게 말했다.

그의 몸에서 살기가 흐르기 시작했다.

"후후후, 그래서 고용한 인부를 죽이고 그 신비한 문을 월문

홀로 차지했나?"

"당신은 아무것도 모르고 있군. 하긴 천기자는 스스로 이 땅을 떠났으니 그 후손들이 당시의 내막을 알 리 없지."

"간교한 변명은 그만하라. 천기자께서 월문의 초청을 받아 떠나신 이후 우리 고씨 가문은 철저히 몰락했다. 그 대가를 월문은 반드시 치러야 해."

고력이 스스로에게 다짐하듯 말했다.

"사부님과 내가 건재한 이상 당신은 아무것도 얻을 수 없을 것이오."

"후후후, 과연 그럴까? 그래, 그럴 수도 있겠지. 하지만 적어도 하나는 얻을 수 있을 거라 확신한다."

고력이 말했다.

"그래서 뭘 얻을 수 있을 거라 생각하시오?"

"월문의 몰락, 그리고 밀교의 문의 파괴! 난 그것으로 족해. 그것으로 복수는 충분하니까. 우서한이 그토록 지키려 한 문(門)을 파괴하는 것으로 그에 대한 나의 복수는 완성될 테니까."

"그게 가능하다고 생각하오?"

"물론! 왜냐하면 난 천기자의 후손이니까. 난 호수 저편에서 오 일을 머물렀다. 그곳에서 난 월하선봉과 전마별호를 살폈지. 사람들은 항상 의아해했어. 불가사의라고도 생각했지. 어떻게 산 위에 갑자기 호수가 생길 수 있었을까 하고 말이야. 하지만 나만은 진실을 알 수 있었다. 그건 바로 천기자께서 전마별호 지저에 흐르는 수맥을 끌어 올려 기관이 작동하면 분지 모양의 월하선봉에 물이 차게 만들었다는 것이다. 그리고 그 수맥의 흐름을 바꾸는 기관이 어디에 있는지도 물론 알아냈다."

고력이 시선을 돌려 의천노공과 허소월의 초가 뒤 동굴을 바라봤다.

순간 허소월이 당황한 표정을 지었다. 그 누구도 알지 못한 전마별호의 비밀을 천기자의 후예라는 이 노인은 알아챈 것이다.

"과연 천기자의 후예답군."

허소월이 중얼거렸다.

"난 이제 이 전마별호에서 물을 뺄 것이다. 그럼 결국 밀교의 문이 세상에 드러나겠지. 그 문을 깨는 것은 내 일이 아니야. 이곳으로 몰려온 천하의 고수 중 누군가가 그 문(門)을 깨게 될 것이다. 결국 수백 년, 아니, 수천 년인가? 대대로 이어온 월문의 업은 의천노공의 대에서 막을 내리는 거지. 하하하! 어떠냐? 이야말로 완벽한 복수가 아니냐?"

"그 문(門)이 이 세상을 극도의 위험에 빠뜨리는 문(門)이라면?"

허소월이 물었다.

"그게 나와 무슨 상관이란 말이냐? 천하야 어찌 되든 난 관심 없어. 단지 우서한이 내게 주었던 그 모욕, 그리고 전마의 곁을 떠나야 했던 그 열패감에 대한 보상만 받으면 그뿐이다."

"참으로 볼품없는 인간이구나."

허소월이 경멸의 시선으로 고력을 보며 중얼거렸다. 그러자 고력의 얼굴에 분노가 떠올랐다.

"그 시선, 네가 날 더 화나게 하는구나. 바로 그 시선이었다. 우서한이 날 전마로부터 떼어낼 때 보낸 시선이 말이다. 네가 나로 하여금 더 이상 참을 수 없게 하는구나."

"아니, 당신은 어디에도 가지 못해. 내가 막을 테니까."

허소월이 팔뚝만 한 길이의 작은 검을 꺼내 들었다.

"네가 날 막겠다고?"

"당신은 사부께서 왜 그토록 중요한 월하선봉을 떠나 강호로 가실 수 있었는지를 생각해야 했어. 사부께서 강호행을 선택하실 수 있었던 이유는 바로 나, 내가 사부를 대신할 수 있기 때문이었지."

허소월이 두어 걸음 앞으로 나섰다. 그러자 그의 발에 밟힌 풀과 흙이 가볍게 떠오르더니 천천히 허소월의 무릎 아래에서 돌기 시작했다.

"물론 나도 그 정도는 생각했지. 널 무시하지도 않는다. 천하의 의천노공의 후계자가 아닌가. 더불어 다음 대 월문의 주인. 그런 너를 어찌 무시하겠느냐? 그래서 나도 충분히 준비를 해 왔다."

"보고 싶군. 과연 천기자의 무공은 어떠한지. 다만 기관진식의 술(術)만큼 뛰어나길 바랄 뿐!"

"아니, 널 상대할 사람은 내가 아니다. 난 너를 위해서 특별한 선물을 준비했어. 바로 이자다!"

고력이 그와 함께 온 자의 면사와 모자를 벗겼다.

순간 허소월이 흠칫하며 뒤로 물러났다. 두건을 벗은 자는 괴물의 형상을 하고 있었다.

아니, 형상은 분명 사람이었다. 그러나 그는 마치 불길 속에 들어가 있는 듯 붉은 화염에 휩싸여 있었다.

하지만 자세히 보면 그의 주위에 일어나고 있는 불길은 진짜 불이 아니었다. 그의 몸에서 일어나는 극양의 진기가 마치 불길이 솟구치는 듯 보이는 것이었다.

"크으으!"

얼굴을 드러낸 괴인이 허소월을 노려보며 괴물 같은 소리를 흘려냈다.

"누군지 알겠느냐?"

고력이 득의한 표정으로 물었다.

"그로군. 당신이 빼돌린 지왕종문의 소주 우다문!"

"하하하! 역시 법황의 후계자답군."

"이자에게 무슨 짓을 한 것이냐?"

"무슨 짓이라니. 죽을 목숨을 살려준 것만 해도 큰 은혜를 베푼 것인데. 단지 내가 그를 회복시킬 때 너무 무리한 나머지 정신이 온전치 못할 뿐이다. 그래서 쓰임새가 변했어. 바로 널 상대하는 것으로. 우다문, 바로 저자다. 네가 고향으로 돌아가는 길을 막고 있는 자가!"

고력이 화인으로 변한 우다문을 보며 말했다.

"끄으으, 난… 난 돌아간다. 나의… 성으로……. 문을 열어라!"

우다문이 이지를 상실한 동공을 번뜩이며 허소월을 향해 걸어오기 시작했다.

"그럼 둘이 열심히 놀아보라고! 난 전마호수의 물을 빼러 가야겠으니까!"

고력이 재빨리 신형을 날려 초가 뒤쪽의 동굴을 향해 달리기 시작했다.

"멈춰!"

허소월이 고력을 막기 위해 그가 가는 방향으로 움직이려는 순간, 갑자기 뜨거운 열기가 그의 전신을 덮쳤다.

"문을… 문을 열어라. 가… 겠어. 내 성으로……."

허소월을 덮친 뜨거운 열기 속에서 우다문이 실성한 듯 중얼거렸다.

제5장
호수, 그 바닥에서

다행인지 불행인지 얼음이 녹아 있었다.

배는 오직 한 척, 좁혀 타도 다섯 명 이상 타기 힘들었다.

적풍은 준갈과 쿠산을 데리고 배를 탔다. 유령마군 사혼도 굳이 배를 타겠다는 것을 애써 달래 십지성의 고수들을 이끌고 월하선봉의 능선을 따라 호수를 돌아오게 했다.

적풍은 아직 작은 얼음 덩어리들이 떠다니는 호수로 배를 몰고 나갔다. 그리고 그곳에서 그 기이한 싸움을 봤다.

불꽃을 상대로 싸우는 자. 푸른 기운이 햇살 퍼지듯 퍼져나갔고, 허공에서 거대한 불덩어리를 상대하는 무위는 아름답기까지 했다.

"성주님, 저게 뭡니까?"

준갈도 호수 변에서 벌어지는 기이한 싸움을 발견했는지 적
풍에게 물었다.

"올 때 본 그 시신들의 주인공인 모양이군."

"불덩어리가요?"

준갈이 다시 묻자 적풍이 대답 없이 고개를 끄떡였다.

"그럼 그 맞은편에서 싸우는 청년은 누굴까요? 정말 대단한
무공인데요?"

"그럴 만한 아이지."

"아는 사람입니까?"

"우서한의 제자."

"아!"

준갈이 나직하게 탄식했다.

그 역시 허소월에 대해 들어 알고 있었다. 우서한의 제자이
며 적풍과는 호형호제하는 사이. 사실 이 월하선봉으로 오면
서 적풍이 가장 걱정하던 것이 허소월과의 만남이란 것도 준갈
은 알고 있었다.

"싸움이 길어지겠습니다. 어쩌시겠습니까?"

쿠샨이 물었다.

"난 당장 할 일이 없소. 그가 오기 전에는."

"정말 올까요?"

"올 거요. 그도 이곳에서 승부를 내야 한다는 것을 알고 있
을 테니. 그에게 주어진 유일한 기회일 거요."

"하지만 간교한 자입니다. 무슨 계책을 꾸밀지……."

이들이 기다리는 것은 묵안노 마한이었다.

십자성에 들러 적풍에게 월문이 지키는 문을 건드림으로써 우서한의 행보를 돌리게 할 계책을 전한 마한은 그 길로 십자성을 떠났다. 한 달 뒤 이 월하선봉에서 만나자는 약속을 하고.

"하지만 그가 아니면 어찌 밀교의 문을 찾고 그 문을 열 수 있겠소. 저 아이는 결코 문을 열지 않을 것이오."

적풍이 짧은 검으로 불덩어리를 갈기갈기 찢어대는 허소월을 보며 말했다.

불덩이는 허소월의 검에 찢어지면 사방으로 흩어졌다 금세 다시 한곳으로 모여 허소월을 공격했다.

"도대체 저 불덩이의 정체는 뭘까요?"

준갈이 의구심 가득한 표정으로 물었다.

"극양의 공력을 지닌 자의 진기겠지."

쿠샨이 대답했다.

"믿을 수가 없습니다. 사람의 몸으로 어떻게 저런 무공을······."

"그래서 부작용이 생긴 것 같네."

"부작용이요?"

"보게. 비록 강력한 공력이 무시무시한 위력을 발휘하고 있지만, 움직임이 뚝뚝 끊어지는 것이 힘을 주체하지 못하는 모습이야. 그건 곧 저자가 제대로 자신의 힘을 통제하지 못한다는 의미지. 본래 저런 정도의 공력을 적공한 자라면 무리에도 밝아서 충분히 그 기운을 안으로 갈무리해야 하는데 그러지도 못하고."

"그럼 능력이 미치지 못하는 자가 분수 이상의 공력을 얻었다는 건가요?"

"그것보다는… 어찌 보십니까, 성주?"

쿠샨이 적풍의 의견을 물었다. 그러자 적풍이 대답했다.

"주화입마!"

"역시 그렇지요?"

쿠샨이 고개를 끄떡였다.

"에이, 설마요. 아니, 주화입마를 당했으면 병신이 되었어야지요."

준갈이 믿지 못하겠다는 듯 말했다. 그러자 쿠샨이 고개를 저었다.

"그건 자네 생각이 잘못된 거네. 주화입마가 일어나도 몸이 성한 경우가 간혹 있네. 아니, 오히려 공력이 비이상적으로 높아지는 경우도 있지. 대신 이지를 상실하는 거야. 그 반대의 경우도 있고 말일세. 그 모든 걸 주화입마라고 하는 거네."

"그럼 저자가 제정신이 아니라는 겁니까?"

준갈이 불덩이로 변한 괴인을 보며 물었다.

"아마 그럴 걸세."

"미친놈에게 무지막지한 힘이 있는 게 젤 무서운 건데……."

준갈이 고개를 주억거리며 중얼거렸다.

적풍의 표정도 심각하게 변해 있었다. 아마도 허소월을 걱정하고 있는 듯했다.

그러나 그건 적풍이 허소월에 대해 갖는 특별한 감정 때문일 뿐, 사실 허소월은 전혀 위험해 보이지 않았다.

쿠샨 등 다른 사람이 보기에는 비록 불덩이에 휩싸인 괴인의 무공이 놀랍기는 하지만 싸움의 승기는 어린 허소월이 잡고 있는 듯 보였다.

어떻게 보면 불덩이가 된 괴인보다도 그 괴인을 제압해 가는 허소월이 더 놀라운 존재였다.

쿠샨은 유리한 싸움임에도 불구하고 적풍이 허소월을 걱정하고 있다는 것을 눈치챘다.

"도우시죠?"

쿠샨이 은근한 어투로 말했다.

"됐소."

"하지만 일이 빨리 끝나면 그와 이야기를 나눠볼 수도 있지 않겠습니까?"

"대화가 무슨 필요가 있겠소. 난 월문의 업을 깨러 온 사람인데."

적풍이 미묘하게 얼굴을 찌푸리며 말했다.

적풍의 표정을 본 쿠샨은 더 이상 권하지 않았다.

그런데 그때였다. 갑자기 일행이 타고 있던 배가 급격하게 출렁이기 시작했다.

"엇!"

"이거 뭐야?"

준갈과 대발이 놀란 표정으로 소리쳤다.

순간 배가 크게 한 바퀴 회전했다. 마치 소용돌이로 말려 들어가기 직전의 모습이다.

"뭍으로 가야 합니다."

쿠샨이 급하게 노를 젓기 시작했다. 공력이 깃든 쿠샨의 노질에 배가 날듯이 호수를 미끄러져 싸움이 벌어지고 있는 호수 변에 닿았다.

"이건……?"

호수 변에 배의 앞머리가 박히자 쿠샨이 당황한 표정을 지었다. 그도 그럴 것이 배의 앞머리가 닿은 곳은 호숫가의 마른 풀밭이 아니라 그 아래 물에 잠겨 있던 진흙 부위였던 것이다.

"물이 빠지고 있는 것 같습니다."

율사가 눈빛을 빛내며 말했다.

"전마별호가 다시 산이 되려는가?"

쿠샨이 중얼거렸다.

모든 사람이 전마별호의 전설을 알고 있었다. 이 호수가 본래는 산이었다는 사실을, 분지 모양의 산봉우리에 물이 차서 호수로 변한 곳이라는 걸 모르는 사람이 없었다.

그리고 그것이 과거 검은 사자들의 수장 전마 적황의 죽음과 함께 일어난 일이라는 것도 알고 있었다.

그런데 그 호수의 물이 빠지고 있는 것이다.

"다른 자가 있군."

적풍이 초가의 뒤쪽을 보며 중얼거렸다.

"그렇습니다. 전마별호가 월문의 비술에 의해 만들어진 호수란 말이 사실이라면 누군가 호수의 수맥을 끊고 물을 빼고 있는 것이 분명합니다."

쿠샨이 대답했다.

"그일까?"

적풍이 혼잣말처럼 중얼거렸다.

당장 생각할 수 있는 인물은 묵안노 마한이었다.

"그자라면 가능할 수 있지요."

쿠샨 역시 묵안노 마한을 생각하는 듯했다.

그런데 그때 준갈이 말했다.

"조금 어지러워지는데요?"

준갈의 말에 적풍이 퍼뜩 정신을 차리고 허소월에게로 시선을 돌렸다. 그러자 과연 허소월이 무슨 문제가 생겼는지 당황한 표정으로 연신 뒤를 돌아보며 검을 휘두르고 있다.

시선이 분산되니 상대를 압도하던 무위도 그 위력이 줄어들고 있었다.

"호수의 변화 때문인 것 같습니다."

쿠샨이 말했다.

적풍은 검 쓰는 법이 어지러워진 허소월과 초가 뒤쪽, 자신이 갇혀 있던 동굴 쪽을 바라보며 잠시 생각에 잠겼다.

그러고는 결심을 한 듯 사자검을 빼 들고 앞으로 나섰다.

"주군!"

쿠샨이 급히 적풍을 불렀다.

"일단 저자부터 잠재웁시다."

적풍이 불덩어리 괴인을 가리키며 말했다.

"그러시겠습니까?"

쿠샨의 되물음에는 그 이후 허소월을 어찌 상대할지에 대한 질문이 내포되어 있었다.

"이후의 일은 이후의 일일 뿐이오."

적풍이 담담하게 대답하고는 가볍게 땅을 찼다. 그러자 그의 신형이 검은 그림자로 변하더니 폭풍 같은 속도로 허소월과 괴인을 향해 질주했다.

허소월은 조급한 마음을 진정시킬 수 없었다. 오늘 그에게 닥친 일들은 혼자 해결하기에는 너무 버거운 것이었다.

고력이란 자가 이 괴인을 데리고 나타난 것쯤은 감당할 수 있었다. 그자가 기관을 움직였다고 해도 괴인을 처리하고 뒤따라가면 충분히 본래의 상태를 회복할 수 있었다.

그러나 그들의 뒤를 이어 배 한 척이 다시 호수를 건너왔고, 멀리 전마별호를 둘러싸고 있는 월하선봉의 능선들을 따라 일단의 무리가 이동하는 것도 보였다.

더군다나 배를 타고 건너온 사람은 놀랍게도 적풍이었다.

적풍과 쿠샨은 허소월의 검이 어지러워진 것이 기관이 작동해 전마별호의 물이 빠지기 시작했기 때문이라고 생각했지만, 사실은 적풍의 등장이 허소월의 심기를 흔든 것이었다.

쐐애액!

허소월이 심란한 마음을 다스리지 못하고 있을 때, 갑자기 괴인의 뒤쪽에서 서늘한 기운을 품은 파공음이 일어났다. 그리고 괴인의 머리 위에 한 사람의 신형이 떠올랐다.

"형님!"

허소월이 자신도 모르게 소리쳤다.

"내게 맡겨라!"

적풍이 허공에서 소리쳤다.

그러나 허소월은 뒤로 물러나지 않았다.

"형님은 물러나세요. 이 일은 월문의 일이에요."

허소월이 검으로 괴인을 찌르며 말했다.

푸스스!

허소월의 검을 괴인의 뜨거운 염기가 순식간에 휘감았다. 그 순간 허소월이 검을 위로 들어 올렸다.

파앗!

불꽃이 베어지듯 괴인의 염기가 반으로 갈렸다.

"크으으!"

괴인의 입에서 귀곡성 같은 소리가 흘러나왔다. 그러자 반으로 갈린 염기가 다시 가운데로 모이기 시작했다.

"월문의 일은 난 모른다. 그러나 네 일은 모른 척할 수 없지. 일단 이자를 눕히고 보자!"

적풍이 사자검을 머리 위로 쳐들었다.

허소월은 적풍의 몸이 거인으로 변해가는 것을 보았다. 적풍이 마치 그의 뒤쪽 멀리서 전마별호를 내려다보고 있는 월하선봉의 봉우리처럼 거대해 보였다.

그리고 다음 순간 적풍이 머리 위로 치켜들었던 사자검을 수직으로 내리그었다.

콰아아!

사자검이 격렬한 진동을 만들었다. 그러자 괴인의 몸을 휘감고 있던 염기가 사방으로 흩어지더니 급기야 만신창이가 된 괴인의 몸이 고스란히 드러났다.

팟!

사자검이 자신이 만들어내는 강렬한 파장과는 어울리지 않게 짧고 날카로운 파열음이 터졌다.

"큭!"

괴인이 입에서 짧은 신음성이 흘러나왔다. 그리고 장내를 붉게 달구던 염기가 거짓말처럼 사라지고 전신이 난자된 창백한 모습의 우다문이 형체를 드러냈다.

"끄으으!"

우다문이 신음을 흘리면서 그 자리에 무릎을 꿇었다.

털썩!

무릎으로도 부족해 두 손으로 땅을 짚은 우다문이 잠시 숨을 헐떡거리다가 힘겹게 주위를 살폈다.

"…여기가 어디냐?"

우다문이 허소월을 발견하고는 힘겹게 물었다.

그의 얼굴에 드리워진 죽음의 그림자가 음산한 기운을 일으켰다. 대신 이지를 상실했던 눈동자에는 총기가 돌아와 있었다.

"월하선봉!"

"아하, 그자가 정말 여기 왔군."

우다문이 탄식했다.

"당신이 우다문이겠지? 지왕종문의 소주! 불의 성의 후계자!"

"날 아는군. 그래, 내가 우다문이다. 그런 너는?"

"난 월문의 후계자다."

허소월이 도도한 표정으로 말했다.

"월문… 문지기의 가문, 그러나 또한 세상에서 가장 고귀한 자들의 문파. 크크크! 그러나 어쩌나? 문을 지키는 일이 어렵게 된 모양인데?"

우다문이 고개를 돌려 급격하게 수량이 줄어들고 있는 호수를 보며 말했다.

"그래도 문은 지켜질 것이다. 애초에 이곳에는 물이 없었다. 그래도 문은 천 년을 지켜졌지."

"과연 그럴까? 문이 성치 않을 텐데? 전마로 인해서 손상이 가지 않았나? 그래서 호수를 만들었던 거고?"

"그대가 모든 것을 안다고 생각지 말라. 문(門)은 그 스스로 치유의 힘을 가지고 있으니까."

허소월의 말에 우다문이 놀란 표정을 지었다.

"스스로 치유한다고? 인간이 만든 문이?"

"세상에 이해할 수 없는 일이 어찌 그것뿐이겠느냐? 당신이 여기 있는 것 자체도 불가사의한 일이지."

"크크크, 하긴 그래. 커억!"

갑자기 우다문이 큰 신음 소리를 내며 그 자리에 너부러졌다. 누가 손을 쓴 것은 아니었다. 스스로 더 이상 버티지 못하는 듯 보였다.

그러자 허소월이 재빨리 우다문의 앞에 쪼그려 앉으며 물었다.

"그에게 무슨 말을 했느냐?"

"그……?"

"고력 말이다. 천기자의 후손!"

"아하, 그 여우 같은 늙은이!"

이번에는 우다문이 아예 몸을 돌려 벌렁 누웠다. 그러면서 가슴이 한 자나 부풀어 오를 만큼 크게 숨을 쉬었다.

"뭘 말했느냐?"

"걱정 마. 그 늙은 여우는 모르니까."

"정말이냐?"

"난 인간을 믿지 않아. 모든 것을 말해주면 거래가 이어지지 않는다는 것도 알지. 그런데 가장 중요한 비밀을 말해줬을 것 같으냐?"

"좋아, 고통 없이 죽을 자격이 있다."

허소월이 검을 들어 그의 심장을 겨눴다. 그러자 우다문이 시선을 적풍에게 돌리며 말했다.

"기왕이면 저자의 손에 죽고 싶은데?"

갑작스러운 우다문의 말에 허소월이 적풍을 바라봤다. 적풍의 얼굴에 당황한 빛이 보인다.

"나?"

적풍이 물었다.

"그래. 네가 죽여줘."

"왜지?"

"그래도… 전왕의 검에 죽는 게 나을 것 같아서."

"이 검을 아는군."

"음, 나도 사실 보는 건 처음이야. 하지만 지난번 대혈산에서 겨룰 때부터 의심은 하고 있었지. 그리고 오늘 확신했고. 전왕의 검은 본래 전마 적황의 것인데 네가 들고 있는 것이 이해가 되지 않았지. 그런데 네가 월문의 땅에 있는 것을 보니 알겠더군. 아마 의천노공이란 자에게 받았겠지?"

"그렇다."

"후후, 그래서 그가 그렇게 오래 걸린 거였군."

"그건 또 무슨 소리냐?"

적풍이 물었다. 그러자 우다문이 고개를 돌려 허소월을 보며 물었다.

"이자는 잘 모르는군. 알려줘도 되나?"

우다문의 물음에 허소월이 당황한 표정으로 적풍과 우다문을 번갈아 바라보다 고개를 저었다.

"아니. 그리고 당신은 내 손에 죽는 게 좋겠어."

슥!

말이 미처 끝나기도 전에 허소월의 검이 정확하게 우다문의 심장을 찔렀다.

"컥!"

갑작스러운 허소월의 살수에 우다문이 짧은 비명을 토하고는 그대로 숨을 거뒀다.

"뭘 하는 것이냐?"

적풍이 황급히 다가와 허소월의 손을 잡으며 소리쳤다. 그에게는 자신에게 얽혀 있는 중요한 비밀들, 애초에 우다문을 살려 들으려 한 그 비밀을 들을 기회를 한순간에 잃어버린 것이다.

"월문의 일이에요."

이때만큼은 허소월도 냉정했다.

"월문의 일이라고? 그럼 내 일은 아니라고 말할 수 있느냐?"

"……."

허소월이 적풍의 말에 침묵을 지켰다.

"난 내가 모르는 나의 내력을 알 권리가 있다."

"아시잖아요? 자신이 누군지."

허소월이 되물었다.

"내 아버지에 대한 말이 아니다. 그 아버지의 아버지들에 대한 것을 알고자 하는 거다."

"가끔은 모르는 게 나은 것도 있어요."

"하지만 꼭 알아야겠다면?"

"난 말하지 않을 거예요."

허소월이 다부지게 대답했다. 그러고는 그 이야기는 더 하기 싫다는 듯 시선을 돌려 물이 빠지고 있는 호수를 응시했다.

"알겠다. 네가 아니라도 그 이야기를 해줄 사람은 여럿 있는 것 같으니까."

적풍이 얼굴을 굳히며 말했다.

"여긴 왜 오셨어요?"

허소월이 화가 난 말투로 물었다.

"그가 싸움을 걸어왔으니까."

"사부님이요?"

"그래."

"그럼 십자성에서 싸우실 일이지 월하선봉엔 왜 왔어요?"

"이곳이 그의 가장 큰 약점이니까. 너도 알겠지만 싸움은 상대의 약점을 찾아 공격해야 하는 법이다."

"결국 나와 싸울 생각이셨군요."

"아니. 그저 내가 이곳으로 온 것만으로도 족하다. 그로서는 돌아오지 않을 수 없을 테니까. 그런데 와보니까 그와의 싸움보다 더 재미있는 일들이 벌어지고 있구나."

"재미있는 일이 아니에요. 무서운 일이죠."

허소월이 뾰로통한 표정으로 말했다.

"이미 벌어진 일, 어쩌겠느냐? 즐겨야지. 지금 천하의 모든 야심가가 이리로 몰려오고 있다. 이젠 네 사부를 기다리는 일만 남은 것 같구나."

"아뇨. 그 전에 할 일이 있어요."

"무슨 일이냐?"

"그자, 내 손으로 죽여야겠어요."

순간 적풍은 소름이 돋았다. 그동안 보지 못한 허소월의 냉혹한 일면이 너무 낯설었다.

"누구… 말이냐?"

"고력이란 자 말이에요. 죽여도 되죠?"

"내 허락이 필요하냐?"

"방해하지 마시라는 말이에요. 형님 사람이잖아요?"

"아니, 그는 이미 날 떠났다."

"좋아요. 그럼 형님은 여기서 사부님이나 기다리세요. 나도 두 분 싸움에는 관여치 않을 거예요. 모두 고집쟁이들이니 알아서들 하세요."

허소월이 냉정하게 말하고 훌쩍 신형을 날렸다.

허소월의 몸이 새처럼 허공으로 떠오르더니 초가의 담장을 넘어 뇌옥이 있는 동굴을 향해 달려갔다.

*　　　*　　　*

의천노공 우서한은 절망감을 느꼈다. 푸른빛이 돌기 시작한 평원에서 얼마 전까지 천하를 놓고 겨루던 자들이 마주쳤지만 서로 싸울 생각을 하지 않았다.

그들은 서로 바라만 볼 뿐 누구 하나 먼저 나서서 적을 향해 돌진하지 않았다.

이유는 하나, 그들의 관심이 이제 천하가 아니기 때문이었다. 초원에 모인 이자들은 모두 절대무결이 잠들어 있다는 밀교와 천기자의 문을 욕심내고 있었다.

우서한의 만류에도 불구하고 천무맹의 고수들이 장성을 넘었다는 핑계로 함께 장성을 넘어 초원으로 온 북두회 육가를 비롯한 강호 제 문파의 고수들도 마찬가지였다.

천무맹의 북행은 핑계일 뿐, 그들도 월하선봉으로 가 전마별호에 잠겨 있다는 밀교의 문을 열고 싶을 것이다.

그러니 굳이 이곳에서 북행하는 천무맹 무리와 싸울 이유가 없었다.

아마 우서한이 싸움을 독려한다 해도 마찬가지일 것이다. 인간의 탐욕 앞에 우서한의 권위는 물거품처럼 사라지고 말았다.

"어찌할까요?"

맹의검이 어두운 안색으로 물었다.

"싸울 의사가 없어."

우서한이 중얼거렸다. 그러자 자천추가 분개한 표정으로 말했다.

"천하의 패권을 되찾기 위해 법황님의 뒤를 개처럼 따라다니던 자들이 감히……."

"그게 인심이네. 이젠 어쩔 수 없어. 저들은 밀교의 문에 대한 탐욕에 이미 깊게 빠져들었네. 저들에게는 적과 싸우거나 혹은 돌아가라는 말 따위는 이제 들리지 않을 걸세."

"그럼 이제 어찌합니까?"

"일단 월하선봉으로 가야지."

"저들을 데리고 말입니까?"

"먼저 가야겠지. 싸우지는 않아도 서로를 경계하니 양쪽 모두 걸음이 늦어질 걸세."

"그렇기는 하겠지요."

"만약 십자성주 한 명이라면 소월이 막아낼 수 있을 걸세. 아예 싸움이 없을 수도 있겠지. 하지만 다른 자도 있다면 소월로는 어렵네."

"하지만 소법황의 무공은 이미……."

"물론 소월의 무공은 이미 나에게 뒤지지 않지. 하지만 그래도 걱정되는 사람이 있네."

"누굽니까?"

맹의검이 물었다. 그러자 의천노공 우서한이 얼굴을 찌푸리며 말했다.

"오면서 곰곰이 생각했지. 대체 누가 이 일을 꾸몄을까 하고 말이야."

"십자성주 아닙니까?"

맹의검의 의아한 표정으로 물었다.

이미 강호에는 십자성주가 수하들을 이끌고 여러 날 전에 장성을 넘었다는 사실이 알려져 있었다.

그 소문과 함께 밀교와 천기자의 문에 대한 소문이 강호에 퍼졌으니 그가 이 일을 꾸몄다는 것은 거의 분명해 보였다.

그러나 우서한은 맹의검의 말에 고개를 저었다.

"그 아이는 아니네."

"어떤 이유입니까?"

"하나는 그 아이는 이런 일을 꾸밀 만큼 밀교와 천기자의 문에 대해 자세히 모르네. 이십팔룡의 전설 따위는 더더욱 그러하고."

"하지만 어쨌든 월문이 지키고 있는 문이 있다는 것은 알고 있지 않습니까?"

맹의검이 반문했다.

"그야 그렇지. 하지만 지금까지 별로 중요하게 생각지 않았을 거네. 그리고 또 다른 이유도 있네 그 아이의 혈통, 전마의 피는 이런 계책에 어울리지 않아. 정면으로 나와 맞서 싸울지언정."

우서한이 고개를 저었다. 그러자 맹의검이 이내 우서한의 말에 수긍했다.

"하긴 그렇군요. 그 피는 계책보다는 싸움이지요."

"그래서 그 아이를 충동한 누군가가 있다는 생각이네."

"그게 누굴까요? 혹 고력 그자일까요?"

"그럴 수도 있지. 내게 깊은 원한이 있는 자니까. 하지만……"

"다른 사람일 수도 있다고 생각하시는군요?"

맹의검은 우서한을 근 백 년 모셔온 자다. 그는 우서한의 표정만 보아도 그의 내심을 짐작할 수 있는 심복 중의 심복이었다.

"사형이 있지."

"설마……!"

맹의검과 자천추 모두 놀란 표정으로 우서한을 바라봤다.

"이러니저러니해도 월문의 어른이십니다. 설마 월문의 업(業)을 깨려 하시겠습니까?"

자천추가 그럴 리 없다는 듯 되물었다.

"나도 그랬으면 좋겠네. 하지만 강호에 퍼진 밀교의 문에 대한 소문은 너무 정확해. 한 가지만 빼고는 말일세. 그 사실들은 본 문의 사람이 아니면 알아낼 수 없는 것이라네."

"그렇기는 하지만……."

"그래서 서둘러 가야 하네. 사형이라면… 소월 혼자서는 힘들어."

"그렇겠지요."

맹의검이 고개를 끄떡였다.

"염화마군과 모악 둘도 데려간다."

"알겠습니다. 둘이라면 제법 쓸모가 있을 겁니다."

맹의검이 대답했다.

    *   *   *

콰쾅!

뇌옥이 있는 동굴 안에서 강력한 파열음이 일어났다. 그리고 잠시 후 먼지가 동굴 밖으로 구름처럼 밀려 나오더니 그 먼지에 섞여 두 사람이 튀어나왔다.

허소월과 고력이었다.

"크윽! 어린놈이 대단하구나. 과연 그의 제자다."

"당신 같은 고약한 늙은이를 상대하기에는 충분하지."

허소월이 짧은 검을 들어 고력의 심장을 겨누며 말했다. 이미 고력은 크게 내상을 입어 도저히 허소월의 공격을 막아낼 수 있을 것 같지 않았다.

"우다문이라면… 충분히 널 막을 수 있을 거라 생각했거늘……."

고력이 낭패한 기색으로 말했다.

"누가 좀 도와줘서 그자를 베는 것이 빨라졌지."

"누가……?"

고력이 본능적으로 주위를 살피다가 멀찍이 떨어져서 팔짱을 낀 채 자신과 허소월을 바라보고 있는 적풍을 발견했다.

"주, 주군!"

고력이 놀란 표정으로 말을 더듬었다. 마치 도둑질을 하다 들킨 사람 같은 모습이다.

그러자 적풍이 고개를 저었다.

"이젠 그리 부르지 마시오."

"주, 주군, 왜 그러십니까?"

고력이 이전과 다른 적풍의 말투와 행동에 놀라 불안한 표정으로 되물었다.

적풍의 말투는 이전보다 훨씬 정중했고, 자신을 대하는 태도에서는 뚜렷한 거리감이 느껴졌다. 이건 수하를 대하는 주인의 태도가 아니었다.

"당신이 저자를 데리고 신곡을 떠난 그 순간부터 당신은 더 이상 내 사람이 아닌 것이오."

적풍이 불타 죽은 듯한 우다문을 가리키며 말했다.

"주군, 이 일은 모두 주군을 위한 일이었습니다."

"그래서 의천노공은 산을 내려왔고, 십자성은 고립되어 가고 있었소. 그게 날 위한 일이었소? 묻겠소. 그래서 내가 얻은 게 뭐요? 이 파국 말고 말이오."

적풍이 물었다. 그러자 고력이 입맛을 다시며 말했다.

"문(門), 문에 대해 알게 되지 않았습니까?"

"그건 당신이 알아낸 게 아니오."

"하지만 전 그 문에 대해 아주 중요한 사실을 알아냈습니다. 문에 대해 아시게 된다면 제 행동이 결코 과하지 않았다는 것을 아시게 될 겁니다."

"말해보시오. 그대가 우다문을 통해 알아낸 게 뭔지."

적풍이 물었다.

그러자 고력이 혀로 입술을 적신 후 흥분한 표정으로 입을 열었다.

"주군께서도 이 이야기를 들으시면 아마 믿지 못하실 겁니다. 그러나 이 모든 것이 사실이라면 주군께서 월문과 그들이 독점하고 있는 신의 공간에 대한… 헛! 크악!"

한순간 고력의 입에서 비명이 터져 나왔다.

그리고 더 이상 그는 단 한마디의 말도 하지 못했다. 아니,

신음조차 낼 수 없었다. 그는 즉사(卽死)했다.

허물어지는 고력의 가슴을 뚫고 등 뒤로 삐쭉 나무 화살이 머리를 밀고 있다.

파마시였다.

적풍은 죽은 고력보다 그 고력에게 파마시를 날리고 무심하게 걸어가 시신으로부터 파마시를 회수하는 허소월을 생경한 눈으로 바라보고 있었다.

영험한 화살이라 그럴까. 고력의 몸에서 뽑아낸 파마시에는 단 한 방울의 피도 묻어 있지 않았다.

그럼에도 불구하고 허소월은 파마시를 고력의 옷자락에 두어 번 닦아냈다.

"망할 늙은이!"

허소월이 차가운 얼굴로 중얼거렸다. 불만이 가득한 얼굴이다.

"대체 뭘 숨기는 거냐? 우다문도 그렇고 그 노인네도 그렇고, 모두 말문을 막기 위해 살수를 쓴 것 같은데?"

적풍이 물었다.

"맞아요. 그래서 죽였어요."

"대체 뭐냐?"

적풍이 정색하며 물었다. 그러자 허소월이 냉랭하게 대답했다.

"사람을 죽이면서까지 숨긴 일인데 제가 말하겠어요?"

"하아, 대체 월문은 뭘 숨기고 있는 거냐?"

적풍이 가볍게 탄식하며 물었다.

"돌아가세요."

"뭐라고?"

예상치 못한 말에 적풍이 되물었다.

"기관을 멈추지 못했어요. 이 늙은이가 아예 부숴 버렸더라고요. 결국 호수의 물은 모두 빠질 거예요. 사람들이 궁금해하는 문(門)도 모습을 보이겠죠. 하지만 그게 전부예요. 누구도 그 문을 열 수는 없을 거예요. 대신……."

"대신 뭐냐?"

적풍이 물었다.

"대신 그 문을 열려는 자들은 모두 죽겠죠."

"네 손에?"

"저와 사부님에게요."

"단 두 사람이 천하의 고수를 모두 막아낼 수 있다고 생각하느냐?"

"그건 제 일이에요. 형님은 돌아가세요. 가서 신혈족을 모아 무림천하를 가지시든지 황제가 되시든지 마음대로 하세요. 더 이상 월문의 일에만 관여치 않으면 돼요. 사부님은 제가 설득할게요. 어떻게든!"

허소월이 다부지게 말했다.

"그 약속, 난 네 사부에게 들어야겠다."

적풍도 고집을 부렸다. 그러자 허소월이 눈살을 찌푸렸다.

"그러다간 모두 죽을지도 몰라요."

"네겐 미안한 말이지만 난 세상에 날 죽일 수 있는 사람이 있다고는 생각하지 않는다. 의천노공이라도 말이지."

적풍의 말에 허소월이 조금 놀란 표정을 지었다.

"파마시를 보았잖아요?"

신곡을 떠나올 때 허소월은 적풍에게 파마시의 위력을 보여 줬다.

"큰 도움이 되었다."

"감당할 수 있단 뜻인가요?"

"기습이 아니라면… 내 아버지가 그랬듯이 그렇게 당하는 일은 없을 거야."

적풍이 대답했다.

"정말 고집불통이군요."

"너도 마찬가지다."

적풍이 말했다.

"이젠 뭘 하실 거예요?"

"네가 승낙한다면 이곳에서 네 사부를 기다리겠다."

"거절한다면요?"

"호수 건너편으로 가서 물이 빠지길 기다리든 네 사부가 오기를 기다리든 하겠다."

"후우, 그럼 같이 있어요. 물이 빠지려면 제법 시간이 필요할 테니. 물론 사부님도요."

허소월이 대답했다.

"넌 조금 바쁠지도 모르겠구나."

"무슨 뜻이죠?"

"네 사백이란 자가 어딘가 있을 거야."

적풍이 물이 급격하게 빠지고 있는 호수 주변을 보며 말했다.

"사백이 왔어요?"

"음……"

"이제 알겠군요. 이 모든 것이 사백이 꾸민 일이군요!"

허소월이 화를 참지 못하고 손을 움켜쥐며 말했다.

"그런 자를 월문에 들인 것 자체가 문제였을 거다. 언젠가는 일을 일으킬 사람이었으니까."

"알았어요. 하지만 굳이 그를 찾을 필요는 없을 것 같아요. 그가 공격해 오지 않는 이상은."

허소월이 말했다.

"그것도 역시 네 사부의 일이라는 거냐?"

"그렇죠. 사백까지는 사부께서 책임지셔야죠."

"알겠다. 일단 밥이나 먹자."

적풍이 말하자 허소월이 두 손을 들어 올리며 말했다.

"설마 내게 밥까지 하라는 건 아니죠?"

"그럴 리가 있느냐?"

적풍이 미소를 지으며 준갈 등을 바라봤다.

"준비하겠습니다."

준갈이 고개를 숙여 보이며 대답했다.

십자성의 고수들이 월하선봉의 능선을 걸어 초가에 닿은 것은 반나절 뒤였다.

그리고 다시 하루 뒤에 우마가 신곡의 정천사자들을 데리고 월하선봉에 도착했다.

호수는 이제 거의 절반 이상 물을 비우고 있었다.

오랫동안 물에 잠겨 있던 산허리가 곳곳에서 내밀한 몸을 흉물스럽게 드러냈다.

그때까지도 묵안노 마한은 모습을 드러내지 않았다.

적풍은 십자성의 고수들을 초가에서 이백여 장 떨어진 곳에 머물게 했다. 그리고 그 자신은 허소월과 함께 초가에서 생활했다.

마치 월하선봉에 그 어떤 일도 벌어지지 않고 있는 것처럼.

제6장
은하의 막(幕)

노인이 두 개의 봉우리 사이에 올랐을 때, 그는 눈을 질끈 감았다.

그를 따라 산을 오른 다른 두 노인도 망연자실한 표정을 지었다.

"이것이 대체……."

월하선봉에 돌아온 맹의검이 믿을 수 없는 광경에 말을 잇지 못했다.

월하선봉을 중심으로 둥글게 늘어선 산봉우리들을 거울처럼 비추던 호수의 맑은 물은 더 이상 존재하지 않았다.

대신 오랫동안 물에 잠겨 있어 더 이상 산이라 할 수 없는 땅이 흉물스럽게 맨몸을 드러내고 있었다.

물은 이제 겨우 호수 바닥 몇십 장에만 고여 있었다.

언제부터 살았는지 모를 물고기들이 허연 배를 드러내고 맨 공기를 견디지 못해 헐떡이고 있었다.

세상 그 어느 곳보다 아름답던 월하선봉은 이제 존재하지 않았다.

아름다움에 가려져 있던 황폐한 모습이 드러났고, 생명들은 죽어가고 있었으며, 그 옛날 전마 적황이 무림 고수 삼백을 단신으로 상대하던 때 떨어진 듯한 녹슨 병장기들이 여기저기 흩어져 있었다. 그나마 인골이 없는 것이 다행이었다.

"소법황께서 결국 지키지 못하신 것 같군요."

자천추가 조금 실망한 표정으로 말했다.

"십자성주라면 견디기 힘들었을 걸세."

맹의검이 말했다. 그러자 우서한이 고개를 저었다.

"이 일은 십자성주가 한 일이 아닌 것 같군."

"그가 아니라면 누가 소법황을 상대로 이런 일을 벌일 수 있단 말입니까? 이미 그가 칠 일 전에 월하선봉에 오른 것은 확인했습니다만……."

맹의검이 의아한 표정을 지으며 우서한에게 물었다.

"물론 무공으로 보자면 십자성주가 소월을 상대할 수 있었을 걸세. 소월이 그를 상대로 파마시를 당장 쓰지는 않았을 테니까. 하지만 그렇다고 해도 그가 전마별호의 물을 빠지게 할 수는 없네. 그는 그 기관을 몰라. 그걸 할 수 있는 사람은 천하에 오직 한 명밖에 없네."

"설마… 그자가 왔다고 생각하시는 건지요?"

맹의검이 미심쩍은 표정으로 물었다.

"왔을 거네."

"하지만 그자가 감히 어떻게 여길……."

"그는 음흉한 자야. 내가 없는 이때가 유일한 기회라는 걸 알고 있었겠지."

우서한이 말했다. 그러자 자천추가 살기를 드러내며 말했다.

"당시에 그를 살려준 것이 실수였던 것 같습니다."

"어쩌겠나? 죽이려 해도 죽일 수 없었는데. 천기자의 후예라면 그 정도 능력은 있어야지. 하지만 그가 야문을 세우고 십자성주를 이용할 거라고는 나도 생각지 못했네. 그저 내 눈에 띄지 않는 곳에서 조용히 살아갈 거라 생각했지."

"그가 십자성주와 함께 있다면 소법황께서도 곤란하셨을 겁니다."

"글쎄. 십자성주와 함께 온 것인지는 모르겠네만 둘 사이는 우다문이란 자로 인해 멀어졌을 걸세. 아무리 결과가 좋다 해도 적풍 그 아이는 고력이 한 행동을 용서할 사람이 아니지."

"그럴까요?"

"전마의 아들이니까."

"하긴……."

"바로 초가로 가시겠습니까?"

자천추가 우서한에게 물었다. 그러자 우서한이 고개를 저었다.

"물이 빠진 이상 문(門)을 먼저 살펴야겠네."

"알겠습니다."

자천추가 고개를 끄떡이더니 앞서서 물이 빠진 전마별호를 향해 걷기 시작했다.

그러자 맹의검이 우서한에게 물었다.

"저들은 어찌할까요?"

맹의검의 시선이 닿은 곳에 염화마군 철특과 모악이 전마별 호의 변화를 바라보며 눈빛을 빛내고 있다.

마치 사냥의 기회를 얻은 늑대의 눈빛이다.

"함께 가지."

"위험하지 않을까요?"

"후우, 저따위 인사들이 뭐라고."

"하긴 그렇지요."

맹의검이 고개를 끄떡이고는 두 사람과 어느새 모여든 삼십 여 명의 월문 문도가 서 있는 곳으로 걸어갔다.

"그가 왔습니다."

물 빠진 황량한 호수를 앞에 두고 평상에 마주 앉아 마치 아무 일도 없다는 듯 차를 마시고 있던 적풍과 허소월 앞에 우마가 나타났다.

그리고 우서한의 귀환을 알렸다.

소식을 들은 두 사람은 아무 소리도 듣지 않은 것처럼 무덤 덤한 표정으로 여전히 찻잔을 들고 차를 마셨다.

우마는 조금 뻘쭘한 표정으로 누구든 입을 열기를 기다렸다.

"어디 계세요?"

먼저 입을 연 것은 허소월이었다.

"음, 바닥을 드러낸 호수 밑으로 내려가신 듯하오."

우마가 대답했다.

나이는 어리지만 상대는 천하제일신비지문 월문의 후계자다. 우마로서는 강호 명문정파의 장문인보다도 상대하기 어려운 사람이 허소월이었다.

"그놈의 업(業)이 뭔지. 노인네가 하여튼 제자보다 항상 그 일이 먼저라니까. 제자가 죽었는지 살았는지는 확인해야지."

허소월이 인상을 찡그리며 말했다.

그러자 적풍이 뒤늦게 입을 열었다.

"널 믿는 거겠지."

"죽었다고 해도 먼저 문의 상태를 확인하러 갔을 거예요."

"넌 아니냐?"

적풍의 질문에 허소월이 어깨를 으쓱하며 대답했다.

"솔직히 말하면 전 아니에요. 전 사부의 안위를 먼저 확인하려 했을 거예요."

"성정이 꽤나 다른 사람들이 사제지간이 되었구나."

"서로 다른 점을 좋아하는 거죠. 형님과 저처럼요."

"그렇구나."

"자자, 즐거운 시간은 그만 끝내야겠어요."

"그렇겠지?"

적풍이 자리를 털고 일어났다. 그러자 허소월도 뒤따라 일어나며 물었다.

"바로 만나실 거예요?"

"그래도 집에 돌아온 사람에게 쉴 시간은 줘야지. 산 아래 사정은 어떠냐?"

적풍이 우마에게 물었다.

"이삼 일 안에 모두 산에 오를 겁니다. 천무맹과 북두회의 싸움은 없었습니다. 모두 강호의 패권은 나중 일이라 생각하는 모양입니다."

"어찌한다……."

적풍이 혼잣말을 중얼거렸다. 그러자 허소월이 걱정스러운 표정으로 물었다.

"설마 그들이 오기 전에 사부님과 승부를 내시려는 거예요?"

"본래는 그럴 생각이었지. 그런데 생각보다 시간이 충분치 않구나. 난 적어도 천무맹이 다른 자들의 걸음을 십여 일은 지체시켜 줄 수 있을 거라 생각했거든. 그 정도면 네 사부와 승부를 보고 그 이후의 일까지 정리할 수 있을 거라 생각했는데 이삼 일이면 자칫 저들에게 어부지리를 줄 수도 있을 듯하구나."

"후후, 저희로서는 다행이네요."

"그렇다고 아주 포기한 것은 아니야."

"아무튼 전 사부를 만나러 갈 거예요. 돌아왔을 때는 여기 계시면 안 돼요."

"물론 나도 이곳에 머물 생각은 없다."

적풍이 고개를 끄떡였다. 그러자 허소월이 한참 망설이다가

입을 열었다.

"그분은 사부님을 원망했을까요?"

"누구?"

"전마 적황이요."

"흠……."

적풍이 나직하게 침음성을 흘렸다. 허소월이 무슨 뜻에서 한 말인지 알기 때문이다.

최후의 순간 허소월이 적풍을 공격한다면 그때 자신을 원망할 거냐는 말을 돌려서 물은 것이다.

"어떻게 생각하세요?"

허소월이 적풍의 대답을 재촉했다. 그러자 적풍이 고개를 저었다.

"원망하지 않았을 거다. 아니, 나라면 원망하지 않았을 거다. 사람은 저마다 정해진 길이 있으니까."

"알았어요. 몸조심하세요."

허소월이 짧게 대답하고는 훌쩍 신형을 날려 물 빠진 호수를 향해 달려갔다.

"마음이 여린 사람이군요."

허소월이 멀어지자 우마가 걱정스러운 표정으로 말했다.

"그래."

"걱정되세요?"

"아니."

"왜요?"

"그런 여린 마음 때문에 우리 중 가장 강한 아이다."

"예?"

"그래서 그 여린 마음에 가장 소중한 걸 지키기 위해 뭘 해야 하는지 정확히 아는 아이니까. 아마도 누구보다 무서운 적이 될 거다."

"그렇군요. 가장 소중한 것을 지키기 위해 덜 소중한 것은 버릴 수 있는 사람이란 뜻이군요."

"음……."

"의천노공은 어찌 나올까요?"

"그것이야말로 두고 보면 알겠지. 가자!"

적풍이 걸음을 옮겼다.

적풍은 허소월과 칠 일간 머물던 초가를 떠나 십자성의 고수들이 머물고 있는 호수 서남쪽 산기슭을 향해 걸어갔다.

물이 빠진 호수의 북쪽은 절벽으로 이뤄져 있었다. 그 앞쪽으로 계곡처럼 생긴 긴 평지가 있었는데, 호수의 바닥이었을 그 땅은 물과 흙이 범벅이 되어 질척였다.

그 질척이는 땅을 허소월은 흙물 한번 튀기지 않고 걸었다. 흙물이 묻는 곳은 오직 가죽신의 바닥뿐이었다.

허소월은 흙물이 아니라 마치 빙판 위를 걷는 것처럼 조심스러우면서도 빠르게 북쪽 절벽을 향해 다가갔다.

가끔 물이 고인 웅덩이에서 팔뚝만 한 고기들이 펄떡거렸지만 허소월은 고개도 돌리지 않았다.

그렇게 북쪽 절벽에 이르렀을 때, 여전히 물이 뚝뚝 떨어지고 있는 절벽 앞에서 몇 명의 사람이 허소월을 발견하고는 길을 열어주었다.

사람들을 지나치자 의천노공 우서한이 고개를 돌려 허소월을 바라봤다.

"고생했다."

"다행이네요. 꾸중을 들을 줄 알았는데."

말은 그렇게 하지만 허소월은 별반 걱정하는 것 같지 않았다.

"누구냐? 십자성주는 아닐 것이고, 역시 그자냐?"

"예."

허소월이 짧게 대답했다.

"생각보다 대단하구나. 그자에게 널 극복하고 기관을 찾아 움직일 능력이 있었다니."

"혼자 온 건 아니었어요."

"조력자가 있던 거냐?"

"조력자라기보다는 좋은 도구를 가져왔지요."

"도구? 신검이라도 얻었더냐?"

"신검보다 더 유용한 도구였죠. 화마의 괴물을 데려왔으니까요. 그것도 말 잘 듣는."

허소월이 말을 하며 뒤쪽에 이방인처럼 서 있는 염화마군 철특과 모악을 바라봤다.

그러자 철특이 다급한 표정으로 물었다.

"설마… 소주가 오셨소?"

"왔었소."

허소월이 냉랭하게 대답했다.

"지금 어디 계시오?"

"그는 죽었소!"

"죽어? 지금 뭐라 했소?"

한순간 철륵의 눈에서 붉은 염광이 흘러나왔다. 당장에라도 도를 들어 허소월에게 달려들 기세다.

"귀가 먹었소? 죽었다고 하지 않았소?"

허소월은 철륵의 분노 따위는 관심도 없는 듯 보였다.

"당신… 이 죽였소?"

철륵은 더 이상 참을 생각이 없는 듯 보였다. 그의 손이 어느새 도의 손잡이를 잡고 있었다.

"그렇다고 할 수 있소."

"정확하게 설명하시오. 제대로 설명하지 않는다면… 억!"

갑자기 철륵의 입에서 비명이 터져 나왔다. 어느새 날아온 파마시 하나가 그의 어깨를 꿰뚫고 있었다.

파마시에 왼쪽 어깨가 뚫린 철륵이 대여섯 걸음 뒤로 물러났다.

그런 그를 향해 어느새 달려든 허소월이 재빨리 그의 어깨에 박힌 파마시를 뽑았다.

팟!

화살이 뽑힌 자리에서 붉은 피가 솟구쳤다.

"내 앞에서 함부로 칼을 뽑지 마시오. 다음엔 당신 목을 뚫을 거요. 아무튼 그가 여기 왔을 때, 그는 이미 죽은 거나 다름없었소. 고력이란 자가 그의 이지를 장악하고 있었지. 그래서 그 늙은 모사꾼이 시키는 대로 날 공격했고, 그사이 그 늙은이가 밀교의 문을 범한 거요. 그리고 그 죽음은 그가 원한 거였소. 이상한 일이더군. 그자는 스스로 형님께 죽기를 바라더구려. 그 이유를 당신은 아오?"

자신의 손으로 철륵의 어깨 한쪽을 더 이상 쓰지 못하게 만들어놓은 허소월이 태연하게 물었다.

철륵은 그런 허소월을 당혹한 시선으로 바라보고 있었다. 한편으로는 나이에 걸맞지 않게 침착한 허소월에게서 두려움을 느끼는 것도 같았다.

"형님이라니 누굴 말하는 것이오?"

"십자성주!"

"그, 그가… 죽었소? 소주를?"

"글쎄, 우다문이란 자가 스스로 원했다니까, 형님 손에 죽기를. 뭐, 결국은 내 손에 죽었지만. 어쨌든 왜 그런 것 같소?"

"소주… 소주가 죽었다고? 정말 죽었단 말인가? 소주께서?"

철륵이 혼이 빠진 사람처럼 중얼거렸다. 그런 철륵을 힐끗 바라본 허소월이 더 이상 묻지 않고 우서한의 앞으로 다가갔다.

허소월이 다가서자 우서한이 걱정스러운 표정으로 허소월을 바라봤다. 허소월이 보여준 이 냉정하고 과감한 일수는 평소의 그에게서는 볼 수 없는 행동이었다.

"그렇게 된 일이구나."

철특에게 설명하는 것으로 그간 월하선봉에서 일어난 일을 이미 모두 설명했다고 할 수 있었다.

"예."

"고력은?"

"죽였어요."

허소월이 간단하게 대답했다.

"그 아이가 허락하더냐?"

적풍을 말하는 것이다. 어쨌든 그동안 고력이 적풍의 숨겨진 수하로 있었다는 것은 분명한 사실이다.

"내가 아니었으면 형님이 죽었을걸요?"

"하긴 배신자를 용납할 아이는 아니지. 그 아이는 지금 어디 있느냐?"

"호수 남서쪽에 십자성의 고수들과 함께 있겠답니다."

"음, 생각이 뭐더냐?"

"글쎄요. 정확히 모르겠어요."

"그와 이야기를 나눠보지 않았느냐?"

"웬걸요. 칠 일이나 같이 지낸걸요. 단둘이서."

"그런데도 속을 몰라?"

"형님 스스로도 자신이 어떻게 행동할지 모르는 것 같더라고요. 그래서 더 두렵기는 하지만. 어쩌면 물러날 수도 있다고 생각하고 있어요."

허소월의 말은 사실이었다.

지난 칠 일 동안 허소월은 끊임없이 적풍의 향후 행보를 물었다.

그러나 적풍은 묵묵부답 말이 없었다. 그러다 어느 순간 허소월은 깨달았다. 사실은 적풍도 자신의 운명을 알지 못하고 있다는 사실을. 그래서 다시 한 번 기회가 있지 않을까 기대해 보는 허소월이었다.

그런데 그러기 위해서는 하나의 전제가 있었다. 스승 우서한과 적풍이 타협할 상황이 만들어져야 한다는 것이다.

그건 곧 이 물 빠진 호수에서 오직 두 사람만이 거래를 할 수 있어야 함을 의미했다.

북두회든, 천무맹이든, 혹은 어딘가 숨어 있을 묵안노 마한이든, 다른 그 어떤 세력도 두 사람의 거래에 변수가 되어서는 안 된다. 그래야만 우서한과 적풍이 적당한 선에서 타협할 수 있을 터였다.

만약 예상치 못한 변수가 일어나 두 사람의 거래가 깨지면 결국 이 전마별호에서 둘 중 한 명은 죽을 수밖에 없다는 것이 허소월의 판단이었다.

적어도 적풍이 밀교의 문을 열 결심을 하지 않는 상태를 만들어놔야 하는 허소월이었고, 그것이 타협의 전제였다.

그러자면 허소월은 다른 자들에게 독해져야 한다. 월문에 도전하는 자들에게 냉정하게 죽음을 선사할 수 있어야 한다.

"그와 겨뤄보았느냐?"

우서한이 물었다.

"아뇨. 하지만……."

"하지만?"

"무섭더군요, 형님의 무공."

허소월의 대답이 과장이 아님을 우서한은 알고 있다.

"그의 피가 흐르니까."

"문(門)은 어때요?"

이번에는 허소월이 물었다.

"참으로 놀라운 일이다. 두렵기도 하고."

"복원되었나요?"

허소월이 물었다.

"음……."

우서한이 무겁게 고개를 끄떡였다.

그러자 허소월이 한 걸음 앞으로 나서서 물때가 거뭇하게 낀 절벽을 응시했다.

자세히 보면 절벽 중간중간에 북두칠성 모양의 기이한 괴석들이 박혀 있는 것이 보였다.

물때를 벗겨내면 아마도 세상에서 보기 드문 보석일 듯싶은 괴석들은 간혹 물때 속에서 영롱한 빛을 발하기도 했다.

"칠보(七寶)가 완전히 문과 일체가 된 것 같아요."

"두어 개는 틀어진 것도 같지만 얼추 그런 것 같다."

우서한이 고개를 끄떡였다.

"해괴한 일이군요. 아무리 시간이 지났다고 해도 서로 다른 성질의 물체가 녹듯 한 몸을 이루다니……. 이렇게 되면 누구도 이 문을 열 수 없을 거예요."

"보통 사람이라면 그렇겠지."

"가능할 수도 있단 말인가요?"

"칠보가 감응할 수 있는 물건이 있다는 걸 알고 있지 않느냐?"

"아!"

우서한의 말에 허소월이 나직하게 탄식을 흘렸다.

"그래서 그 아이가 그토록 중요한 것이다."

"하지만 사부님이 선택하신 일이잖아요? 검을 내주신 것은……"

"그래, 그랬지. 그리고 지금 생각하면 실수였던 것 같다. 난 솔직히 전마별호의 물이 마를 거라고는 생각지 못했다. 그리고 그 아이가 자신의 아비와 버금갈 만큼 성장할 거라고도 생각지 못했지. 언제든 내가 통제할 수 있다고 생각했다. 하지만 사람 일이란 역시 생각대로 되는 것이 아니로구나."

"그럼 거래를 해야겠네요."

"아니면 싸우든지."

우서한이 대답했다.

"거래를 하세요."

허소월이 단호하게 말했다. 그러자 우서한이 생경한 시선으로 허소월을 바라봤다.

"넌… 조금 변했구나."

우서한이 걱정스러운 표정으로 말했다.

"바라신 일이잖아요?"

"하지만 너무 빠르구나."

"좋은 기회죠, 독한 사람이 되기에는."

허소월이 물 빠진 호수를 돌아보며 말했다.

"후우, 그렇긴 하지. 사람이 단단해지기 위해선 어떤 계기가 필요한 법이니까."

"사부님은 전마를 만났을 때였나요?"

"그렇다. 그를 만난 후 난 독한 사람이 되었지. 그를 죽이면서… 인정에 얽매이지 않는 법을 배웠다. 그래서 그는 영원히 내게 무척 중요한 사람이다."

"적풍 형님도 제게 그래요. 그러니까 거래를 하세요."

"그 아이가 원할까? 그 아이는… 어쩌면 모든 것을 원할 수도 있다."

"그러지 못하게 만들면 되죠."

"어떻게 말이냐?"

"곧 천하의 고수들이 몰려오겠죠?"

"그럴 거다."

"그럼 그들을 상대로 월문의 힘을 보여주세요. 그 누구도 이 문 앞에 이르지 못하게 만들어요. 그래서 결국 그들이 스스로 이곳을 떠나게 하면 형님만 남을 거예요. 그럼 형님도 깨달으시겠죠. 모든 것을 가질 수는 없다는걸."

"지금 천하를 상대로 싸움을 하자는 거냐?"

"어차피 그들에게 길을 열어줄 것도 아니잖아요?"

"다른 방법도 있다."

"뭐죠?"

허소월이 물었다.

"그 아이의 내력을 밝히는 거지. 그럼 일단 그 아이와 이곳으로 몰려온 자들이 먼저 싸우게 될 것이다. 누가 이기든 상관없다. 물론 그 아이의 패배가 거의 확실하지만. 나조차도 천하를 상대로는 싸울 수 없으니까. 어쨌거나 양패구상 가까운 상태가 될 거다. 그때 월문의 힘을 보여주면 된다."

우서한이 냉정하게 말했다.

"끝까지 형님을 이용하겠다는 생각이시군요."

"그 아이가 선택한 길이다."

"아니죠. 정확하게 사부께서 만드신 일입니다. 처음 형님이 사부님을 찾아왔을 때부터 결국 월문의 도구로 이용하실 생각이셨잖아요. 그때는 몰랐는데 생각해 보니 이제는 사부님의 의도를 알 것 같아요. 아마 검은 사자들 역시 그러했겠지요? 이후의 천하가 북두회의 것이라지만 사실은 월문의 것이었으니까요."

허소월의 날카로운 추궁에 우서한의 눈살이 꿈틀거렸다. 자신의 속을 모두 들여다보는 제자가 껄끄럽기 이를 데 없었다.

"월문의 업을 이어가기 위해선 가장 좋은 방법이었지. 그리고 오늘 다시 한 번 그 기회를 잡았다. 무림천하에 천외천의 존재가 있다는 것을 알려줄 기회지. 삼십 년이면 사람의 기억은 희미해지게 마련이니까. 그래서 감히 북두회의 주인들이 사형을 내친 것 아니겠느냐?"

"그거야말로 그분이 일으킨 일이죠."

허소월이 냉담하게 대답했다.

"사형이 무슨 일을 했는지는 중요치 않아. 감히 월문이라는 배경을 가진 인물을 배척한 것이 중요한 것이지. 월문의 문도를 벌할 수 있는 사람은 오직 법황뿐이다."

허소월은 도도한 자신감을 드러내는 우서한을 보며 한편으로는 회의가 들기도 했다.

월문의 업을 이어가는 일이 세상을 위해서라고 생각해 오던 허소월이다. 그 일을 위해 피를 흘리는 것은 대의를 위한 어쩔 수 없는 선택이라고도 생각했다.

그런데 어쩌면 그런 명분으로 월문은 세상에 군림하고 싶던 것이 아닐까.

천외천의 존재, 그건 곧 신의 위치다. 누군가에게 신적 존재가 되고 싶다는 것은 인간이 품을 수 있는 탐욕의 끝이 아닐까 하는 의문이 생기는 순간 허소월은 깨달았다.

'사부도 한 명의 사람일 뿐이다.'

이 생각이 들자 그는 좀 더 단호해졌다.

"월문의 힘을 어부지리나 얻는 데 사용하는 것은 반대예요. 난 그런 월문은 물려받고 싶지 않아요."

"그래서 천하를 상대로 싸우자는 거냐?"

"엄살떨지 마세요. 천하는 무슨 천하예요. 개중 몇 명만 상대하면 결국 물러갈 텐데요."

"겨우 몇 명일 것 같으냐?"

"결국 이십팔룡의 후예를 자처하는 자들이 앞에 나설 것인데, 그들만 상대하면 되지 않겠어요?"

"그들이 혼자 왔겠느냐?"

"상관없어요. 결국 싸움에 나서는 자는 몇 없을 테니까요. 제가 해요?"

허소월이 더 이상 이 일로 다투기 싫다는 표정으로 물었다.

"망할 놈!"

우서한이 눈을 흘겨 허소월을 보고는 절벽 쪽으로 걸어갔다. 그러고는 손에 진기를 모으더니 푸른 이끼가 가득 끼어 있는 곳을 손으로 밀었다.

구구궁!

절벽에서 기이한 소리가 일어났다. 그러나 절벽에는 어떤 변화도 없었다. 오히려 변화는 절벽의 수십 장 앞쪽에서 일어났다.

적풍은 산비탈에 서서 전마별호의 바닥을 뚫고 솟아오르는 바위 기둥들을 바라보고 있었다.

크기는 다양했다. 어떤 것은 십 장이 넘어 보이고 어느 것은 사람 키 정도밖에 되지 않았다.

대신 굵기는 모두 일정했다. 장정 셋이 팔을 이어야 휘감을 수 있는 정도의 굵기, 사람의 힘으로는 움직일 수 없는 굵기의 바위 기둥들이다.

오랫동안 물속에 잠겨 있었는데도 기둥들은 깨끗한 몸을 가지고 있었다.

적풍이 있는 곳과 바위 기둥들이 솟아난 호수 바닥과의 거리는 수백 장이 넘었다. 그런데도 한눈에 그 모양을 알아볼 수 있을 만큼 바위 기둥들은 깨끗했다.

색은 조금씩 달랐다. 어떤 것은 검은빛을, 어떤 것은 흰빛을 띠고 있었다. 또 간혹 자색이나 붉은색을 가진 기둥도 있었다.

구르릉!

그런데 그렇게 호수 바닥에서 솟구쳐 오른 바위 기둥들이 어느 순간부터 무거운 소리를 내더니 좌우로 움직이기 시작했다.

그러기를 이각여가 지나자 우서한 등이 서 있는 절벽 앞에서 월하선봉에 오르는 산길이 있는 방향으로 수십 개의 기둥이 길고 어두운 길을 만들어냈다.

"진일까요?"

입을 연 것은 신곡에서 우마를 따라온 궁백이었다. 그의 눈에 두려움이 깃들어 있다.

거대한 돌기둥들의 신비로운 움직임은 신혈족의 고수들조차도 두려움을 갖게 만드는 힘이 있었다.

"아마도 그렇겠지."

적풍이 대답했다.

"어쩔 생각인 걸까요?"

"사람들의 진입을 막고 돌려보내려는 것 아니겠나?"

"하지만 저들의 숫자는 겨우⋯⋯. 과연 천하 고수들의 진입을 저 괴이한 기둥들이 막을 수 있을까요?"

"두고 보면 알겠지. 어쨌든 나로선 다행이군."

"뭐가 말입니까?"

이번에는 우마가 물었다.

"먼저 날 찾아오지 않은 것 말이다."

"그렇군요. 먼저 싸움을 걸어왔다면 곤란했을 텐데요."

"소월이 막았겠지."

"정말 어쩌실 겁니까?"

우마가 물었다.

"뭘?"

"월문과의 관계 말입니다."

"내가 선택할 수 있는 문제가 아니야."

"그럼 누가 결정합니까?"

"의천노공, 그의 결정에 달린 일이야. 싸우자면 싸우고 흥정을 하자면 하는 거지."

"밀교의 문은요?"

"소월이 막는다면 굳이 열 생각은 없어."

"궁금하지 않으세요? 그 안에 뭐가 있는지."

"언젠가는 알려주겠지."

"다른 사람들은 생각이 다를 겁니다."

"그야 내 알 바 아니고."

적풍이 심드렁하게 대답했다.

그때 위쪽에서 준갈이 급히 달려왔다.

"왔습니다."

"벌써?"

"전부는 아니고 대략 일백여 명 정도 되어 보입니다."

"우두머리들이 먼저 왔군."

"그런 것 같습니다."

"좋아, 우리도 준비한다. 그자들은 무엇을 먼저 할지 몰라. 의천노공에게 문을 열 것을 먼저 요구할지, 아니면 우리와 싸우는 걸 먼저 선택할지 말이야. 그러니 단단히들 준비해."

"알겠습니다. 모두 모여라!"

우마가 십자성 고수들이 모여 있는 쪽으로 달려가며 소리쳤다.

*   *   *

두 무리의 무림인이 산길을 오르고 있다.

두 무리 사이의 거리는 대략 이십여 장. 서로가 서로를 경계하면서도 누구도 먼저 상대를 도발하지는 않았다.

그렇게 산을 오른 두 무리가 한순간 나란히 두 개의 산봉우리가 문처럼 서 있는 정상에 올라섰다.

그러고는 눈앞에 펼쳐진 광경에 모두 말을 잃고 잠시 침묵을 지켰다.

거대한 호수였던 땅에 물이 사라지고 황폐한 바닥이 드러나 있다. 아주 오래전에는 숲이었을 곳에 생명이라곤 하나도 남아 있는 것 같지 않았다.

대신 그 자리에 수십 개의 돌이 만들어낸 길이 존재했고, 그 길 끝에 일단의 사람이 서서 산 위로 올라온 자신들을 바라보고 있었다.

"정말 무슨 사달이 나기는 났구려."

먼저 입을 연 자는 북두회 육가의 수장 중 한 명인 흑제 오릉이었다.

"그러게 말이오. 이곳이 다시 땅이 될 줄은 몰랐소이다."

천산노조 현위가 대답했다.

"이제 어쩌면 좋겠소?"

질문은 던진 자는 자하산장의 장주 몽중도다.

"어쩌긴 뭘 어쩐단 말이오? 문을 열고 그 안의 유물을 취해야지."

퉁명스레 대답한 사람은 심술이 가득해 보이는 두툼한 볼을 지닌 개방의 노개였다.

사람들이 황룡이라는 별호로 부르는 공궁각이라는 자였는데, 당대 개방의 방주였다.

거지치고는 욕심이 많고 심술도 가득해서 강호의 고수들이 상대하기를 꺼리는 인물 중 하나였다.

"의천노공이 허락하겠소?"

몽중도가 되물었다.

"주인이 보물을 가져가겠다는데 노공이라고 무슨 근거로 우릴 막겠소."

"주인이라… 과연 노공이 그리 생각하겠소?"

"저 안에 이십팔룡의 유물이 있다지 않소? 그럼 당연히 그 유물의 주인은 우리 이십팔룡의 후예들이 아니겠소? 아무리 의천노공이라도 그것을 부정할 수는 없을 거요."

"이십팔룡의 유물이 정말 있는지는 아직 확실치 않소. 그 사실을 의천노공께서 부정하시면 어쩌시려요?"

"그러니까 문을 열고 우리 눈으로 확인해야 하지 않겠소!"

공궁각이 단호하게 말했다. 그의 얼굴에 드리운 욕망은 절대 뒤로 물러설 것 같지 않았다.

"그 말은 곧 의천노공의 말을 믿지 못한다는 뜻이 된다는 것을 아시오?"

"그, 그건……."

"또한 그를 상대로 싸워야 할 수도 있다는 의미이기도 하오."

몽중도가 경고했다. 그렇다고 그도 공궁각의 의견에 반대하는 것은 아니었다. 단지 그 일이 얼마나 위험한 일인지를 일깨워 주기 위함이었다.

"하지만 의천노공이라고 우리 모두의 요구를 거절할 수는 없을 것이오."

한쪽에서 언월도를 든 자가 호랑이처럼 말했다. 하북팽가의 절대도객으로 알려진 팽월이다.

그의 조상 역시 오백 년 전 소리 소문 없이 사라진 이십팔룡에 속해 있었다.

"하긴, 우리를 상대로 싸운다는 것은 천하를 상대로 싸운다는 것인데……"

남궁세가의 가주 남궁천이 고개를 끄떡였다.

그런데 그때 소림의 방장 월명이 고개를 저으며 말했다.

"어떤 경우라도 의천노공과 싸우는 것은 불가한 일이오."

"그가 이십팔룡의 유물을 독점한다 해도 말이오?"

개방의 공궁각이 물었다. 평소에도 득도한 고승처럼 행동하는 월명의 행동을 고까워한 공궁각이다.

"적어도 나는 그렇소."

"허어! 역시 물욕에서 자유로운 스님께선 다르시구려. 하지만 난 내 조상의 유물을 다른 사람에 손에 맡겨둘 만큼 마음이 너그럽지 않구려."

"내가 선대의 유물에 대한 욕심이 없어서 이러는 것이 아니오."

월명이 차분하게 말했다.

"그럼 무슨 이유로 그와 싸우기를 포기하시는 거요? 설마 과거 그가 전마를 죽여 무림을 검은 사자들의 손에서 구해낸 일 때문에 그러시오?"

"물론 그것도 한 이유요."

"젠장, 그 일로 이미 삼십 년 동안 월문은 천외천의 문파로 군림했고, 그는 성인의 반열에 오를 정도로 추앙을 받았소. 그런데 앞으로 얼마나 더 해야 하는 거요? 그리고 정말 그가 지키는 문 안에 이십팔룡의 유물이 있다면 그가 전마를 죽인 일도 천하를 위해서가 아니라 그 자신과 월문을 위해서란 뜻이 아니오? 그런데도 여전히 전마를 죽인 일로 우리가 그에게 굴복해야 한다는 거요?"

공궁각이 따지듯 물었다.

"이유야 어찌 되었든 그가 전마를 죽인 것은 분명한 사실이오. 그로 인해 무림은 구원을 받았고 말이오. 그 공이 사라지는 것은 아니오. 하지만 내가 노공과의 싸움을 반대하는 이유는 꼭 그것 때문은 아니오."

"다른 이유는 뭐요?"

공궁각이 싸울 듯한 기세로 되물었다.

"그건 바로 저들 때문이오."

월명이 땅을 짚고 있던 선장을 들어 남서쪽 산비탈을 가리켰다. 다른 곳은 모두 맑은 하늘을 두고 있는데 이상하게도 그곳은 검은 안개가 낀 듯 어두워 보였다.

"저들은… 십자성의 무리가 아니오?"

"그렇소. 천하의 정세는 아직 결정되지 않았소. 만약 우리가 의천노공과 반목한다면 저들이 어부지리를 얻게 될 것이오."

월명이 경고했다.

그 경고에는 공궁각도 반박할 수 없었다. 하지만 그의 얼굴에는 여전히 불만이 가득했다. 그렇다고 더 이상 함부로 의천노공과 싸우자고 고집하지는 않았다.

그런데 그때 호수 바닥을 뚫고 나온 돌기둥이 만든 길을 따라 한 명의 노인이 바람처럼 달려 나왔다.

그는 길의 끝에 도달해서도 멈추지 않고 그대로 강호의 고수들이 모여 있는 곳으로 달려 올라왔다.

그러고는 미처 사람들 앞에 다가서기도 전에 그의 목소리가 들려왔다.

"의천노공의 전언이오! 강호의 영웅들께서는 더 이상 전진하지 마시라는 당부요!"

제7장
탐욕이 호수를 채우다

"의천노공께 만남을 허락해 달라 전하시오."

개방의 공궁각이 우서한의 말을 전하러 온 맹의검에게 말했다. 그러자 맹의검이 싸늘한 표정으로 대답했다.

"법황께서는 이 월하선봉 위에서는 그 누구의 면담도 허락지 않으셨소."

"그럼 우리더러 이대로 돌아가라는 거요?"

"그래주면 감사하게 생각하실 것이오."

"허허, 아무리 노공이시라도 그것을 강권하실 수는 없소. 우린 모두 이십팔룡의 후예요. 선조들의 유물에 대한 강호의 소문을 확인해야 할 권리와 책임이 있는 사람들이오."

"강호의 소문은 허황된 것이오. 밀교의 문은 이십팔룡과 아무런 상관이 없소. 그 문은 단지 월문의 신비지처일 뿐이오."

맹의검이 단호하게 말했다.

"강호에는 이런 말이 있소. 오직 자신의 눈으로 본 것만 믿으라는……."

공궁각이 눈을 가늘게 뜨며 말했다.

"감히 노공의 말씀을 믿지 못하겠다는 거요?"

맹의검의 표정이 더욱 싸늘해졌다.

"그저 문을 열고 그 실체를 확인해 주시면 그만일 일, 이대로 물러간다면 두고두고 월문이 지키는 문에 대한 의구심이 강호를 떠돌 거요."

"결국 이대로 돌아갈 수는 없단 말이구려?"

맹의검이 물었다.

"부디 노공의 아량을 바랄 뿐이오."

말은 그렇게 했지만 단호한 거절이다.

맹의검의 눈가에 이는 분노의 빛이 더욱 강해졌다. 감히 월문 법황의 말을 거절하는 자들에 대한 살기조차 감돌았다.

그러나 그도 잠시, 갑자기 맹의검이 한 줄기 비릿한 미소를 지었다.

"좋소, 사람이란 결국 자신이 본 것만 믿는 존재니까. 하지만 밀교의 문은 월문 제일의 신비지처, 그 안을 보려는 자는 자신의 능력을 증명해야 하오. 법황께서 양보하실 수 있는 최대한은 여기까지요."

"어떻게 증명해야 한단 말이오? 설마 천무맹과 싸워 이기기라도 하라는 거요?"

공궁각이 우서한의 조건을 예측할 수 있다는 듯 차가운 미소를 지으며 물었다. 그러나 맹의검의 입에서 나온 대답은 그의 예측을 벗어났다.

"법황께서는 이 신성한 월하선봉이 피로 물드는 것을 원치 않으시오."

"천무맹과 십자성을 정리하라는 것이 아니란 말이오?"

"그렇소. 그리고 여러분에게 그럴 능력이 있기는 하오? 법황께서 하산하시기 전의 강호를 생각해 보시오. 설마 법황께서 그대들의 능력을 가늠하지도 않고 그런 무모한 부탁을 하셨겠소?"

"갈! 감히 우릴 모욕하는가!"

공궁각이 발로 땅을 구르며 소리쳤다.

쿠르릉!

그의 발이 닿은 땅이 지진이 난 것처럼 흔들리더니 물 빠진 호수 비탈에 위태롭게 서 있는 거대한 바위 하나가 호수 바닥을 향해 무섭게 굴러 내렸다.

그야말로 놀랄 만한 각법이오, 위력이었다.

그러나 맹의검은 공궁각의 무력시위 따위는 관심도 두지 않는 표정이었다.

"법황께선 원치 않으시지만 군이 싸우겠다면 말리지는 않겠소. 개방의 황룡께서 땅을 가르는 각법을 지니고 있으신 것 같은데 자신이 있으면 혈궁주든 십자성주든 한번 목을 베어 와

보시오. 그럼 더 이상 자신을 증명할 필요 없이 밀교의 문을 열어보실 수 있을 거요."

맹의검의 말에 공궁각은 한순간 말문이 막혔다.

호기를 보이기는 했지만 혼자서 천하제일인의 위치를 다투는 십자성주나 혈왕 종고를 상대할 자신은 없었기 때문이다.

그 일을 하려면 이곳에 모인 이십팔룡의 후예가 모두 함께 나서야 하는데 그 일에 나설 자는 아마도 그리 많지 않을 터였다.

"그럼 법황께서 원하시는 증명의 방법은 무엇이오?"

공궁각의 입이 닫히자 소림의 월명이 차분하게 물었다. 그러자 맹의검이 월명에게 가볍게 포권을 한 후 대답했다.

"생각보다 간단한 일입니다."

"말해보시오."

"사실 밀교의 문은 우리 월문의 뿌리와 같은 것이지요. 그 비밀을 타인에게 공개한다는 것은 곧 월문의 내밀한 부분을 세상에 공개하는 것인데 그걸 아무에게나 보여줄 수는 없지 않겠습니까? 그래서 그 자격을 스스로 갖추라는 의미에서 월문의 길(道)을 여신 겁니다."

"월문의 길이라면 저기 보이는 석주(石柱)들을 말하는 것이오?"

"그렇습니다."

"저 길이 어떻게 자격을 증명할 수 있소?"

"간단합니다. 저 길을 통과하면 됩니다."

"그 말은 석주들이 기관이라는 말이구려."

"그렇습니다. 아마 누구도 경험해 보지 못한 기관일 겁니다. 애초에 천기자의 비술로 만들어진 기관에 본 문의 신비한 비술이 담겨 있고, 또 본 문의 고수들이 곳곳에서 지킬 테니까요. 아마도… 목숨을 걸어야 할지도 모릅니다. 선택은 여러분의 몫이고, 법황께서는 여전히 여러분이 이곳에서 돌아가시기를 원합니다. 그리고……."

맹의검이 잠시 망설였다.

"말해보시오."

월명이 맹의검의 말을 재촉했다.

"이번 일을 기회로 본 문은 더 이상 강호의 일에 관여치 않기로 했습니다."

"그게 무슨……?"

"더 이상 월문의 고수가 강호에 나가는 일은 없을 거란 말이지요. 그건 곧 천무맹이나 십자성을 상대하는 일은 이제 월문의 소관이 아니란 뜻입니다."

"아……!"

갑자기 중인 사이에서 나직한 탄식이 흘러나왔다.

중인은 이 말이 얼마나 무서운 의미인지를 뒤늦게 깨달았다. 밀교의 문이 세상에 알려지기 전 그들이 무엇을 하고 있었던가. 그들은 어린아이들처럼 의천노공 우서한의 뒤를 따라 십자성으로 가고 있었다.

그들이 원하는 것은 의천노공이 십자성을 굴복시키고 강호의 권력을 그들에게 떨궈주는 것이었다.

그럼 그들은 피 한 방울 흘리지 않고 의천노공 우서한의 이름 뒤에 숨어서 무림의 권력을 손에 쥘 수 있었다.

노공무행의 그 행보가 갑자기 끝나고 세상에 밀교의 문과 이십팔룡의 무보에 대한 소문이 퍼지면서 그들은 잠시 의천노공 우서한이 자신들을 위해 뭘 하려 했는지를 잊고 있었던 것이다.

의천노공이 산에서 내려오기 전 천하는 천무맹과 십자성으로 흘러들고 있었다.

의천노공이 그 이름으로 흐름을 막았고, 북두회를 비롯한 무림의 강자들은 다시 무림을 손에 넣을 기회를 얻었다.

그런데 의천노공이 더 이상 강호의 일에 관여치 않는다면 그들 스스로 천무맹과 십자성을 상대해야 한다. 그리고 그건 이 중 누구도 자신할 수 없는 위험한 일이었다.

그들은 깨달았다. 의천노공 우서한이라는 이름이 그들에게 얼마나 거대한 보호막이었는가를.

"노공의 분노가 크신 모양이구려."

월명이 어두운 표정으로 말했다.

"분노의 문제는 아니고… 사실 월문은 세상의 여러 사원과 마찬가지로 불도를 닦는 문파일 뿐입니다. 본의 아니게 그간 세상일에 너무 깊이 관여했던 것이지요. 법황께서는 이제 그런 본 문의 행보를 그만두고 본래의 업으로 돌아가려는 것뿐입니다."

맹의검이 차분하게 말했다. 그러나 그의 말 속에 의천노공에 대한 배신 아닌 배신을 한 강호인들에 대한 추궁이 없다고 생각하는 사람은 아무도 없었다.

"일단 노공의 뜻은 잘 알겠소. 우리에게 생각할 시간을 주시오."

"저로서는 다시 이곳에 올 일이 없을 겁니다. 물러가시든, 혹은 월문의 길을 통과해 밀교의 문에 이르시든 그것은 이제 여러분의 몫입니다."

"알겠소. 신중하게 결정하리다. 그리고 노공께 전해주시오. 오늘의 무례는 반드시 사죄드리겠다고. 무림은 언제나 노공의 은혜를 잊지 않을 것이라고 말이오."

"그 마음, 모두 같기를 바랄 뿐입니다. 그럼!"

맹의검이 월명에게 가볍게 고개를 숙여 보인 후 그가 온 길을 되짚어 호수 아래로 달려 내려갔다.

강호의 고수들은 맹의검이 호수를 달려 내려가 돌기둥 사이로 난 길을 따라 빠르게 이동해 의천노공 우서한 앞에 이르는 것을 지켜보고 있었다.

누구도 먼저 입을 열지 않았다. 말 많던 개방의 공궁각 역시 이때만큼은 무겁게 침묵을 지켰다.

그러다가 문득 자하산장주 몽중도가 침묵을 깼다.

"천막이라도 치고 상의를 합시다. 볕이 따갑구려."

물 빠진 월하선봉은 겨울이 떠난 지 얼마 되지 않아 여전히 찬바람이 불었다.

그러나 오늘은 다른 때보다도 날이 맑아서 볕이 따가운 것
도 사실이었다.

하지만 그 모든 것은 사실 핑계에 지나지 않았다. 몽중도도,
이십팔룡의 후예들도 사실은 어찌해야 할지 갈피를 잡지 못하
고 있어서 잠시 머리를 식힐 시간이 필요했던 것이다.

이십팔룡의 후예들이 이끄는 강호 고수들에게 맹의검이 우
서한의 말을 전하러 갔다면, 적풍이 이끄는 십자성의 고수들에
게는 또 다른 우서한의 심복 자천추가 다녀갔다.

자천추 역시 맹의검과 같은 말을 적풍에게 전하고는 답을 듣
지 않고 산을 내려갔다.

결정은 온전히 적풍의 몫인 듯 보였다.

"어찌 생각하냐?"

수뇌들에 둘러싸여 있을 때는 여전히 적풍에게 자연스레 하
대를 하는 사혼이 눈빛을 빛내며 물었다.

"사부 생각은 어때요?"

적풍이 되물었다. 사실 이때만큼은 적풍 역시 마음의 결정
을 하기 쉽지 않았다.

아버지와 신혈족의 비밀이 깃들어 있을 밀교의 문, 그 문을
열면 자신의 뿌리에 대한 모든 비밀을 알 수 있을지도 모른다.

그리고 어쩌면 그 문을 여는 순간 월문의 신비는 사라지고
의천노공 우서한 역시 그저 한 사람의 무인으로 전락해 더 이
상 그를 두려워할 필요가 없을지도 모른다.

하지만 반대의 경우 결국 적풍의 삶은 이곳에서 종지부를 찍을 수도 있었다.

"이대로 돌아가는 것도 나쁜 것은 아니야. 그가 강호 일에 관여치 않겠다면 세상은 우리 손에 들어올 거야. 그가 산을 내려오기 전에 그랬듯이."

사혼이 혀로 입술을 축이며 말했다.

누군가에게는 음흉한 모습으로 보일지 모르지만 적풍은 사실 사혼의 이런 모습이 좋기도 했다. 자신의 욕망을 적나라하게 드러내는 이 탐욕 가득한 노고수는 어쩌면 가장 믿을 수 있는 사람일지도 모른다.

"상황이 그때와는 다르지요."

사혼의 말에 다른 의견을 제시한 사람은 역시 적풍이 신뢰하는 또 한 명의 인물 쿠샨이었다.

"왜 그렇게 생각하시오?"

사혼이 고개를 갸웃하며 물었다. 그 역시 쿠샨이 어떤 인물인지 알기 때문에 평소 그의 의견을 경청하는 편이다.

"한 번 흐름이 끊긴 물이 다시 흐르기는 쉽지 않기 때문입니다."

"십자성으로 향하던 천하의 물길이 끊겼다고 보시오?"

사혼이 걱정스러운 표정으로 물었다.

"의천노공이 없던 과거에는 상대가 북두회 육가였습니다. 하지만 지금은 다릅니다. 아마 저들이나 우리나 이대로 월하선봉을 내려가면 우린 이십팔룡의 후예들과 겨뤄야 할 겁니다."

"저들이 흩어지지 않을 거란 말이구려."

"그렇습니다. 어쨌든 저들은 한곳에 모였습니다. 그대로 흩어지면 천하는 우리 십자성과 천무맹의 손에 들어오겠지요. 그 사실을 모르는 자들이 아닌데 설마 흩어지겠습니까? 한번 모이기가 어려워서 그렇지 일단 모인 이상 다시 천하를 자신들이 주도하려 할 겁니다. 그때가 되면 쉬운 상대는 아니지요."

"흐음, 그렇긴 하구려."

사혼이 고개를 끄떡였다.

"하지만 이곳에서 밀교의 문을 연다고 해서 저들이 흩어지는 것은 아니잖소?"

십자성의 또 다른 노련한 지략가 마도충이 쿠샨에게 되물었다.

"문이 열리면 모든 것은 무에서 다시 시작되게 될 겁니다."

쿠샨이 확신하듯 말했다.

"왜 그렇소?"

"그렇게 되면 월문이 저들과 싸울 것입니다. 물론 우리와도 싸울 수 있지만… 난전이 되겠지요."

"이런, 그러고 보니 자연스레 차도살인의 계책이 되는군."

"일단 기다리고 볼 일입니다."

쿠샨이 말했다.

"맞는 말인 것 같구려. 지금은 가장 늦게 움직이는 쪽이 유리할 것 같구려."

사혼도 쿠샨의 의견에 동조했다.

그러자 적풍이 우마에게 말했다.

"좀 더 기다린다. 방비를 단단히 하고, 저들의 행보가 결정되면 그 이후에 우리의 행보도 결정한다."

"알았습니다, 형님. 그런데……."

"뭐냐?"

"저 월문의 길이라는 거 말입니다."

"그게 왜?"

"한번 시험이나 해볼까요?"

"아서라. 괜한 호승심에 목숨을 잃을 수도 있어."

적풍보다 먼저 마도충이 우마를 만류했다.

"궁금한데……."

우마는 미련을 버리지 못하겠는 모양이다. 그러자 마도충이 우마의 어깨를 부여잡으며 말했다.

"이놈아, 항상 모난 돌이 정을 맞는 거야. 이럴 땐 앞으로 나서는 게 좋지 않아."

"사부는 겁이 너무 많아 탈입니다."

"이건 겁이 많은 게 아니라 신중한 거다. 이럴 때 호승심에 앞으로 나서는 놈은 용기가 있는 게 아니라 멍청한 거야."

마도충이 모두에게 주위를 주듯 말했다. 그런데 그 멍청한 작자가 결국 나타났다.

다행인 것은 그자가 십자성이 아니라 이십팔룡의 후예 중에서 나타났다는 것이다.

한 사내가 물 빠진 산비탈을 타고 호수 바닥으로 내려갔다.

이십팔룡의 후예들이 주축이 된 강호 명문대파의 수장들이 고산(高山)에 드리우는 따가운 햇살을 막기 위해 천막을 치고 그 안에 들어가 향후의 일을 논의하는 와중에 일어난 일이었다.

특히 그들을 당황시킨 것은 그 사내가 그들 중에서 나왔다는 것이다.

다시 말해 이십팔룡의 후인 중에서 월문에 도전하는 자가 생겼다는 것이다.

그건 곧 그들의 논의 여부와 상관없이 이미 그들이 월문에 도전하는 모양새가 되어버렸다는 의미기도 했다.

"대체 저 정신 나간 자가 누구요?"

자하산장의 장주 몽중도가 화가 난 표정으로 자리에서 일어나 어느덧 좌우로 석주가 늘어선 월문의 길 앞에 선 자를 가리키며 물었다.

"하북 공손가의 공손검룡이란 자요."

역시 하북의 명문 팽가의 고수 팽월이 말했다.

"공손검룡이라면 석년에 퇴각하던 몽골족 오백을 가문의 고수 오십여 명을 데리고 몰살했다는 바로 그자 말이오?"

몽중도가 되물었다.

"그렇소이다. 사실 그 일은 조금 과장되어 전해지기는 했지만, 어쨌든 검에 관한 한 달인의 경지에 오른 자지요. 호승심이 강하고 공손가를 무림의 명문으로 만들겠다는 염원이 강한 자인데… 오늘 그 기회를 잡았다고 생각하는 모양이오."

"후우, 어리석은 일이오. 어찌 혼자의 힘으로……."

몽중도가 고개를 저으며 중얼거렸다. 그러자 개방의 황룡 공 궁각이 묘한 눈빛을 흘리며 말했다.

"기다려 봅시다. 아주 나쁜 것도 아닌 것 같소."

"그게 무슨 소리요? 이렇게 되면 우리가 월문에 도전하는 모 양새가 되는 것인데……."

"하지만 월문의 길이라는 저 괴이한 석주들이 어떤 위력을 가지고 있는지 확인할 수 있는 기회이지 않소? 일단 그 결과를 보고 다음 행보를 논의합시다."

"그렇게 합시다. 월문의 힘을 제대로 알아야 제대로 된 대책 을 세울 것 아니오?"

천산노조 현위도 공궁각의 의견에 동조했다.

"그 한 번이 의천노공의 분노를 살 수 있소."

남궁천이 경고했다.

"그의 분노라면 이미 쌓일 만큼 쌓였을 거요. 이 상황 자체 가 그에겐 참을 수 없는 모욕일 테니 말이오. 그러니 한 번 더 그의 분노를 산다 한들 무슨 상관이겠소."

천산노조 현위가 별일 아니라는 듯 말했다. 그러자 장내 대 부분의 고수가 현위의 말에 동조하는 듯한 표정을 지었다.

그러자 남궁천이 소림의 월명을 바라봤다. 월문의 길에 도전 하는 자가 나서자 사람들의 마음이 다시금 호전적으로 변하는 것을 깨달았기 때문이다. 감정적인 판단을 한다면 이곳에서 강 호무림은 거대한 종말을 맞이할 수도 있었다.

그러나 남궁천의 시선을 받은 월명이 가볍게 고개를 저었다.
그로서도 이미 어쩔 수 없는 상황이라는 뜻이다.

하긴 사람 마음속에서 욕망이라는 괴물이 춤추기 시작하면
그걸 막을 자는 세상에 없다.

신이라 할지라도 멈출 수 없는 그 욕망의 불길은 오직 파멸
에 이르러서야 실체를 깨닫게 되는 법이다.

남궁천이 입을 닫자 장내 고수들의 관심이 이제는 온통 공
손검룡에게로 향했다.

그런데 공손검룡의 도전을 기뻐하는 자는 사실 따로 있었다.

노인은 독주를 앞에 두고 키득거리며 웃고 있었다.

전마별호를 둘러싸고 있는 여러 봉우리 중 한곳에 자리를
잡고 앉은 노인은 벌써 여러 병째 술을 비우고 있었다.

흐트러진 몸과 연신 흘려대는 실소로 인해 술에 취해 정신
이 혼미한 듯 보이지만, 사실 그의 눈에서만큼은 단 한 올의 취
기도 드러나지 않았다.

"어떠냐, 나의 계책이?"

노인이 술병을 손에 든 채 자신을 호위하듯 둘러서 있는 십
여 명의 사람에게 물었다.

그러나 아무도 그의 질문에 대답하지 않았다.

"놀랍지 않다는 것이냐?"

노인이 다시 물었다.

"스승님, 취하셨습니다. 잠시 쉬시지요."

그의 곁으로 건장한 체구의 사내가 다가와 말했다.

"돈오, 너도 내가 늙었다고 생각하느냐? 이따위 술 몇 병에 취할 만큼!"

"스승님, 그런 것이 아니오라……."

묵안노 마한의 대제자 돈오의 얼굴에 난감한 표정이 어렸다.

술에 취해 폐인처럼 보이는 노인은 묵안노 마한이었다. 평소의 그와는 사뭇 다른 모습에 아직까지 그에게 기대를 걸고 그의 곁에 남아 있던 호천대 후오조의 조장들 얼굴에 실망의 기색이 역력했다.

이대로라면 그들조차도 곧 마한을 떠날 듯 보였다.

"마음을 너무 혹사하지 마세요. 몸이 상하시겠어요."

이제자 황옥이 부드럽게 말했다. 요기가 흐드러지게 퍼진다.

"옥, 내가 어찌 마음을 쓰지 않을 수 있겠느냐? 내 손으로 월문의 업을 종식시키고 있는 지금……."

"지금이라도 바로잡으시는 것이 어떻습니까?"

조금 뒤에 떨어진 곳에서 무거운 목소리가 흘러나왔다. 묵안노 마한이 퀭한 눈으로 시선을 돌렸다.

그러자 그의 눈에 태산 같은 무거움을 지닌 삼제자 구룡이 보였다. 그의 눈에서 연민을 읽은 묵안노의 눈살이 절로 찌푸려졌다.

"룡, 넌 스승을 잘못 만났다고 생각하겠지?"

"어찌 그런 말씀을 하십니까? 사부님이 아니었다면 전 시전 판에서 짐꾼 노릇이나 하며 살고 있을 겁니다."

"그렇지 않아. 너의 재질은 아주 뛰어나서 내가 아니라도 반드시 강호기인의 눈에 들었을 것이다. 그랬다면 지금처럼 스승과 정도(正道) 사이에서 방황하지는 않았겠지."

"단 한 번도 스승님을 따른 것을 후회한 적 없습니다."

"고마운 일이다. 하지만 사실 넌 날 원망해야 해. 애초에 널 발견한 그때 난 널 사제에게 데려다줬어야 했다. 그랬다면 허소월이라는 그 애송이 녀석이 아니라 네가 사제의 제자가 되어 법황의 자리를 이어받았을 것이다. 너의 품성, 너의 재질… 모든 것이 법황과 어울리지."

"전 스승님이 제자로서 만족합니다."

구룡이 대답했다.

"하아! 제길!"

구룡의 대답도 묵안노에게는 위로가 되지 않는 모양이다. 묵안노가 다시 술병을 입에 댔다.

"법황님과 지금이라도 대화를 하십시오."

구룡이 단호하게 권했다. 그러자 다른 때라면 화를 냈을 묵안노 마한이 술에 취한 듯 흔들거리며 고개를 저었다.

"안 될 일이다."

"법황께선 월문을 소중하게 생각하시는 분입니다. 분명……."

"사제 때문이 아니라 나 때문에 안 되는 일이다."

"스승님!"

구룡이 화가 난 표정으로 묵안노를 불렀다. 그러자 묵안노가 손을 들어 구룡의 말을 제지한 후 입을 열었다.

"모두 들어라!"

이때만큼은 술기운이 전혀 느껴지지 않는 묵안노의 목소리다. 그러자 구룡은 물론 다른 두 명의 제자와 호천대 후오조의 고수들이 일제히 묵안노를 주시했다.

"솔직히 말하마. 이번 일은 오로지 나 자신을 위해 한 일이다. 이번 일에 너희의 미래는 전혀 고려되지 않았다."

"스승님!"

돈오가 안쓰러운 표정으로 묵안노를 바라봤다.

"동정할 필요 없다. 후회는 없으니까. 단지 너희에게 미안할 뿐이다. 그래서 이제는 너희가 날 떠나는 것을 허락하겠다."

"스승님!"

세 명의 제자가 놀란 눈으로 묵안노를 불렀다.

"난 마지막까지 사제와 맞설 거다. 그것이 내가 선택한 운명이다. 굴복은… 애초에 어울리지 않았어. 하지만 너희는 다르다. 너희 말대로 사제는 그 무엇보다 월문과 월문의 업을 중요하게 생각하는 사람이다. 그러니 후일 너희가 사제를 찾아간다면 두말없이 받아줄 거다. 그러니 너희는 지금 바로 월하선봉을 떠나라. 떠나서 세상이 어찌 변하든 개의치 말고 십 년 동안 수련에만 몰두하라. 그리고 이후 사제를 찾아라. 물론 그와 월문이 건재하다면 말이다. 만약 그가 오늘의 고비를 넘기지 못한다면 그땐 월문을 버리고 새로운 문파를 창건하도록 하거라. 월문은… 징그러운 문파야. 그 업이란 것이 대대로 문도들을 억압했지. 너희까지 무너진 월문을 위해 그 업에 얽매일 필요는 없다."

"저흰 떠나지 않습니다!"

돈오가 단호하게 말했다. 이때만큼은 평소의 그 유순하던 모습이 아니다.

"떠나라. 마지막 명이다. 지금이 아니면 기회가 없을 거다. 만약 너희가 떠나지 않겠다면 지금 당장 내가 월문의 길에 뛰어들 것이다. 난 죽을 것이고, 너희는 스승을 죽인 제자가 되는 것이지. 그 꼴을 보고 싶으냐?"

"스승님……."

돈오가 울먹이듯 묵안노를 불렀다. 그러자 묵안노가 이번에는 호천대 후오조의 고수들을 보며 말했다.

"그대들에게 부탁이 있다."

"하명하십시오."

후오조 육조의 조장 노왕이 무거운 목소리로 대답했다.

"날 도왔듯이 이 아이들을 도와다오. 이 아이들이 무림에서 한 문파를 이루는 데 힘을 보태달라."

"노야……!"

"그래줄 수 있겠는가?"

"당연히 그리하겠습니다만… 다른 길을 찾아보심이……."

"내 나이를 알고 있지 않은가?"

"하지만……."

"이래 죽으나 저래 죽으나 난 십 년 안쪽이네. 그런데 구차하게 목숨을 구걸할 수는 없는 일이야. 자, 이제 모두 떠나거라.

난 모든 일이 끝났을 때, 그때 사제를 만나겠다. 사제가 살아서 이 난국을 정리하면 마지막으로 그에게 도전할 것이고, 혹 그가 죽으면 나라도 그의 시신을 수하겠다. 그러니 지금 당장 모두 떠나거라!"

"절대, 절대 사부님의 곁을 떠날 수 없습니다!"

돈오가 이를 악물고 말했다.

"네 녀석의 고집은 내가 익히 알지. 그러나 이제 이 많은 사람이 너에게 의지할 텐데 네가 하고 싶은 대로 하려 하느냐? 내가 네 결심을 도와주마!"

묵안노가 그 말을 하더니 갑자기 하늘로 솟구쳤다. 그러고는 좀 더 위쪽의 숲으로 날아가더니 그대로 자취를 감춰 버리는 것이었다.

"스승님!"

돈오가 황급히 자리에서 일어나 묵안노를 찾기 위해 이리저리 시선을 돌렸다. 그러나 그 어디에서도 묵안노의 흔적은 찾을 수 없었다.

"사형, 이 일을 어쩌죠?"

황옥이 돈오 곁으로 다가서며 물었다. 그러자 돈오가 심각한 표정으로 대답했다.

"사부님을 홀로 놓아두고 어찌 이곳을 떠날 수 있단 말이냐?"

"맞습니다. 결국 나타나실 테니 이곳에서 기다리지요."

구룡이 말했다.

그러자 돈오가 고개를 저었다.

"모두 남을 필요는 없다. 사매와 사제는 사부님의 말씀을 따라 이곳을 떠나거라."

"말도 안 되는 소리 하지 마십시오."

구룡이 화난 얼굴로 말했다.

"남는 것은 쉬운 일이고, 떠나는 것은 어려운 일이다. 그 일, 네가 해다오."

돈오가 구룡을 보며 말했다.

"어려운 일을 사제에게 맡기는 사형은 없습니다."

구룡이 단번에 거절했다.

"그래도 네가 해다오. 넌 월문에 맞는 사람이야. 반면 난 월문과는 어울리지 않는 사람이다. 언젠가 월문으로 돌아가는 것을 허락받을 사람이 있다면 그건 오직 사제 너뿐이다. 그래서 네가 떠나야 한다."

"월문 따위, 이제 돌아갈 생각 없습니다."

"네가 싫어도 해야 할 일이다."

"무엇 때문에 말입니까?"

"사부님의 소원이실 테니까. 아마도 사부께선 죽는 그 순간까지 법황께 독을 쓴 일을 후회하실 것이다. 사부의 죄는 제자가 씻어야 하는 법, 사제는 평생 월문의 법을 수련해 훗날이라도 사부의 죄를 씻어라. 그게 의천노공이 되었든 다음 대 법황이 되었든 누구에게든지 말이다. 그래서 네가 떠나야 한다. 난… 월문의 무공과는 어울리지 않는 사람이니까."

"그럼 나도 남겠어요."

황옥이 말했다.

"너도 떠나라."

"사제면 되었지 제가 왜요?"

"사제 혼자 그 짐을 지라는 거냐? 네가 곁에서 사제를 도와. 세상 난사(難事)를 헤쳐 나가는 데는 고지식한 사제보다야 네가 낫지. 사매는 사부님의 말씀에 따라 호천대 후오조의 사람들과 하나의 문파를 세워라. 그 힘으로 사제를 도와줘."

"하아, 정말 사형은 힘든 일은 모두 우리에게 맡기시려는군요."

황옥이 탄식했다.

그러자 돈오가 황옥과 구룡에게 미소를 지으며 말했다.

"미안하구나. 하지만 이 정도는 대제자인 나의 권리가 아니겠느냐? 혹시라도 일이 잘되면 사부님을 모시고 가마."

돈오가 그 말을 남기고 묵안노 마한이 사라진 방향으로 몸을 날렸다.

돈오까지 떠나자 구룡과 황옥이 황망한 표정으로 서 있다가 서로를 바라봤다.

"어쩌죠?"

다른 때는 언제나 대범한 모습을 보이던 구룡이 이번만큼은 쉽게 결정을 내릴 수 없는지 황옥에게 물었다.

"일단 멀리 물러나자."

"떠나지 않고요?"

"후우, 어찌 떠날 수 있겠어. 사부님이 최후를 각오하신 곳에서."

"그렇지요?"

"그래도 후일을 도모하지 않을 수는 없으니 거리를 두긴 하는 게 좋겠어. 괜한 시비에 휘말리지 않게."

"알겠습니다. 모두 일단 뒤로 물러납시다."

구룡의 말에 황망한 표정을 짓고 있던 호천대 후오조의 조장들이 퍼뜩 정신을 차리고는 우울한 표정으로 걸음을 옮기기 시작했다.

*　　　　*　　　　*

"난 공손가의 이십팔 대 가주 공손검룡이오! 본 가의 선조 중 이십팔룡에 속한 천도검 어른의 유진을 가지러 왔소!"

양측으로 거대한 석주가 늘어선 길 앞에서 공손검룡이 크게 소리쳤다.

그러자 석주들 사이 그 안쪽에서 한 사람의 목소리가 은은하게 들려왔다.

"그대는 감히 월문의 충고를 무시하는가? 이곳에 이십팔룡의 유진이 없다는 사실을 이미 전하지 않았는가."

"그것은 월문의 입장, 우리 이십팔룡 후인들의 생각은 좀 다르오. 우린 우리 눈으로 월문이 지키고 있는 밀교의 문 안쪽을 확인해야겠소."

"세상의 그 어느 문파도 자파의 심장을 세상에 내보이지는 않는다. 그대는 공손가의 무고를 세상에 공개할 수 있는가?"

"이 일은 그것과는 전혀 다른 것이오."

"아아, 참으로 세상의 인심이란 각박하구나. 그대들은 과연 과거 월문이 강호에 베푼 은혜를 잊었구나."

"그 일 역시 강호를 위한 것이 아니라 월문이 이십팔룡의 유물을 전마 적황으로부터 지키기 위해 한 일이라는 소문이 있소. 그 오해를 풀기 위해서라도 월문은 밀교의 문이라는 것을 열어야 할 것이오."

"이미 월문의 뜻은 전했다. 그 길을 통과할 수 있다면 밀교의 문을 열 수 있을 것이다."

"물론 공손가는 고난을 두려워하지 않소!"

공손검룡이 호기롭게 말하고는 진기를 끌어 올렸다. 그리고 다음 순간 그의 얼굴이 조금 붉어진다 싶더니 땅을 박차고 석주들이 만든 길로 뛰어 들었다.

모든 공력을 끌어낸 공손검룡의 신형이 한순간 희미한 그림자로 변해서 무서운 속도로 월문의 길을 질주했다.

그런데 그때 월문의 길 저쪽 끝에서 눈부신 빛줄기가 뻗어 나왔다.

그 빛줄기는 찰나의 순간 길 입구에 이르더니 그대로 공손검룡의 그림자를 꿰뚫었다.

픽!

"악!"

한마디 날카로운 비명이 터져 나오더니 공손검룡의 몸이 그대로 월문의 길 밖으로 튕겨 나왔다.

"끄윽!"

공손검룡의 입에서 신음 소리가 흘러나왔다. 그런 그의 옆구리 한쪽에서 붉은 피가 솟구쳤다.

"가주!"

멀리 떨어진 곳에서 공손검룡의 도전을 지켜보고 있던 공손가의 고수들이 갑작스러운 변고에 놀라 소리를 지르며 공손검룡을 향해 달려갔다.

"가주!"

공손가의 고수들이 공손검룡을 부축했을 때 공손검룡은 이미 정신을 잃고 사경을 헤매고 있었다.

"이게… 이게 무슨 짓이오?"

공손가의 고수 한 명이 석주 안쪽을 보며 소리쳤다.

"공손가는 집안에 든 도적을 고이 돌려보내는가? 어서 물러나 치료하라. 목숨은 건질 수 있을 것이다."

석주 안쪽에서 냉랭한 목소리가 들렸다. 그러자 공손가의 고수가 분노를 참지 못하고 소리쳤다.

"지난날 월문이 천하를 구했다 하여 강호제일신비지문으로 모두의 존경을 한 몸에 받았거늘, 오늘 본 가의 가주께 손을 쓰는 것을 보니 여타의 강호 문파와 다를 바가 없구려! 아마도 월문 법황의 그 의천노공이란 별호는 과한 것인 듯싶소! 오늘 월문의 독수를 강호는 반드시 기억할 것이오! 가자!"

공손가의 고수가 저주 같은 말을 내뱉고는 공손검룡을 안아 들고 산 위로 올라가기 시작했다.

산 위 앞에서 공손검룡의 도전을 지켜보고 있던 무림 고수들의 표정이 일변했다.

그들은 설마 하는 생각을 가지고 있다가 월문의 길 안으로 진입한 공손검룡이 공격당해 단번에 사경을 헤매는 모습을 보자 두려움과 함께 월문에 대한 적대감이 생겨났다.

더불어 월문이 명문 공손가의 가주를 사경을 헤매게 만드는 것을 감수하면서까지 밀교의 문을 지키려 하는 것을 보자 그 안에 천고의 무보가 있을 거란 생각이 점점 확신으로 변해갔다.

"참으로 고약한 일이오."

천산노조 현위가 중얼거렸다.

"그러게 말이오. 이건 참 어떻게 해석해야 할지. 설마 살수를 쓸 줄은 몰랐소. 그저 누군가 나서서 길을 막는 정도로 생각했지."

남궁천 역시 고개를 저으며 당혹한 표정으로 말했다.

그러자 개방의 황룡 공궁각이 한 줄기 비웃음을 흘리며 말했다.

"세상 사람들이 그를 의천노공이다 뭐다 하면서 사람이 아닌 신선으로 대접한 것은 지나친 면이 있었소. 사실 그는 오직 한번, 전마 적황을 죽인 일 말고는 무림천하에 도움을 준 일이 없소. 물론 검은 사자들의 시간 동안 무림이 공포에 떨기는 했지만, 그 피해가 과거 정사대전이나 삼백 년 전의 혈마의 난처럼 막대했던 것은 아니오. 단지 전마와 그를 따르는 검은 사자들의 흉성이 워낙 사나워서 공포심이 더했을 뿐이지. 그러니 그가 무림의 구원자로 누려온 그 호사스러운 칭호와 존경은 사실 지나친 것이라고 할 수 있소."

"그래서 황룡께서 하고 싶은 말이 대체 뭐요?"

장내의 고수 중 의천노공 우서한과 가장 친교가 깊다고 할 수 있는 소림의 월명이 따지듯 물었다.

"다른 뜻은 없소. 단지 월문도 강호의 한 문파일 뿐이고 의천노공 우서한 역시 강호의 한 고수일 뿐이라는 거요. 다시 말해 월문이 신성불가침의 문파가 아니고, 의천노공이 신선은 아니오. 그러니 우리도 강호의 다른 문파를 상대하듯 그를 상대해도 상관없지 않겠소?"

개방의 방주 황룡 공궁각이 영활하게 동공을 움직이며 말했다.

"다른 문파를 상대하듯 한다……. 방주의 정확한 의견이 무엇이오?"

당문의 가주 당호가 눈빛을 빛내며 물었다. 그러자 공궁각이 기다렸다는 듯이 대답했다.

"강호에 독불장군은 없소. 그 어떤 문파라도 강호 제 문파의 뜻이 모인 의견이라면 따라야 하오. 여기 모인 우리 이십팔룡의 후예들의 뜻이 밀교의 문을 열어 소문의 진의를 확인하는 것이라면 월문은 그에 따라야 하는 것이오. 지금까지야 의천노공의 명성을 존중해 함부로 그 일을 추진할 수 없었지만, 강호 명숙을 향해 살수를 쓰는 월문은 더 이상 그런 특권을 누릴 수 없소. 그러니 이 뜻을 의천노공에게 전합시다."

"이미 그가 거절한 일 아니오?"

현위가 말했다.

그러자 공궁각이 다시 대답했다.

"이번에는 좀 다르오. 만약 우리 뜻을 받아들이지 않으면 우리 이십팔룡의 후예 모두가 힘을 모아 저 괴이한 월문의 길을 뚫을 것이기 때문이오."

"설마… 월문을 상대로 전면전을 하잔 말이오?"

월명이 놀란 표정으로 되물었다.

그러자 공궁각이 냉정하게 대답했다.

"강호의 역사에서 무림의 중론에 따르지 않는 문파들은 하나같이 같은 길로 갔소. 그건 바로 강호공적의 길이오. 월문이 강호의 중론을 따르지 않는다면 그들 역시 강호공적! 싸우지 않을 이유가 없지 않소? 그리고 우리의 힘이라면 아무리 월문의 기관진식이 괴이하다 해도 반드시 길은 열리게 될 것이오."

"아아, 불가한 일이오, 불가한 일이야. 어찌 의천노공에게……."

"뜻이 다르신 분은 뒤에 남아도 좋소."

월명의 반대에 공궁각이 대꾸했다.

"하지만 그리되면 저들이 어부지리를 얻지 않겠소?"

자하산장의 장주 몽중도가 그들로부터 백여 장 거리를 두고 있는 천무맹의 고수들을 보며 말했다. 그러자 공궁각이 빙그레 미소를 지었다.

"저들이라고 밀교의 문에 관심이 없겠소? 저들 중 일부는 이십팔룡의 후예가 아니오?"

"설마 저들과 힘을 합치기라도 하겠다는 것이오?"

월명이 다시 노기를 드러냈다.

"오월동주! 당장은 밀교의 문을 여는 것이 중요한 일 아니겠소? 그때까지 한배를 탄들 무슨 상관있겠소."

공궁각이 자신의 뜻을 꺾지 않고 말했다.

"저들이 동의하겠소?"

자하산장주 몽중도는 공궁각의 생각에 관심이 있는 모양이었다. 천무맹의 고수들까지 합류하면 반드시 월문을 굴복시킬 수 있다고 생각하는 듯했다.

"다행히 내가 혈왕과 약간의 친분이 있으니 한번 만나보겠소."

공궁각이 말했다.

"그렇다면야. 하지만 십자성주가 어찌 생각할지……."

"후후후, 이 지경에 혈왕이 십자성주를 신경 쓰겠소? 의천노공조차 공격의 대상이 되는 판국에……."

"하긴… 알겠소. 일단 황룡께서 혈왕을 한번 만나보시오."

"내게 맡기시오. 그는 절대 우리의 제안을 거절하지 않을 거요."

공궁각이 눈빛을 빛내며 말했다.

제8장
용광로

예상치 못한 일이었다. 그러나 이해할 수 있는 일이기도 했다. 북두회 육가가 의천노공을 배신한 마당에 혈왕 종고가 고분고분 자신의 말을 듣기를 기대하는 것은 욕심이었다.

그래서 자신의 반대에도 불구하고 혈왕 종고가 천무맹의 고수들을 이끌고 월문의 길을 뚫기 위해 호수 바닥으로 내려갔을 때도 적풍은 그리 화가 나지 않았다.

그러나 다른 사람들은 달랐다.

특히 유령마군 사혼과 마도충은 그간 천무맹의 실권을 혈왕 종고에게 맡긴 것이 이런 결과를 가져왔다면서 적풍의 지난 결정을 원망하기도 했다.

하지만 적풍은 외려 혈왕 종고의 독자적인 행보에 해방감을 느꼈다. 사실 무림을 장악할 목적으로 만든 천무맹이라는 세력이 가끔 그에게 답답함을 느끼게 하곤 했다.

"세력이야 하루아침에 흩어지거나 혹은 만들어지는 것 아닙니까? 오늘 의천노공 우서한을 따르던 자들이 그의 적이 되었듯이 말입니다."

자신을 원망하는 사혼과 마도충을 보며 적풍이 한 말이다.

"성주의 말씀이 맞습니다. 지금 천하의 무림인들, 그중에서도 이십팔룡의 후예를 자처하는 자들의 눈과 귀는 오로지 이십팔룡의 유물이 있다는 밀교의 문에 집중되어 있습니다. 어떤 충고도 귀에 들어오지 않을 겁니다. 그리고 한편으로는 나쁜 일도 아니지요."

쿠샨이 적풍을 거들었다.

"뭐가 나쁘지 않다는 거요?"

사혼이 쿠샨의 말에 동의할 수 없다는 듯 되물었다.

"월문과 의천노공은 그리 만만한 곳이 아닙니다. 더군다나 이 밀교의 문이란 것은 월문이 수백 년, 아니, 어쩌면 천 년 이상의 시간 동안 지켜온 것이지요. 그 문이 그리 쉽게 열리겠습니까? 아마도… 거의 파국에 가까운 결과를 초래할 겁니다. 그때 십자성의 힘을 보일 수 있겠지요."

"어부지리를 노리자는 말이오?"

"스스로 나서서 십자성의 길을 열어주겠다는 자들을 말릴 이유는 없지요."

쿠샨이 대답했다.

"듣고 보니 그것도 틀린 말은 아닌 것 같습니다, 회주."

마도충은 아직도 유령마군 사혼을 회주로 부르고 있었다. 평생 불러온 호칭을 하루아침에 바꿀 수는 없는 모양이다.

"음, 생각대로 된다면야 나쁜 일은 아니지만……."

사혼이 고개를 끄떡였다. 그러자 쿠샨이 조금 불편한 얼굴을 하며 말했다.

"그런데 이해가 가지 않는 일이 있습니다."

"뭐가 말이오?"

마도충이 물었다.

"아무리 이십팔룡의 유물이 대단하다고 해도 어찌 북두회 육가가 이토록 쉽게 의천노공을 향해 검을 빼 들었을까요?"

"음, 그것도 그렇구려. 특히 소림 등 정천육문의 문파들은 세간의 평판이 두려워 함부로 의천노공에 반기를 들 수 없는 문파들인데……."

"그래서 생각해 보건대 누군가가 그들을 충동질한 것이 아닌가 싶습니다만……."

"다른 누군가가 이 일의 배후에 있다는 말이오?"

마도충이 조금 놀란 표정으로 되물었다.

"제 생각에는 그렇습니다."

쿠샨이 고개를 끄떡였다. 그러자 쿠샨의 말을 듣고 있던 우마가 적풍을 돌아보며 물었다.

"그일까요?"

"누군가 있다면 그겠지."

"누굴 말하는 거냐?"

유령마군 사혼이 적풍과 우마를 번갈아 보며 물었다.

"누구긴 누구겠어요. 밀교의 문에 대해 알려준 자죠."

"아! 묵안노 마한!"

사혼이 잊고 있었다는 듯 탄성을 흘렸다.

"과연 그렇느냐? 누가 뭐래도 그는 월문의 사람인데……."

마도충이 우마에게 물었다.

"그라면 충분히 가능합니다."

적풍이 우마를 대신해 대답했다.

"왜 그렇게 생각하시오, 성주?"

마도충이 물었다.

"그가 오늘 이 전마별호에 벌어지고 있는 모든 일의 원흉이
기 때문입니다. 그는… 파국을 원하고 있어요, 무림의!"

"그자가 정말 월문을 버릴 수 있겠소?"

"이미 버렸습니다."

적풍이 확신하듯 말했다.

묵안노 마한이 시기심으로 인해 의천노공 우서한에게 하독
을 하는 순간 이미 그는 월문을 떠난 것이나 마찬가지였다.

적풍이 이렇게까지 확신하는데 마도충도 더 이상 반박할 수
없었다.

"그자가 그렇게 행동을 한다면 어쩌면 정말 오늘 월문은 끝
장날 수도 있겠군."

마도충이 혼잣말처럼 중얼거렸다.

"아무튼 우리에겐 좋은 기회지요."

우마가 말했다.

그러자 적풍이 우마와 정천사자들의 우두머리 타파를 보며 말했다.

"모두 언제든 이 싸움에 뛰어들 준비를 하시오."

"알았습니다, 형님!"

"준비하겠습니다, 성주!"

두 사람의 대답을 들으며 적풍이 다시 시선을 돌려 서서히 정사양도의 고수들이 모여들고 있는 호수 아래를 응시했다.

묵안노 마한은 얼마 전까지만 해도 호수 변이었을 산비탈에 자란 버드나무 등걸에 등을 기댄 채 술병을 기울이고 있었다.

그로부터 십여 장 떨어진 곳에 언제부터인지 모르지만 그의 대제자 돈오가 사부를 걱정하며 서 있다.

"미련한 녀석!"

마한이 혀를 차며 돈오를 돌아봤다. 그러고는 고개를 까딱여 돈오를 불렀다.

"이리 오너라!"

마한의 부름에 돈오가 조심스레 마한 곁으로 다가왔다. 그러고는 사죄의 말을 했다.

"죄송합니다, 스승님. 하지만 전 본래 미련한 놈이라……."

"맺고 끊음이 명확해야 큰일을 할 수 있는 법이거늘……."

"큰일보단 마음의 빚을 지지 않는 쪽이 좋습니다."

"하아, 하나같이 들인 제자들이라고는… 월문에 어울리는 놈들이란 말이야. 독하질 못해."

"저대로 둬도 되겠습니까?"

돈오가 전마별호 바닥에 세워진 거대한 석주들 앞에 모여 선 강호인들을 보며 물었다.

"누가 걱정이냐? 월문이냐, 강호냐?"

"그야 당연히 월문이지요. 저대로라면 월문은 아무리 법황님이라 해도 버티지 못할 겁니다."

"그 일, 내가 만든 것임을 알지 않느냐?"

"그래도… 월문의 종말까지 원하신 거라 생각지는 않습니다."

"어리석은 소리. 난 끝을 원했다."

"사부!"

돈오가 안쓰러운 표정으로 말했다.

"북두회 육가뿐이라면 도저히 사제를 향해 검을 들 수 없지. 그래서 개방의 황룡과 팽가의 팽월, 그리고 공손가의 공손검룡 등을 충동질해 놓은 것이다. 그들을 내가 움직였다는 것은 알고 있지?"

"짐작은 했습니다."

"그들이 바람을 잡으면 욕망에 물든 자들이 부화뇌동할 것은 자명한 일이지. 어려운 일도 아니었어."

"하지만 천무맹까지 움직일 줄은 몰랐습니다."

"거긴 손쓸 필요도 없었다. 혈왕 종고라는 인간은 결코 눈앞의 이득을 놓고 망설일 자가 아니니까. 천무맹? 후후후, 애초에 가소로운 일이었지. 혈왕 종고와 같은 인물을 데리고 대업을 도모한다는 것은."

"십자성주가 당황했겠군요."

"그랬을 거야, 그 애송이. 하지만 그래도 엉덩이는 무겁군. 아직 모습을 드러내지 않는 걸 보니."

"그가 관여할까요?"

"세상에 욕심 없는 사람이 있더냐?"

묵안노가 술을 들이켜며 말했다. 적풍을 두고 한 말이 아니라 그 스스로를 변명하기 위해 한 말 같았다.

"정말 모든 것이 끝나기를 기다리실 건지요? 월문이… 사라져도?"

"기다린다. 말했듯이 사제가 죽으면 그 시신을 수습하고, 살아 이겨내면 도전하겠다."

"사부……."

"한잔하거라. 제자 노릇 하려고 남은 것은 알겠다만 술 없이는 버티기 힘들 게다. 월문이 무너지는 모습을 두 눈으로 보는 것은."

묵안노 마한이 술병을 돈오에게 건네며 말했다.

*   *   *

"노공! 우린 대화를 원합니다!"

황룡 공궁각이 석주들 앞에서 소리쳤다. 이제 완연히 그가 강호의 고수들을 이끄는 선봉장 역할을 하고 있었다.

아마도 공궁각은 그의 지금 행동이 묵안노 마한이 의도한 것이라는 것조차 모르고 있을 것이다.

이십팔룡의 유물에 대한 소식을 듣는 그 순간, 그리고 월문에 대한 약간의 의심을 심어주는 것만으로도 공궁각을 움직이는 데는 충분했다.

그와 같이 이득에 밝고 평소 북두회 육가의 군림을 시기하던 자에게는 더없이 좋은 미끼였다.

미끼를 문 물고기는 자신이 파멸의 길로 끌려들어 가는 것조차 모르고 맹목적으로 미끼에 덤벼들고 있었다.

"길을 걸어 문 앞에 이르시오. 그럼 날 만날 수 있을 것이오. 하나 그 길이 파멸의 길임은 알고 오시기 바라오. 만약 그대들 중 누군가 전마 적황보다 강하거나, 혹은 검은 사자들의 힘을 누를 수 있는 자라면 길을 열 수도 있을 것이오. 그러나 그렇지 않다면 그대들은 세상을 향한 월문의 은혜를 배신한 대가를 치를 것이오."

석주들 끝 저편에서 아스라이 의천노공 우서한의 목소리가 들렸다. 그러나 사실 그 목소리의 주인공이 정말 우서한인지조차도 이들은 확신할 수 없었다. 석주들이 사람의 목소리를 변하게 만들었기 때문이다.

경고는 일단 충분한 효과를 발휘했다.

전마 적황을 능가하는 무공, 혹은 검은 사자들을 능가하는 힘이란 것은 지금 이 자리에 있는 강호의 강자들 그 누구도 가지고 있지 못했다.

그 힘이 없으면 파멸에 이를 거라는 우서한의 경고는 결코 허언이 아닐 것이다.

그러나 다른 사람들과 달리 황룡 공궁각은 자신에 넘쳤다.

"겁낼 필요 없소. 물론 우리 중 전마 적황을 넘어서는 무공을 가진 사람도 없고, 검은 사자들의 힘을 누를 힘을 가진 세력도 없소. 그러나 우린 하나가 아니오? 우린 이십팔룡의 후예이고, 곧 강호 전체요. 우리가 힘을 모은다면 검은 사자들이 문제겠소? 검은 사자들의 시간 동안 그들이 천하에 군림한 것은 그들이 하나 된 강호의 힘을 상대하지 않았기 때문이오. 사실 당시 그들은 끊임없이 이동해서 강호가 제대로 힘을 모아 상대할 기회가 없지 않았소?"

은근히 북두회 육가를 비롯해 과거 검은 사자들의 시간에 곤욕을 치른 문파들을 위로하고 그들에게 용기를 북돋는 말이다.

"그 말이 맞기는 하오. 사실 제대로 힘을 모아 그들을 상대할 기회가 없긴 했소."

천룡문의 문주 흑제 오룡이 동의했다.

그러자 사람들은 정말 그들이 전마 적황과 검은 사자들을 꺾지 못한 것이 힘을 하나로 모을 기회가 없었기 때문이라 생각하기 시작했다.

그러나 현명한 자는 과거를 잊지 않는 법이다. 과거 바로 이곳, 전마별호에서 전마 적황은 칠보를 빼앗긴 일곱 가문과 강호의 절정고수들로 구성된 삼백 인의 추격대를 단신으로 물리쳤다.

당시 전마의 신위가 어떠했던가.

마치 지옥에서 방금 올라온 명부의 신장 같았다. 그래서 그가 의천노공 우서한에게 죽임을 당하는 것을 산 위에서 보면서도 그들은 감히 그의 죽음을 확인하러 산을 내려가지도 못했던 것이다.

그러나 시간은 그런 기억조차도 각자 자신들이 유리한 쪽으로 굴곡시키고 있었다.

"그 어느 문파도 강호 전체를 상대하지는 못하오!"

팽가의 팽월이 끓는 물에 기름을 부었다.

"가봅시다! 이십팔룡의 유물은 당연히 우리에게 권리가 있소!"

욕망에 물든 자들이 호기롭게 소리쳤다. 그러자 공궁각이 앞서서 걸음을 옮기기 시작했다.

"내가 앞장서리다!"

앞에 나서겠다는 자까지 있자 이제 중인이 너 나 할 것 없이 용기를 내어 석주가 만든 월문의 길로 진입했다.

"하아, 문제군."

강호의 고수들이 홀린 듯 월문의 길로 들어서자 소림 방장 월명이 나직하게 탄식했다.

"문제가 될까요?"

그의 곁에서 오랜 소림의 친구이자 강호의 든든한 버팀목인 무당의 진인 청진자가 물었다.

"저들이 전마의 신위를 잊은 것 같소."

월명이 말했다.

"이미 그 누구의 말도 귀에 들어오지 않을 것이오."

"어리석은 일이오."

"사람의 일이니 어쩔 수 없지 않소이까?"

"그렇다면 기다리는 것은 파국… 만약 의천노공이 저들의 요구에 굴복하지 않는다면 무림은 오늘 이곳에서 궤멸적인 타격을 입게 될 것이오. 밀교의 문을 열든 말든."

"월문의 힘이 그렇게까지 강하겠소? 그들의 무공과 신기절학이야 나도 인정하는 문제지만 그들의 숫자는 그리 많지 않지 않소?"

"물론 부딪친다면 오늘 월문도 그 역사를 끝낼 것이오. 월문이 이긴다는 말이 아니오. 단지 그만큼 무림도 타격을 받는다는 뜻이오. 저들 중 얼마나 살아남겠소?"

"그렇긴 하구려. 하면 소림은……?"

"물러나 있겠소."

월명이 단호하게 말했다.

"이십팔룡의 유물에는 관심이 없으십니까?"

"소림의 전통은 유물에 좌우될 만큼 허약하지 않소. 그래봐야 그저 선대 한 고승의 유물일 뿐."

월명이 단호하게 말했다. 그러자 무당의 청진자가 잠시 생각에 잠겼다가 이내 고개를 끄떡였다.

"생각해 보니 선사의 말씀이 옳소이다. 우리 무당 역시 마찬가지. 선대의 유물을 거두려 한 것은 후대의 도리이기 때문이지 그 무공이 절실히 필요한 것은 아니지요. 무당도 물러나겠소. 파국이 일어난다면 그 이후의 일을 수습할 사람들도 필요할 테니 무당은 그때 나서겠소."

"과연 무당이오. 우리 함께 이후의 무림을 지켜내 봅시다."

월명이 고개를 끄떡이며 청진자에게 합장을 해 보였다.

"단지 선사의 많은 가르침을 바랄 뿐이오."

청진자 역시 두 손을 모으며 대답했다.

그렇게 서로에게 예를 갖춘 두 사람이 서둘러 그들 주위로 모여든 소림과 무당의 고수들을 데리고 그들이 애초에 있던 곳, 월하선봉의 입구를 향해 다시 호수를 거슬러 오르기 시작했다.

길은 평범했다.

제법 깊숙이 들어왔음에도 어떤 변화도 일어나지 않았다. 그렇다고 월문의 고수들이 앞서 공손검룡을 쓰러뜨렸듯이 몸을 숨기고 암기나 화살을 날리는 것도 아니었다.

마치 하나가 되어 전진하는 강호 고수들의 힘에 굴복한 듯 기관진식은 움직이지 않았고, 월문 고수들의 공격도 없었다.

그러자 중인의 기세는 한층 더 올랐다.

처음에는 일각에 십여 장 전진하는 것도 조심스럽던 강호 고수들이 이제는 성큼성큼 앞으로 걸음을 걸어 나가기 시작했다.

위협이 없어지자 보물에 대한 욕심이 앞서, 가장 선두에 서 있던 공궁각이 다른 사람들에게 추월당한 것이 벌써 꽤 오래전이다.

그런데 그렇게 한참 동안 걷던 중인의 걸음을 멈추게 하는 목소리가 누군가에게서 터져 나왔다.

"잠깐, 모두 걸음을 멈추시오!"

소리를 높여 사람들의 걸음을 멈추게 한 자는 자하산장의 장주 몽중도였다.

"무슨 일이오?"

일행의 전진을 주도하고 있던 공궁각이 몽중도를 돌아봤다.

"아무래도 이상하오."

몽중도가 주변에 장승처럼 서 있는 돌기둥들을 돌아보며 말했다.

"뭐가 말이오?"

공궁각이 장내의 주도권을 다른 사람에게 빼앗기고 싶지 않은 듯 날카롭게 몽중도에게 되물었다.

"황룡께선 우리가 이 석주들이 만든 월문의 길에 들어선 지 얼마나 된 것 같소?"

"그야… 반 시진은 안 되고 적어도 이삼 각은 지난 것 같소만……."

"그럼 이 전마별호의 넓이가 얼마나 된다고 생각하시오?"

"그야 한… 음!"

대답을 하려다 말고 황룡 공궁각이 황망한 표정을 지어 보였다. 그러고는 재빨리 앞을 내다봤다.

"길의 끝이 보이오?"

몽중도가 물었다.

"아니오."

공궁각이 침울하게 대답했다.

"이 전마별호의 크기는 아무리 넉넉히 잡아도 우리와 같은 사람에겐 반 시진 이상의 거리가 아니오. 더군다나 이곳은 호수의 바닥, 그 넓이는 더욱 작소. 그런데 이곳에서 우린 반 시진 가까이 걸었소. 그럼에도 길의 끝은 보이지 않고 말이오. 이게 뭘 뜻하겠소?"

몽중도가 공궁각에게 물었다. 그러자 공궁각이 대답을 하기 전에 다른 자가 먼저 입을 열었다.

"진법이구려."

당문의 가주 당호다.

"그렇소, 이건 진(陣)이오. 이 석주들은 기관을 움직여 침입자를 공격하는 것 말고 진을 형성해 침입자가 길을 잃게 만드는 쓰임이 있었던 것이오. 그리고 우리는… 길을 잃었소."

몽중도의 말에 수백에 달하는 강호의 고수가 저마다 당황한 표정을 지으며 주위를 살폈다.

그러나 그들이 보기에는 처음 그들이 호수 밑에 내려왔을 때와 별반 다르지 않은 풍경인 듯싶었다. 석주 바깥쪽의 땅도 보이고, 그들이 들어온 입구도 멀리 보였다.

이 석주들이 진의 변환을 일으키고 있다고 의심될 만한 것은 오직 아직도 출구가 보이지 않는다는 것 하나였다.

그러나 또한 그것만큼 확실한 증거도 없었다.

"곤란하게 되었군. 혹 이 진법을 아는 사람이 있소?"

공궁각이 강호의 고수들을 돌아보며 물었다. 그러나 누구도 쉽사리 대답하는 자가 없었다.

"시간이 필요할 것 같소. 진법을 읽어내기 위해선."

몽중도가 침착하게 말했다. 그러자 공궁각이 고개를 끄떡이며 다시 입을 열었다.

"이곳에 모인 분들은 모두 강호의 기인이사로 불리는 분들이오. 침착하게 이 석주들이 만들어내는 진의 변화를 살펴주시기 바라오. 반드시 해법을 찾는 분이 계시리라 믿소."

공궁각의 격려에 불안해하던 강호의 고수들이 저마다 고개를 끄떡이면서 석주들이 만들어내는 진의 변화를 참구하기 시작했다.

시간이 빠르게 흘러갔다.

그러나 장내의 수백 고수 중 진법의 해법을 찾아낸 자는 없었다. 진의 변화가 안개든 무엇이듯 눈에 보이면 그 변화를 따라가면 파훼법을 찾을 수 있을 것도 같았지만 기이하게도 석주들이 만들어내는 진에서는 그 어떤 변화의 현상도 일어나지 않았다.

그래서 월문의 길 위에 멈춰 선 강호 고수들 얼굴에 어느 순간부터 초조한 기색이 엿보이기 시작했다.

그리고 그들은 그제야 자신들이 너무 무모하게 행동했다는 것을 깨달았다.

월문에서 석주를 세워 길을 만들고, 의천노공 우서한이 그 길을 통과하는 자에게 자신과의 대화를 허락하겠다고 한 것은 이 석주들이 결코 평범하지 않다는 의미였다.

그럼에도 불구하고 이들은 이십팔룡의 보물에 대한 욕심으로 월문과 의천노공 우서한을 너무 과소평가했던 것이다.

그 사실을 깨닫는 순간 그들은 실수에 대한 자책보다는 이 실수가 가져올 결과에 대한 두려움을 먼저 떠올릴 수밖에 없었다.

"나가는 것은 가능하겠지?"

누군가 두려운 목소리로 뒤를 돌아봤다. 멀리 석주들의 입구가 보인다. 당장에라도 달려가면 일각이면 벗어날 수 있을 것 같았다. 그러나 그런 기대를 깨뜨리는 소리가 자하산장의 장주 몽중도에게 흘러나왔다.

"진이라면 눈에 보이는 모든 것은 환각이오."

몽중도의 경고에 누군가가 물었다.

"그럼 우리가 꼼짝없이 진에 갇혔다는 말이오?"

두려움이 묻어나는 목소리다. 그러나 누구도 그 두려운 목소리를 비웃지 못했다. 장내의 모든 사람에게 두려움이 어둠처럼 스며들고 있었기 때문이다.

"그렇소."

몽중도가 냉정하게 대답했다.

그러자 개방의 황룡 공궁각이 한 줄기 미소를 지으며 말했다.

"우리가 진에 갇힌 것은 맞소. 하지만 사실 방법이 없는 것도 아니오."

"진을 읽으셨단 말이오?"

몽중도가 믿기 어려운 표정으로 공궁각에게 물었다.

기문진식의 대가로 알려진 몽중도로서는 자신이 찾지 못한 파진법을 다른 사람이 찾았다는 것을 믿을 수 없는 모양이었다.

"자하산장주께서 읽지 못한 진의 실체를 내가 무슨 수로 읽었겠소이까?"

"하면 어떻게 이 진에서 벗어날 길을 찾았단 말이오?"

"꼬인 실타래를 푸는 법이 꼭 매듭을 찾는 것만 있는 것은 아니지 않소?"

"무슨 뜻인지 이제 그만 털어봐 보시오."

공궁각의 말장난이 마땅치 않은지 천산노조 현위가 앞으로 나서며 물었다.

"사실 아주 간단한 일이오. 생로를 찾지 못한다면 진을 깨뜨리면 되오. 이 진은 저 기이한 석주들을 이용해 만든 것이니 석주들을 부수면 진도 깨질 것이오."

"아! 그렇군. 석주들은 숨어 있지 않으니……."

"과연 개방의 황룡이시오!"

여기저기서 황룡의 지모를 칭찬하는 소리가 들려왔다. 그러나 그중에는 신중한 사람도 있었다.

자하산장의 몽중도나 당문의 가주 당호같이 노련한 자들이다.

"석주를 함부로 건드렸다가는 파국에 이를 수도 있소."

당호가 경고했다.

"맞는 말이오. 대저 진법이란 해법을 모르고 함부로 파괴하려 하면 더 큰 위험에 빠지게 마련이오."

몽중도도 경고했다.

그러자 공궁각이 비웃음을 흘리며 물었다.

"그럼 두 분께선 이곳에서 뼈를 묻겠다는 말씀이시오?"

"누가 그렇게 하자고 했소? 좀 더 신중하게 생각하자는 뜻이오!"

몽중도가 노한 표정으로 반박했다.

"하아, 시간이 지난다고 해법을 알 수 있는 진법이라면 모를까, 월문의 이 신묘한 진법을 우리가 과연 읽어낼 수 있겠소? 불가능한 일에 매달리느니 무림의 사람으로서 무림인의 방식으로 일을 해결하는 쪽이 나을 것이오. 여러분의 생각은 어떻소이까?"

공궁각이 주위의 고수들을 돌아보며 물었다. 그러자 팽가의 팽월이 대답했다.

"내 생각도 황룡 노사의 생각과 같소. 사실 진법이란 것이

한번 빠져들면 시간이 지날수록 점점 더 헤어나기 어려운 것이 아니겠소? 진을 깨뜨려 봅시다."

팽월이 공궁각을 거들고 나서자 장내의 분위기가 급격하게 석주들을 깨뜨리자는 쪽으로 흘렀다.

그러자 황룡 공궁각이 마치 무리를 이끄는 우두머리가 된 듯 사람들을 독려했다.

"자, 그럼 모두 가까이 있는 석주를 깨뜨리기로 합시다. 석주를 깨뜨리면 월문의 공격이 있을지도 모르니 일부는 앞뒤의 경계를 철저히 해주시기 바라오."

그렇게 말을 한 공궁각이 스스로 가까운 곳에 있는 오 장 높이의 석주로 다가갔다.

그러자 장내의 고수들이 일제히 사방으로 흩어져 대여섯 개의 석주 주위로 몰려들었다.

몽중도와 당호 등 일부의 고수만이 불안한 표정으로 사람들의 움직임을 지켜볼 뿐이었다.

쿵! 쿵! 쿵!

지진이 난 듯 전마별호가 흔들리기 시작했다. 한때 물이 가득하던 산이 울릴 때마다 젖은 흙을 흘러내려 보냈다.

그러나 그렇게 강한 충격을 주고 있음에도 불구하고 석주는 쉽사리 깨지지 않았다.

석주들은 마치 금강석으로 만든 것처럼 강호 고수들의 강력한 공력을 너끈히 받아냈다.

그 단단함 앞에서는 개방이 자랑하는 각법도 효과가 없어서 시간이 지날수록 석주를 들이치는 황룡 공궁각의 얼굴이 벌겋게 달아오르고 있었다.

"힘을 모읍시다."

황룡 공궁각의 뒤에서 그 모습을 보고 있던 팽월이 답답한 표정을 지으며 앞으로 나섰다. 공궁각에게만 맡겨놓을 수는 없다고 생각한 모양이다.

콰앙!

팽월의 거대한 도가 석주에 부딪쳤다.

그의 도신에 어린 도기가 도신을 보호하며 석주에 깊은 상흔을 남겼다.

그 뒤로 다시 황룡 공궁각의 발이 뒤따라왔다.

쿠웅!

이번에는 효과가 있었다.

도흔이 만들어진 지점을 정확히 타격하자 도흔을 시작으로 석주에 미세하게 금이 가기 시작했다.

쿠쿠쿵!

연이어 다른 강호의 고수들도 석주에 충격을 가하기 시작했다.

그러자 석주에 그어진 금이 점점 커져갔다. 그러다 급기야 석주가 한쪽으로 기울어지기 시작했다.

"모두 조심하시오."

팽월이 경고하면서 온몸의 진기를 도에 실어 다시 한 번 석주를 가격했다.

콰지직!

팽월의 도기에 격중된 석주가 찢어지는 듯한 소리를 내며 허리 어름 위쪽 부위가 본체에서 밀려나기 시작했다.

"모두 물러나시오!"

마지막은 자신이 결정짓겠다는 듯 공궁각이 무너지는 석주를 향해 최후의 일격을 날리며 소리쳤다.

콰앙!

공궁각의 발이 석주에 닿자 석주의 윗부분이 급격하게 무너지기 시작했다.

석주 주변에 있던 고수들이 무너지는 석주를 피해 뒤로 물러났다.

구르릉!

석주가 마치 거대한 괴수가 비명을 지르듯 소리를 내며 쓰러져 갔다. 그 모습을 지켜보고 있던 무림 고수들의 얼굴에 언뜻 두려움이 서렸다.

쓰러지는 석주가 단순한 돌기둥이 아닌 마치 신령스러운 기운을 지닌 생명체처럼 느껴졌기 때문이다.

쿠웅!

거대한 석주가 땅에 몸을 뉘였다. 그 뒤를 이어 서너 개의 석주가 다른 자들의 도검에 의해 다시 땅에 쓰러졌다.

신성한 신전을 무너뜨린 것 같은 불길한 기분이 들자 몇 개의 석주를 쓰러뜨린 강호 고수들이 한곳에 모여들어 진의 변화를 기다렸다.

쿠르르웅!

갑자기 맑던 하늘에 구름이 몰려들기 시작했다.

"제길, 뭐가 어떻게 되는 거야?"

불안한 누군가가 겁먹은 목소리로 중얼거렸다. 그러자 황룡공궁각이 사람들을 진정시키듯 말했다.

"잠시 기다려 보시오. 진이 깨지고 있는 걸 거요."

누구든 상관없었다. 불안한 마음을 진정시킬 수 있는 소리라면 누가 한 말이든 그 말에 마음을 빼앗기게 마련이다.

공궁각의 말은 그래서 진실 여부에 상관없이 장내 고수들을 안정시켰다.

쩌적!

한순간 다시 석주가 갈라지는 듯한 소리가 터져 나왔다. 그런데 지금은 석주를 공격하는 자가 없었다.

장내의 고수들이 갑자기 들려온 석주의 파열음에 궁금증을 자아내는 순간, 사람들의 머리 위로 광채가 지나갔다.

쿠르릉!

그리고 이번에는 천둥이 치는 듯한 소리가 일어났다.

"날씨가 왜 이러지?"

천하의 그 어떤 진법도 날씨를 변화시킬 수는 없다. 그래서 갑자기 하늘에 먹구름이 모여들고 천둥과 번개가 치는 것은 결국 월하선봉의 날씨 탓이라고 생각할 수밖에 없었다.

"곧 폭우가 쏟아지겠어."

누군가 하늘을 보며 중얼거렸다.

그러자 그의 말처럼 정말 하늘에서 검은 비가 쏟아지기 시작했다. 사내가 손으로 눈을 가리며 먹구름에서 뿌려지는 검은 빗줄기를 응시하다가 벼락 맞은 사람처럼 경악하며 소리쳤다.

"화살이다!"

사내의 경고는 느리지도 빠르지도 않았다.

"모두 조심하시오!"

천룡문의 문주 흑제 오릉이 소리를 치며 검을 뽑아 허공에 대고 휘둘렀다.

차아앙!

하늘로 솟구친 흑제 오릉의 검광을 따라 화살들이 물살 갈리듯 갈라졌다.

쐐애액!

흑제 오릉을 지나친 화살들이 매서운 파공음을 만들어내며 땅에 떨어졌다. 땅 위의 강호 고수들이 일제히 병장기를 꺼내들고 자신을 향해 떨어지는 화살들을 막아갔다.

카카캉!

여기저기서 도검에 막혀 부러져 나가는 화살 소리가 터져나왔다. 이곳에 모인 고수들은 하나같이 절정의 무위를 지닌 자들, 모르면 몰랐으되 알고 있는 화살 공격에 당할 자들이 아니었다.

하늘에서 떨어진 화살 구 할이 부러져 나갔고, 그중 일부가 땅에 꽂혔다.

물론 아주 드물지만 화살에 상한 자들도 있었지만, 그 숫자는 무시해도 될 정도로 미미했다.

"노공! 진정 살수를 쓰시는 겁니까? 하지만 이런 화살 공격으로는 절대 우리를 막을 수 없습니다! 그만 진을 거두시지요!"

황룡 공궁각이 우서한이 들으라는 듯 큰 소리로 외쳤다. 그러면서도 그의 시선은 다른 사람들과 마찬가지로 하늘로 향해 있었다.

여전히 적지 않은 숫자의 화살이 하늘에서 떨어지고 있었기 때문이다.

"월문의 길은 내가 움직이지 않소. 이 신비하고 위대한 길은 월문의 역대 조사들께서 만드신 길, 길 스스로 생명을 가지고 자신을 지켜내는 것이오. 이제부터 일어나는 모든 일은 그대들 스스로 자초한 결과이니 나를 원망하지 마시오. 신성한 월문의 성역을 파괴한 죄는 결코 가볍지 않을 것이오!"

의천노공 우서한의 경고가 채 끝나기도 전에 날카로운 파공음이 들렸다.

사람들의 시선이 일제히 허공으로 향했다. 화살이 날며 만들어내는 파공음이었기 때문이다.

그런데 그 순간 사방에서 비명 소리가 터져 나왔다.

"악!"

"크악!"

날카로운 비명 소리와 함께 사람들이 쓰러지기 시작했다. 그리고 쓰러진 자들의 몸에는 강전들이 꽂혀 있었다.

"위가 아니오!"

누군가 다급하게 경고했다.

그제야 사람들은 화살이 하늘에서만 떨어지는 것이 아니라는 것을 깨달았다.

"피햇!"

"조심하라! 진영을 짜 사방을 막아야 한다!"

노련한 고수들의 외침이 석주를 타고 퍼져 나갔다. 그사이에도 여러 곳에서 강호 고수들이 쓰러져 가고 있었다.

차창!

다급하게 삼삼오오 진영을 구축한 자들이 사방에서 날아드는 화살을 쳐내기 시작했다.

그러자 죽어가는 자의 숫자가 급격하게 줄었다.

그러나 그렇게 안도의 숨을 내쉬려는 순간 갑자기 이번에는 지진이 난 듯 땅이 흔들리더니 급기야 쩌적 하는 소리를 내며 그들이 딛고 선 땅이 갈라지기 시작했다.

"헛!"

"엇!"

땅이 갈라지면서 그 위에 서 있던 자 몇몇이 텅 빈 공간으로 떨어져 내렸다.

"조심하라! 기관이 작동했다! 침착하게 대응해!"

노련한 자들이 동요하는 동료들을 진정시켰다.

그러나 월문의 문이 만들어내는 변화는 누군가의 충고로 진정될 상황이 아니었다.

구르릉!

거대한 소음이 일어나더니 땅이 갈리면서 사분오열된 강호 고수들 사이로 거대한 석벽들이 솟구쳤다.

그러자 마치 작은 성벽 안에 갇히듯 그렇게 강호의 고수들이 뿔뿔이 나뉘어져 고립되어 가기 시작했다.

"벽 위로 올라라! 흩어지면 안 된다!"

이럴 때일수록 노련한 자들의 능력이 발휘되게 마련, 자하산장주 몽중도가 자신을 따르는 자들에게 침착하게 명을 내렸다.

그러자 그의 수하들은 물론 다른 문파의 고수들 역시 사람들을 가리고 있는 벽 위로 몸을 날려 올렸다.

벽 위에 올라선 강호의 고수들이 위태롭게 주위를 돌아봤다. 사방을 바둑판처럼 나눈 검은 공간들이 그들을 향해 입을 벌리고 있다.

"앞으로 나아갑시다. 이렇게 된 이상 전진 말고는 방법이 없소. 기관이 작동된 이상 환영의 진은 사라졌을 수도 있소."

멀리서 천산노조 현위가 전의를 불태우며 말했다.

"맞소이다. 이젠 그 방법밖에는 없는 것 같소."

천룡문의 흑제 오룡도 현위의 말에 동의했다. 두 사람이 결정을 내리자 벽 위에 위태롭게 서 있던 자들이 너 나 할 것 없이 끊임없이 변화하고 있는 월문의 길 앞쪽으로 전진하기 시작했다.

그러자 다시 사방에서 화살이 날아들기 시작했다. 화살은 갈라진 땅 밑에서도, 솟아오른 벽 중간에서도 날아왔다.

하늘에서도 여전히 간간이 화살이 떨어져 내리고 있어서 미로 같은 벽 위를 날아 전진하는 강호 고수들로서는 화살을 피해내는 것이 여간 곤욕스러운 것이 아니었다.

하지만 길은 역시 하나, 앞으로 전진하는 것뿐이어서 사람들은 수많은 희생을 감수하면서도 꾸역꾸역 앞으로 전진했다.

"우서한, 참 무서운 사람이군요."

쿠샨이 어두운 얼굴로 중얼거렸다.

"맞소. 내가 아는 한 세상에서 가장 무섭고 냉정한 사람이오. 그래서 궁금하오."

적풍이 대답했다.

"뭐가 말입니까?"

"천성이 그러한 것 같지는 않은데… 대체 무엇이 그와 같은 사람을, 혹은 소월 같은 아이를 그렇게 냉혹하고 무서운 사람으로 만들 수 있는지 말이오. 대체 그들이 지키려고 하는 것이 무엇인지……."

"이십팔룡의 유물은 아니라고 생각하시는군요."

"겨우 유물 따위로 두 사람의 심성을 변화시킬 수는 없소."

적풍이 단언했다.

"그래서… 알아보시겠습니까?"

쿠샨이 물었다.

"그래야겠소."

적풍이 무거운 목소리로 대답했다.

제9장
파국(破局)

두려움은 절망으로, 절망은 분노로 변했다.

더 이상 의천노공이란 별호는 신성불가침이 아니었다. 월문이 만든 죽음의 길을 따라 질주하는 강호인들에게 이제 우서한은 반드시 싸워 이겨야 할 적이었다.

월문의 길로 들어선 자의 숫자가 오백여 명, 그중 살아서 아직도 월문의 길을 달리고 있는 자는 삼백여 명 정도였다.

강호의 싸움에서 이백이란 숫자의 죽음은 하룻밤 혈사만으로도 쉽게 발생할 수 있는 숫자다.

그러나 오늘 이 월문의 길에서 죽은 이백 인의 죽음은 전혀 다른 의미를 지니고 있었다.

죽은 자들이 하나같이 현 강호를 주도하는 강력한 문파들의 절정고수이기 때문이다.

그들 하나의 죽음은 각 가문에서 하나씩의 기둥이 쓰러지는 것과 마찬가지였다. 어떤 가문은 그로 인해 멸문의 길을 걸을 수도 있었다.

그런 희생을 뒤로하고 앞으로 나아가는 자들의 마음속에 의천노공 우서한에 대한 분노가 가득 차는 것은 당연한 일이었다.

쿠쿠쿵!

곳곳에서 석주가 부서졌다. 죽음을 불사하고, 석주를 부수고, 그 잔재를 넘어 앞으로 전진하는 강호 고수들의 힘은 미증유의 것이었다.

그 무엇도 이십팔룡의 유물에 대한 욕망과 죽은 동료들에 대한 분노를 막지 못했다.

그래서 욕망에 사로잡힌 무림인들이 월문의 길에 들어선 지 반나절의 시간이 흘렀을 때, 그들은 결국 거대한 절벽 아래 기이한 문양을 한 오래된 석문 앞에 서 있는 우서한과 월문의 문도들을 볼 수 있었다.

"결국 왔구나."

우서한이 나직하게 탄식했다.

"어찌할까요?"

맹의검이 걱정스러운 표정으로 물었다.

"어찌긴, 오늘부터 월문의 이름은 신성이 아닌 공포로 기억

되겠지."

우서한이 담담하게 대답했다.

"다시 한 번 설득해 보면 어떨까요?"

자천추가 조심스레 물었다.

"쓸모없는 일. 사람의 욕심을 무엇으로 막는단 말인가? 문도들이 몇이나 되지?"

"서른입니다."

자천추가 대답했다.

"좋아, 북두현진 네 개는 가능하겠군. 그리 상대하라. 아니, 내가 나설까?"

우서한이 고개를 갸웃했다.

그러자 옆에서 허소월이 얼른 말했다.

"북두현진으로도 충분할 거예요."

"글쎄… 과연 그럴까? 저들은 당대 무림의 전부라 불려도 될 자들인데."

우서한은 허소월의 생각과 다른 모양이었다.

"그래도 일단은 문도들에게 맡겨두세요. 사부님은……."

"후후, 아직도 의천노공이라는 이름에 미련이 있는 것이냐?"

"사부님의 손에 피를 묻히는 것은 제가 차마 보지 못하겠어요. 때가 되면 제가 나설게요."

"아서라. 명예도 결국 욕망의 일종이다. 가장 고약한 욕망일 수도 있지. 그따위 것, 밀교의 문이 열리는 것에 비하면 티끌만치도 중요치 않다. 그리고 나 우서한은 밀교의 문을 지키기 위해 공포가 필요하다면 능히 고금제일마가 될 수도 있는 사람이다."

"사부……!"

"알지 않느냐! 이 일이 세상을 지키는 일임을!"

우서한이 단호하게 말했다.

"사람들은 결코 사부님의 뜻을 알지 못할 겁니다. 강호의 살성(殺星)으로 기억하겠지요."

"상관없다."

"사부……."

허소월이 다시 우서한을 불렀다.

그러나 우서한은 더 이상 허소월과의 대화를 이어가지 않았다. 대신 맹의검과 자천추를 보며 말했다.

"네 개의 북두현진을 각기 두 개씩 맡게."

"예, 법황!"

두 사람이 동시에 대답했다.

"이 일은 월문의 법을 지키고 세상을 지키는 일, 손속에 사정을 두지 말게. 온 자들을 모두 죽여도 상관없네."

"알겠습니다."

우서한의 살벌한 명령을 맹의검과 자천추는 담담하게 받아들였다.

"가게. 문도들에게 두려워 말라 하게. 때가 되면 내가 나설 것인즉!"

"알겠습니다. 법황께서 수고하실 일이 없도록 최선을 다하겠습니다."

"수고해 주게."

우서한이 고개를 끄떡였다. 그러자 맹의검과 자천추가 굳은 표정으로 고개를 숙여 보이고 우서한에게서 물러났다.

두 사람이 주위에 모여 있던 각양각색의 복장을 한 월문의 문도들에게 명했다.

"북두현진을!"

맹의검의 명이 떨어지자 월문의 문도들이 네 개의 무리로 나뉘어져 각기 북두칠성의 형태로 늘어섰다.

그러자 기이한 현상이 일어났다. 북두칠성 모양으로 형성된 네 개의 진에서 희미한 빛 무리가 흘러나오기 시작한 것이다.

급기야 그 빛 무리가 완전히 월문의 문도들을 휘어 감으려는 순간 꽝음이 터져 나오면서 월문의 길을 뚫고 온 강호의 고수들이 드디어 절벽 앞으로 쏟아져 나왔다.

그리고 빛 무리에 휘감긴 네 개의 북두현진이 그대로 강호 고수들과 격돌했다.

"악!"

"크악!"

대화도 없었다.

시작부터 강렬하게 격돌한 두 세력 사이에선 처절한 비명만이 흘러나왔다.

혈로를 뚫고 온 강호 고수들에게 월문 문도들이 만들어내는 북두현진은 지옥과 같은 것이었다.

네 개의 무리로 나뉜 북두현진은 월문의 길을 나서는 자들을 빨아들이듯 진 안으로 끌어들여 도륙했다.

북두현진이 만들어내는 아름다운 빛 무리는 어울리지 않게 붉은 혈무와 비명으로 가득 찼다.

"진에 접근하지 마시오! 일단 한곳에 모이시오!"

자하산장의 장주 몽중도가 급히 무림인들에게 경고했다. 그러자 생사의 길을 뚫고 온 무림인들이 북두현진을 피해 곳곳에 모여 섰다.

그러나 그런 무림인들을 월문의 문도들은 그냥 두지 않았다. 하나의 무리가 형성되기 전에 북두현진이 강호 고수들을 덮쳤고, 이후에는 다시 혈무와 비명이 연속적으로 튀어나왔다.

"악독하구나!"

천룡문의 문주 흑제 오릉이 혈무 가득한 전장을 보며 탄식했다. 그의 시선이 북두현진의 움직임을 멀리서 응시하고 있는 우서한에게로 향했다.

우서한은 얼굴에 전혀 감정을 드러내지 않은 표정으로 묵묵히 전장을 바라보고 있었다.

"노공, 정녕 무림공적이 될 생각이시오?"

흑제 오릉이 우서한을 향해 소리쳤다.

그러자 우서한의 시선이 오릉에게로 향했다. 순간 오릉이 흠칫하며 뒤로 한 걸음 물러났다.

삼십여 장이나 떨어진 곳에서 날아온 우서한의 안광이 마치 화살처럼 그의 미간을 꿰뚫었기 때문이다.

"집안에 든 도적을 벌하는 것이 어찌 무림공적이겠소?"

우서한이 나직하게 말했다. 그러나 그 목소리는 천둥처럼 밀려와 강호의 고수들 귀에 박혀들었다.

"우린 단지 우리 선조들의 유물을 찾으려는 것뿐이오! 어찌 도적이라 하시오!"

개방의 황룡 공궁각이 따지듯 소리쳤다.

"월문에 이십팔룡의 유물은 없소!"

우서한이 단호하게 말했다.

"사람의 말을 어찌 믿겠소? 우리 눈으로 확인해야 할 일이오!"

공궁각도 물러나지 않았다. 그러자 우서한이 물었다.

"개방의 심처에 천살마 이종의 무록이 있다던데, 그 사실을 확인하기 위해 팔각산의 개방 비동을 열어줄 수 있겠소?"

한때 강호를 뒤흔들던 소문이 있었다.

천살마 이종은 백오십 년 전 활동하던 일대거마로 그의 손에 죽은 자가 일천이 넘는다고 하여 사후에 붙여진 별호가 천살마였다.

그런 자의 무록이란 강호의 마물로 취급되게 마련, 당연히 회수해 소각시켜야 했다.

그런 물건을 은밀히 보관하고 있다면 그곳이 개방이라 해도 강호인들의 추궁을 받을 수밖에 없었다.

그러나 당시 그 소문이 돌 때 개방의 방주와 노개들은 완곡하게 그 소문을 부인했고, 소림과 정파의 보증으로 천살마 이종의 무록에 대한 논란은 가라앉았다.

"그 일은 이미 사실과 다르다고 해명된 일이오! 갑자기 과거의 일을 왜 끄집어내시는 거요?"

"그 해명을 개방은 바로 말로써 했소. 개방 방주의 말과 몇몇 문파 수장들의 보증을 통해서 말이오. 하지만 이십팔룡의 유물을 찾는 그대의 논리대로라면 지금이라도 개방의 성지인 팔각산의 조사동을 열고 우리 모두가 두 눈으로 확인해 봐야 하는 것 아니오?"

"그, 그것은……."

공궁각이 우서한의 추궁에 제대로 대답하지 못하고 말을 흐렸다.

그러자 우서한이 다시 말했다.

"난 무림이 나 우서한의 말을 신뢰하지 않을 거라고는 꿈에도 생각지 못했소. 하물며 설혹 의심이 간다 해도 이렇게 도검을 빼 들고 쳐들어올 거라는 생각은 더더욱 하지 못했소. 월문이 강호에 뿌린 은혜의 씨앗이 설마 배반의 나무로 자라 올 줄이야 누가 알았겠소. 그러니 난 답을 줘야겠소. 무도한 배반자들에 대한 월문의 답은 바로 치죄요. 이곳에 온 자들은 감히 월문의 은혜를 배신한 죄를 받아야 할 것이오."

"그건 궤변일 뿐이오!"

천룡문의 흑제 오릉이 소리쳤다.

"글쎄, 누구의 주장이 궤변인지는 이후 강호의 눈 밝은 현자들이 판단하겠지."

우서한이 단호하게 말했다.

"그래서 노공께선 이 처참한 싸움을 계속하시겠다는 말씀이십니까?"

이번에는 남궁세가의 가주 남궁천이 물었다. 그러자 우서한이 담담하게 대답했다.

"지금이라도 그대들이 월문에 범한 무례를 사과하고 조용히 물러간다면 더 이상의 혈겁은 벌어지지 않을 것이오. 결국 모든 것은 그대들 마음에 달린 것이지. 있지도 않은 보물 따위에 현혹되어 일으킨 이 배은망덕한 행위도 이쯤에서 돌아간다면 용서할 수 있소. 우리 월문에 아직 그 정도의 아량은 남아 있소."

우서한의 말에 장내 무림 고수들 얼굴에 망설임이 떠올랐다.

이십팔룡의 유물에 대한 유혹은 여전히 강렬했다. 그러나 또한 월문과 우서한에 대한 공포 역시 만만치 않았다.

지금까지 흘린 피만으로도 이곳에 온 문파들은 심각한 피해를 입고 있었다.

절정고수들이 더 이상 희생한다면 그 피해를 감당하지 못할 문파도 여럿 있었다.

지왕종문을 정벌한 이후 그 손실을 감당하지 못하고 천하의 패권을 천무맹에 내준 북두회 육가보다도 더 심각한 상황에 처할 수 있었다.

그런 자들에게 다시 저 거대한 인물 의천노공과 싸우라는 말은 곧 멸문을 당하라는 의미였다.

그러나 결국 사람들은 미래의 위험보다는 눈앞의 이득에 현혹되게 마련이다.

"이미 흘린 피가 다시 이 호수를 채울 판이오. 형제들의 죽음을 헛되이 할 순 없소. 이십팔룡의 유물을 눈앞에 두고 물러날 수는 없지 않소이까?"

공궁각이 다시 사람들을 선동했다.

"맞소이다. 여기서 물러난다면 죽은 형제들을 어찌 본단 말이오."

무리 중 누군가가 공궁각의 말에 동조했다.

그러자 공궁각이 다시 말했다.

"월문은 강하오. 의천노공 역시 천하제일인일지도 모르오. 그러나 우린 무림 전체요. 무림사에 그 누가 있어 홀로 천하를 상대했단 말이오. 그런 오만을 부린 자들은 결국 모두 몰락했소. 그러니 힘을 냅시다. 이십팔룡의 유물을 찾는다면 어쩌면 우린 그 안에서 더 많을 것을 얻을 수 있을지도 모르오. 설마 이십팔룡의 유물만을 지키기 위해 월문이 강호공적이 되었겠소이까?"

공궁각의 말이 교묘했다. 이십팔룡의 유물 그 이상의 것이 있을 것이라는 말이 사람들을 자극했다.

이십팔룡의 유물 이상의 그 무엇, 목숨을 걸 만큼 매력적인 유혹이었다. 더군다나 그의 말대로 여전히 숫자에 있어서 강호의 고수들이 월문의 문도들을 압도했다.

"단번에 밀어붙입시다."

장내에서 욕망에 가장 충실한 자를 꼽으라면 당연히 혈궁의 궁주 혈왕 종고였다. 그의 욕망은 천무맹의 실질적인 주인인 십자성주 적풍의 뜻과 다른 행보를 선택할 만큼 강렬했다.

또한 정도의 차이가 있을 뿐, 장내의 고수들 모두 혈왕 종고 못지않게 욕망에 물들어 있었다.

"맞소이다. 모두가 단번에 힘을 쓰면 아무리 대단한 기진이라도 파도 앞의 모래성처럼 허물어질 것이오. 갑시다!"

천룡문의 문주 흑제 오릉 역시 번들거리는 눈으로 무림인들을 독려했다.

"내가 앞장서리다!"

역시 나서기 좋아하는 개방의 공궁각이 다른 때와 마찬가지로 앞으로 나섰다. 그러자 각 파의 우두머리들이 그의 곁으로 모여들었다.

"이러고도 저들을 꺾지 못한다면 어찌 우리가 강호의 중추라고 말할 수 있겠소. 모두 갑시다!"

공궁각이 다시 한 번 독려한 후 호언대로 자신이 먼저 월문 문도들이 펼치고 있는 네 개의 북두현진을 향해 질주하기 시작했다.

콰콰쾅!

물 빠진 호수가 또다시 뒤흔들리기 시작했다.

월문의 길을 형성하던 부서진 석주들이 다시 한 번 무너져 내렸고, 곳곳에서 마른 흙이 충격을 이기지 못하고 산사태처럼 밀려 내려와 호수의 바닥에 쌓여갔다.

그 강력한 충격 속에서 다시금 사람들이 죽어가기 시작했다.

하나로 모인 강호 고수들의 힘은 강력했다. 그들은 북두현진의 놀라운 변화에 목숨을 잃으면서도 계속 네 개의 북두현진을 공격했다.

그러자 네 개의 북두현진이 서서히 뒤로 밀려나기 시작했다. 북두현진이 만들어내는 신비롭던 순백의 빛도 서서히 옅어져 가고 그 안에서 사력을 다해 강호인들을 막아내고 있는 월문 문도들의 모습이 선명하게 드러나기 시작했다.

사람의 모습이 드러나자 무림인들의 기세는 더욱 올랐다.

"얼마나 버티나 보겠다."

살기로 충혈된 눈을 번들거리면서 혈왕 종고가 한결 희미해진 북두현진의 빛 무리를 검으로 내려쳤다.

콰앙!

강력한 파열음이 일어나며 마치 유리가 갈라지듯 북두현진을 에워싼 빛 무리가 번개 모양으로 갈라졌다.

쩌적!

진이 깨지는 소리가 소름 끼치게 들려왔다.

"그만 흩어져라!"

혈왕 종고가 만든 진의 틈새로 흑제 오릉이 자신의 도를 비집어 넣으면서 소리쳤다.

그러자 진의 틈새가 더욱 크게 벌어졌다. 그리고 그 사이로 강호 고수들의 도검이 밀려들었다.

콰앙!

네 개의 북두현진 중 하나가 깨졌다.

진의 보호를 받지 못하는 월문의 문도들이 두려운 얼굴로 자신들을 향해 파도처럼 밀려드는 욕망에 물든 강호 고수들을 맞이했다.

"죽어랏!"

강호인 중 가장 앞에 서 있는 혈왕 종고가 살기 가득한 목소리를 터뜨렸다.

촤아앙!

그의 검이 금속성을 내며 진의 머리 위치에 서 있는 월문의 문도에게로 떨어져 내렸다.

월문의 문도가 당황하면서도 급히 검을 들어 올려 혈왕 종고의 검을 막았다!

차앙!

신경을 긁는 충돌음과 함께 월문의 문도가 크게 휘청거리며 뒤로 물러났다.

그 덕에 진이 깨진 이후에도 그나마 유지되던 대형이 사분오열됐다.

그런 월문의 문도들을 향해 강호의 고수들이 이리 떼처럼 달려들었다.

맹수의 이빨 같은 도검들이 하나의 북두현진을 이루던 일곱 명의 월문 문도를 단번에 물어뜯으려는 그 찰나, 갑자기 사람들의 움직임이 멈췄다.

기이한 일이었다.

살기 가득한 강호인들의 움직임을 멈추게 한 것은 한 줄기 미약한 소리였다.

찌지직!

마치 쥐가 우는 것 같기도 하고 얇은 종이가 찢어지는 소리 같기도 했다.

소리는 그리 크지도 않았다. 외려 귀를 기울이지 않으면 제대로 들을 수도 없을 정도였다.

그럼에도 그 소리가 광분한 강호인들의 움직임을 멈추게 한 것은 그 소리의 미세한 파장이 사람들의 귀를 파고들어 뇌에 전달되는 순간 소름 끼치는 냉기를 일으켰기 때문이다.

그렇게 한 줄기 미세한 소리로 전달된 그 냉기는 마치 극약이 침범한 것처럼 사람들의 근육을 굳게 하고 모든 신경을 그 소리로 쏠리게 만들었다.

그래서 일곱 명의 월문 문도를 몰살할 수 있던 그 순간에 강호의 고수들은 소리의 근원을 찾아 시선을 돌릴 수밖에 없었다.

그런 그들의 눈에 허공에 떠오른 하나의 흰 화살이 보였다.

화살은 어느새 월문의 문도들을 지나 그들을 공격하려 한 강호인들의 바로 앞까지 다가와 있었다.

그렇다고 속도가 빠른 것은 아니었고, 화살은 지루할 만큼 천천히 움직이고 있었다.

하지만 누구도 그 느린 화살의 움직임을 경시하지 못했다. 그 화살이 만들어내는 소리가 절정의 경지에 오른 고수들의 움직임을 멈추게 한 원인이기 때문이다.

"이따위 요망한 화살로 우릴 막으려는 것인가!"

화살 하나가 만들어내는 소음에 자신들의 손발이 묶였다는 것이 마땅치 않은지 혈왕 종고가 월문의 문도를 베려던 검을 틀어 흰빛으로 빛나는 화살을 내려쳤다.

그런데 그 순간, 갑자기 날카로운 파공음이 일어나더니 사람들의 시야에서 화살이 사라졌다.

팟!

당연하게도 혈왕 종고의 검은 애꿎은 허공을 갈랐다. 그런데 다음 순간 사람들이 전혀 예상치 못한 일이 벌어졌다.

"컥!"

허공을 벤 혈왕 종고가 갑자기 상체를 앞으로 숙이며 신음을 토해냈다.

그리고 뒤를 이어 사람들은 마치 살아 있는 생명처럼 혈왕 종고의 몸을 관통해 나오는 흰색 나무 화살을 볼 수 있었다.

팟!

나무 화살이 혈왕 종고의 몸을 통과하고 나서야 화살이 지나간 자리에서 피가 솟구쳤다.

"욱!"

혈왕 종고가 다시 한 번 비명을 흘리며 그 자리에 무릎을 꿇었다.

혈왕 종고를 뚫고 나온 화살은 전혀 그 속도가 줄지 않았다. 오히려 맹렬하게 회전하더니 다시금 사람들의 눈에서 사라졌다.

쐐애액!

눈에 보이지 않는 화살이 만들어내는 소리가 사람들의 귀를 날카롭게 파고들었다.

그리고 거짓말처럼 다시 한 명의 비명이 터져 나왔다.

"악!"

비명을 지른 자는 천룡문의 문주 흑제 오릉이었다. 그의 심장을 순백의 나무 화살이 선명한 핏줄기를 남기며 통과했다.

사람들은 마치 꿈을 꾸는 듯 그렇게 두 명의 절대고수가 한 대의 작은 나무 화살에 죽어가는 것을 지켜봤다.

그 누구도 이 비현실적인 광경에 반응하지 못했다. 그건 두려움이라기보다는 작은 나무 화살이 만들어내는 신비하면서도 기이한 소음과 요기롭기까지 한 순백의 흰빛에 영혼이 제압되어 나타나는 현상이었다.

피유웅!

흑제 오릉을 꿰뚫고 지나간 나무 화살이 먼 허공으로 치솟는가 싶더니 이내 방향을 틀어 다시 무서운 속도로 우서한을 향해 되돌아왔다.

우서한이 가볍게 한 손을 들어 올렸다. 그러자 화살은 말 잘 듣는 사냥매처럼 우서한의 손안에 내려앉았다.

"진을 복원하라."

모두가 얼음처럼 얼어 있는 와중에 우서한이 나직하게 명을 내렸다.

그러자 월문의 문도들이 퍼뜩 정신을 차리고는 흐트러졌던 북두현진을 복원했다.

그렇게 절대고수 두 명의 죽음을 뒤로하고 다시금 네 개의 북두현진이 강호인들의 앞을 막았다.

"궁주님!"

"문주님!"

한순간의 꿈에서 깨어난 듯 혈궁과 천룡문의 고수들이 각기 몸을 날려 혈왕 종고와 흑제 오릉에게 달려갔다.

그러나 두 사람은 이미 싸늘한 시신으로 변해 있었다.

"이… 악독한!"

천룡문이 자랑하는 사대검룡 중 우두머리인 오방이 우서한을 노려보며 이를 갈았다.

"말했듯이 그대들은 월문을 침범한 도적이다. 그것도 물건만 훔치려는 도적이 아니라 감히 월문의 문도들을 해하려 한 마적들이지. 내겐 식구들을 해하려는 마적 떼에게 베풀 아량은 없다."

우서한의 차가운 말에 장내의 무림인들이 부르르 몸을 떨었다.

의천노공 우서한, 이 얼마나 든든하고 성스러운 이름이었던

가. 세월이 흐르면서 그의 존재감이 무뎌지기는 했지만 그래도 그는 항상 강호 최후의 보루, 세상을 혈란에서 지켜내는 성스러운 존재로 사람들의 뇌리에 잠재되어 있었다.

그런데 오늘 그가 세상을 향해 살수를 들었다.

그 순간 이 성스럽던 이름은 세상에서 가장 두렵고 무서운 이름으로 변했다.

그의 손에 들린 저 투명한 화살이 갑자기 요기로운 마물로 느껴질 정도였다.

그 옛날 그 화살이 천하를 어둠과 공포로 몰아넣었던 전마 적황의 심장에 꽂혔었다는 사실은 이미 머릿속에서 사라진 지 오래였다.

"모두 이대로 당하고만 있을 거요?"

혈궁의 부궁주 석화가 혈왕 종고의 시신을 안아 들고 강호인들을 돌아보며 소리쳤다.

그러나 석화의 외침에 호응하는 사람은 없었다.

그의 절규에 호응해 우서한을 상대하기 위해 나서기에는 우서한의 손에 들린 작은 철궁과 눈부시게 빛나는 화살이 너무나 전율적이었다.

"이 정도로 충분하다. 월문은 다시 한 번 아량을 베풀겠다. 온 길로 돌아가라. 월하선봉을 내려가서 아무 일 없던 것처럼 그대들은 무림천하를 지배하고 강호의 권력을 향유하라. 월문은 세상의 일엔 더 이상 관여치 않겠다. 그러나 다시 한 번 신성한 월문의 땅을 침범한다면 그땐 내가 월하선봉을 내려갈 것이다."

낮은 목소리, 하지만 세상에서 가장 두려운 목소리의 경고였다.

사람들의 발이 얼어붙듯 묶였다. 강호인들은 뒤로 물러나지도, 그렇다고 앞으로 나서지도 못했다.

그들은 마치 어항에 든 고기처럼 갈 방향을 잃고 서로를 바라볼 뿐이었다.

살기 위해 물러날 수도 있지만, 오늘 이곳에서 물러나면 이곳에 온 문파들은 돌이킬 수 없는 몰락의 길을 걸을 것이 자명했다.

월문이 건재한 이상 세상 사람들은 월문과 의천노공 우서한을 공격한 이들 문파들을 배신자로 부를 것이기 때문이다.

그런데 이런 와중에도 영활하게 사람들을 선동하는 자가 있었다.

"모두 정신 차리시오. 두 분의 영웅께서 그에게 당한 것은 그의 손에 들린 요사스러운 병기의 존재를 몰랐기 때문이오. 이제 그의 손에 들린 저 요물의 존재를 알았으니 더는 쉽게 당하지 않을 것이오. 이대로 물러난다면 우린 더 이상 강호무림에서 얼굴을 들고 다니지 못할 것이오."

황룡 공궁각이 사람들을 독려했다. 그러자 우서한이 공궁각을 응시하며 물었다.

"그럼 그대가 파마시를 받아보겠는가? 이 파마시가 과거 전마 적황을 죽인 바로 그 화살이라는 것을 아는가?"

우서한의 직접적인 물음에 공궁각이 흠칫한 표정을 지었다. 그러나 그도 잠시, 그가 슬쩍 걸음을 옮겨 사람들 속으로 스며들며 말했다.

"어찌 감히 나 홀로 월문의 최고의 병기라는 파마시를 상대하겠소. 그러나 그 병기가 아무리 대단하다 해도 이곳에 있는 모든 사람을 죽일 수는 없을 거요."

"불가능하다고 보는가?"

우서한이 서늘한 목소리로 물었다. 그의 물음에 장내의 고수들이 부르르 몸을 떨었다.

우서한의 말은 단순한 허언이 아니었다. 그의 말에는 자신감이 깃들어 있어서 정말 그가 파마시로 이곳에 모인 모든 고수를 죽일 수 있을 것처럼 느껴졌다.

"만약 그럴 수 있다면 축하드리겠소. 노공은 아마 강호에 고금제일살마로 세상에 이름을 남기게 될 것이오."

공궁각이 빈정거리는 목소리로 말했다.

고금제일살마, 오늘 이전까지 그 누구도 의천노공 우서한이 그런 별호로 불릴 것이라고는 상상치 못했을 것이다.

그건 우서한 그조차도 마찬가지였다. 고금제일살마, 이 얼마나 치욕적인 별호인가.

"고금제일살마라… 하아! 정말 징그러운 세상이군. 그대들은 모른다, 내가 무엇을 지켜내려고 하는지를. 내가 월문의 업을 포기하는 순간 세상이 어찌 변할지도 그대들은 상상조차 하지 못하겠지."

우서한이 침울한 표정으로 중얼거렸다.

"노공은 세상을 지키는 것이 아니오. 단지 월문의 군림을 위해 무림인들을 협박하고 있는 것이오. 오늘 당장 월문의 손에 죽어간 사람이 몇이오. 단지 이십팔룡의 보물을 지키기 위해서 말이오. 그런 월문을 이젠 아무도 존경하지 않을 것이오."

공궁각이 냉정하게 말했다.

그러자 우서한이 대답했다.

"진실을 모르는 자의 입에서 나오는 소리는 죄가 아닐 수도 있지. 하지만 우울한 일이다. 자신이 왜 죽는지도 모르고 죽을 테니까."

"나도 죽이겠다는 말이오?"

공궁각이 사람들 틈에서 교묘하게 몸을 가리고는 물었다.

"필요하다면 그래야겠지. 세상 사람 그 누구도 몰라줘도 상관없는 일이다. 이 일은 그럴 가치가 있어. 아니 그러하냐?"

우서한이 동의를 구하듯 허소월을 돌아봤다. 그러자 허소월이 동정심 가득한 눈으로 스승 우서한에게 고개를 끄떡였다.

"맞습니다. 그럴 가치가 있지요. 누가 알아주는 말든."

"지켜야 할 가치가 있는 게 맞겠지?"

우서한이 다시 물었다.

"문(門)이요?"

"아니, 사람들!"

우서한의 말에서 깊은 회의가 느껴졌다.

"그건… 잘 모르겠어요. 하지만 뭐… 가치가 있으니까 역대 조사들께서 그 일을 해오지 않았겠어요?"

"후후, 그렇구나. 이 일이 정말 가치가 있는지는 죽어서나 알게 되겠군. 아니, 죽어서도 모를까?"

우서한이 고개를 갸웃하고는 다시 고개를 돌렸다.

"마지막 충고요. 모두 물러가시오."

"우린 이대로는 절대 물러갈 수 없소!"

공궁각이 무림인들을 대신해서 소리쳤다. 그러자 우서한이 고개를 끄떡였다.

"그렇다면 물러가게 할 수밖에! 저들을 밀어내라!"

우서한의 명이 떨어지자 네 개의 북두현진이 무림인들을 향해 다가가기 시작했다.

다시 처음과 같은 싸움이 시작됐다.

북두현진을 이룬 월문의 문도들은 거침없이 무림인들과 충돌했다. 앞서와 다른 점은 처음에는 북두현진으로 강호인들의 전진을 막았지만, 이젠 그들을 물러나게 하고 있다는 것이다.

상황이 이렇게 된 것은 오직 의천노공 우서한의 그 무서운 화살 때문이었다.

화살 하나에 혈왕 종고와 흑제 오릉이 죽은 이후 무림인들의 전의는 크게 꺾였다. 이런 와중에 누구도 먼저 나서서 월문의 문도들을 상대하려 하지 않았다.

모난 돌이 정을 맞듯 괜히 앞으로 나섰다가 우서한의 파마시에 당할 것이 두려운 것이다.

앞서서 싸우는 자가 없으니 자연히 무림인들은 뒤로 밀릴 수밖에 없었다.

그래서 그들은 석주가 부서져 이제는 신묘한 힘을 잃은 월문의 길 출구까지 되돌아왔다.

그러고도 계속해서 뒤로 밀려 이제는 월문의 길 안쪽으로 되돌아가는 형국이었다.

"모두 반격을 합시다. 대체 우리가 밀릴 이유가 뭐란 말이오?"

공궁각이 썰물처럼 밀려나는 강호인들을 보며 소리쳤다.

"그렇게 자신 있다면 개방이 앞에 서시오!"

좌중의 무리 중 누군가가 소리쳤다.

그 말에 공궁각의 얼굴이 벌겋게 달아올랐으나 어떤 대꾸도 하지 못했다. 그조차도 개방의 방도를 선봉으로 세워 월문을 상대하기는 꺼려지는 것이다.

공궁각까지 앞으로 나서기를 꺼리자 무림인들의 물러나는 속도가 더욱 빨라졌다. 이대로 가다가는 결국 월문의 길에서 완전히 벗어나 종국에는 전마별호를 떠나야 할 지경이다.

그런데 그때 중인의 뒤쪽에서 한 사람의 목소리가 들렸다.

"북두현진을 깨기 위해선 절정의 고수 두 사람이 삼성(參星)과 칠성(七星)의 자리를 좌우에서 치고, 다른 한 명이 두성(頭星)의 자리를 천극(天極)의 방향에서 찌르면 되오. 그러면 진의 맥이 끊어질 것이고, 결국 진은 와해될 것이오."

이 기이한 목소리가 누구의 입에서 흘러나왔는지는 아무도 알 수 없었다.

그러나 그 목소리에 담긴 힘이 워낙 진중해서 장내의 고수들에게 믿음을 주기에 충분했다.

그리고 역시 사람들을 선동하는 것은 공궁각이었다.

"저 요사한 진의 파훼법이 나왔소. 모두 공격합시다."

공궁각의 독려에 강호의 고수들이 잠시 머뭇거리다가 공궁각이 앞서 신형을 날리자 누가 먼저랄 것도 없이 암중의 목소리가 말한 대로 네 개의 북두현진을 공격하기 시작했다.

쩌저적!

공기가 찢어지는 소리가 연이어 터져 나왔다. 그리고 힘으로 하나의 북두현진을 파훼할 때와는 전혀 다른 결과가 나타났다.

북두현진을 이룬 월문의 문도들이 너무나 쉽게 흩어졌다. 그리고 그들은 당황한 표정을 지으며 급급히 뒤로 물러났다.

그 와중에 서너 명의 월문 문도가 희생되기도 했다.

"됐어! 모두 밀어붙입시다! 노마(老魔)의 화살만 조심하면 되오!"

공궁각의 말에 용기를 얻은 강호의 고수들이 서로가 서로를 보호하며 다시 앞으로 전진하기 시작했다.

"사형, 결국……."

우서한의 얼굴이 일그러졌다. 괴로움이 그의 얼굴을 덮었다.

그는 월문의 신비스러운 북두현진의 파훼법을 무림인들에게 알린 사람이 누군지 단번에 알아챘다.

사형 묵안노 마한이 아니라면 그 누가 북두현진의 파훼법을 알겠는가.

그리고 그건 그나마 한 가닥 남아 있던 동정의 끈을 끊어버린 것과 같았다.

우서한은 묵안노 마한이 비록 자신을 배신하고 월문을 곤경에 처하게 만들었지만, 그래도 여전히 그에게 일말의 동정심을 가지고 있었다.

묵안노 마한이 가진 자신에 대한 열등감, 사제에게 월문의 정통 법황의 자리를 빼앗겼다는 열패감이 평생 그를 괴롭혔음을 누구보다 잘 알고 있는 우서한이다.

그래서 그 열패감에서 벗어나기 위해 이골마족을 필요 이상으로 탄압하고, 천하를 자신의 손 위에 올려놓고 희롱할 때조차 그의 일에 간섭하지 않은 우서한이다.

그러나 이번 일은 결코 눈감아줄 수 없었다.

그 자신에게 하독을 한 일까지도 이해할 수 있지만, 북두현진의 파훼법을 세상에 알려 월문의 문도들을 죽음으로 이끈 행동은 용서할 수 없는 일이었다.

"사형!"

갑자기 우서한이 물 빠진 전마별호가 뒤흔들릴 정도의 위력을 가진 사자후를 터뜨렸다.

쿠르릉!

사자후가 만들어내는 메아리의 충격으로 전마별호 여러 곳에서 다시 젖은 흙이 사태를 내며 무너져 내렸다.

그 엄청난 충격에 뒤로 물러나는 월문의 문도들을 압박하던 무림인들의 걸음이 다시 멈췄다.

그리고 그들은 분노로 물든 우서한의 눈을 봤다.

신선이 세상에 내려온 듯하던 그 신비롭고 깨끗하던 우서한의 눈이 살기와 분노, 그리고 공허한 허탈감에 빠져 있었다.

그 눈을 보는 순간 사람들은 깨달았다. 지금까지 우서한이 보여준 그 약간의 분노는 사실은 그들을 겁주어 이 산을 내려가게 하기 위함이었음을. 그리고 진정으로 분노한 우서한 앞에서 그들은 절대 살아 돌아갈 수 없음을.

"사제, 오랜만이구려."

그리고 다시 한마디 목소리가 들렸다.

사람들이 본능적으로 뒤를 돌아봤다. 그들의 눈에 마의를 걸친 한 노인이 퀭한 눈빛을 흘리며 걸어오는 것이 보였다.

"묵안노!"

누군가의 입에서 노인의 정체가 흘러나왔다.

묵안노 마한, 한때 천하를 움직이던 이 노구의 고수가 그간의 침묵을 깨고 드디어 모습을 드러낸 것이다.

"사형, 넘지 말아야 할 선을 넘었구려."

"후후, 난 언제나 선 너머에 있었소, 법황."

마한이 가볍게 웃으며 대답했다.

"아니오. 그간은 내가 인내할 수 있는 범위 안에 있으셨소.

그러나 오늘은 결국 그 선을 넘었소이다."

"그래서 어쩌시겠소?"

마한이 여전히 웃음을 머금은 표정으로 물었다. 그러자 우서한이 서늘한 표정으로 일갈했다.

"월문 제이십칠 대 제자 마한! 오늘부로 그대를 월문에서 파문한다!"

갑작스러운 파문의 명에 묵안노 마한이 마치 작살을 맞은 듯 부르르 몸을 떨었다.

그뿐만이 아니었다.

멀리서 이전투구의 난전을 음흉한 시선으로 응시하고 있던 지왕종문의 생존자 모악 역시 마치 자신이 벌을 받은 듯 하얗게 얼굴이 질렸다.

"파… 문?"

마한이 잠이 덜 깬 듯한 음성으로 되물었다.

"마한 그대는 이제 월문의 제자가 아니다! 그러니 더 이상 월문의 무공, 월문의 법과 술을 쓰지 말라!"

우서한이 차갑게 말했다.

"흐흐, 파문(破門)이라……. 너무 늦었구려, 법황. 난 이미 나 자신을 월문의 제자로 생각하지 않은 지 오래요."

"좋소, 문호는 정리됐소. 그럼 이제 묻겠소. 묵안노 마한, 그대는 월문에 무엇을 원하는가?"

매정한 질문이었다.

우서한은 마치 묵안노 마한이 아주 오래전부터 월문과 어떤 인연도 맺지 않은 사람처럼 그를 대했다.

그런 우서한을 보는 마한의 눈에서 처음에는 당황스러움이, 그리고 절망이, 뒤를 이어 분노가, 그리고 급기야는 살기가 터져 나왔다.

제10장
전왕의 검

"법황! 감히 날 모독하는 것인가?"

마한이 우서한을 향해 날아들며 일갈했다. 그의 손에 들린 검이 살기로 번들거렸다.

어느덧 석양이 전마별호에 가득 차고 있었다. 물 빠진 전마별호를 채운 석양이 피처럼 붉었다.

"모독? 아니, 월문은 단지 외인의 침범을 허락지 않을 뿐!"

파마시를 옆구리에 찔러 넣은 우서한이 허리 뒤쪽에 매달려 있던 작은 검을 뽑았다. 그리고 자신을 향해 날아오는 마한의 검을 겨누었다.

마한의 검에서 투명한 검기가 뻗어 나갔다. 그간 강호에서 마한의 무공은 항상 그의 두뇌에 가려 무시되곤 했다.

그러나 이미 그의 무공은 지왕종문에 대한 원정에서 그 실체를 보였고, 오늘 의천노공 우서한을 상대로 천하제일을 다툴 수 있다는 것을 증명하고 있었다.

콰아아!

마한의 검기를 따라 젖은 전마별호의 흙더미가 길게 갈라지며 허공으로 떠올랐다.

허공으로 떠오른 흙더미는 마한의 기세에 밀려 파도처럼 우서한을 덮쳤다.

싸움을 멈추고 두 사람의 갑작스러운 대결을 지켜보고 있던 강호인들의 눈이 경악으로 물들었다.

그러나 우서한은 어떤 동요도 보이지 않았다. 자신을 향해 파도처럼 밀려드는 마한의 검기를 그는 작은 검 하나를 들고 응시할 뿐이었다.

그러다가 흙더미가 그를 뒤덮으려는 순간 그의 입에서 짧지만 강렬한 음성이 터져 나왔다.

"경혼!"

순간 소리가 유형의 실체가 되어 허공에 나타났다. 그의 손에 들린 작은 검에서 일어난 빛이 번개처럼 허공을 찢더니 그를 향해 밀려드는 흙더미를 사방으로 밀어내고 급기야는 마한의 검기를 산산이 부숴 버렸다.

"악!"

뒤를 이어 마한의 비명 소리가 터져 나왔다.

우서한의 검은 여전히 그의 손에 있고, 마한과의 거리도 오

장이 넘었다. 그럼에도 마한은 마치 가슴에 검을 맞은 사람처럼 홀홀 허공으로 날려가 그대로 땅에 나뒹굴었다.

"사부님!"

마한이 구겨지듯 땅에 처박히자 중인 사이에서 그의 대제자 돈오가 날아들어 마한을 부축했다.

그런 두 사람 위에서 어느새 날아왔는지 우서한이 떨어져 내렸다.

"법황!"

마한을 품에 안은 돈오가 당황한 얼굴로 자신들을 향해 날아내리는 우서한을 향해 외쳤다.

그러나 우서한의 검은 단 한 치의 망설임도 없이 허공을 갈랐다.

팟!

한 줄기 선혈이 허공으로 번졌다. 그와 함께 검을 쥐고 있던 마한의 팔이 허공으로 날려갔다.

"큭!"

마한의 입에서 다시 나직한 비명이 흘러나왔다. 뒤를 이어 우서한의 검이 돈오의 품에 안긴 마한의 이마에 닿았다.

"법황! 부디 자비를!"

돈오가 마한을 품에 안고 절규하듯 외쳤다.

그러자 마한의 이마에 닿을 듯 멈춘 우서한의 검이 파르르 떨렸다. 단 한 번 힘을 가하면 마한의 목숨은 이 세상의 것이 아닐 것이다.

그러나 우서한은 그 한 번의 결심을 차마 하지 못했다. 대신 냉정한 목소리가 흘러나왔다.

"묵안노 마한, 파문된 자가 감히 월문의 무공을 썼으니 그 팔을 거둔다. 월문을 침범한 그의 행동 역시 목숨으로 그 죄를 물어야 하나 그대와의 인연이 내 손을 막는구나, 돈오!"

"예, 법황!"

돈오가 간절함을 담은 눈빛으로 우서한을 보며 대답했다.

"네 사부를 데려가라. 그리고 다시는 내 눈에 띄지 말라. 세상 그 어디서든 월문의 무공을 쓰는 자들을 보았다는 소문이 들려온다면 그땐… 결코 용서치 않으리라!"

그러자 돈오의 신형이 부르르 떨렸다. 그 자신조차도 월문으로부터 파문을 당했다는 것을 깨달은 것이다.

하지만 그것도 잠시, 돈오는 침착하게 현실을 받아들였다. 돈오가 정신을 차리고 마한을 품에 안은 채 자리에서 일어났다. 그러고는 우서한을 향해 정중하게 고개를 숙이며 말했다.

"법황께 마지막 인사 올립니다. 월문의 제자로서 살아온 삶은 제게 큰 영광이었습니다. 비록 이제 월문을 떠나지만 그 어디서든 월문의 명예를 더럽히는 일은 하지 않겠습니다. 본시 죽음으로 그간의 죄를 청함이 마땅하나 사부님을 등질 수 없는 제자의 심정을 너그러이 용서해 주시길."

돈오가 재차 우서한에게 고개를 숙여 보인 후 정신을 잃고 사경을 헤매고 있는 마한을 품에 안고 신형을 날렸다.

단번에 중인을 날아 넘은 돈오는 전마별호를 가득 메운 석양 속으로 순식간에 사라졌다.

묵안노 마한을 데리고 돈오가 사라지자 장내에 기이한 침묵에 휩싸였다.

우서한과 묵안노 마한의 싸움이 무림인들에게 준 충격은 강렬했다. 짧았지만 묵안노 마한이 보여준 그 태산 같던 무공, 그리고 그런 묵안노의 공격을 단 일 초의 검으로 무력화시킨 우서한의 존재가 무림인들을 무겁게 짓눌렀다.

반면 우서한은 분노하고 있었다.

무심한 듯 보이는 얼굴이었지만 그의 눈에서 흘러나오는 안광은 분노로 차갑게 식어 있었다.

그 안광을 한 번이라도 마주친 사람은 감히 고개를 들지 못할 정도였다.

"몇이나 상했느냐?"

우서한이 여전히 무림인들을 응시하며 물었다.

그러자 오랜 그의 심복 맹의검이 대답했다.

"다섯 명의 문도가 죽었습니다."

묵안노 마한의 조언에 무림인들이 네 개의 북두현진을 깨뜨리며 발생한 월문의 피해를 말한 것이다.

"다섯… 적지 않구나."

우서한이 침울하게 말했다.

오늘 이 전마별호에서 죽은 수백 명 무림인의 숫자를 생각하면 참으로 이기적인 말이라고 할 수 있었다.

겨우 다섯, 그 다섯의 문도가 희생된 것을 우서한은 마치 문도의 전체를 잃은 것처럼 통탄하는 듯 보였다.

그러자 자연스레 그의 그런 태도를 비난하는 자가 생겨났다.

"오늘 이곳에서 월문에 의해 죽은 강호 동도의 숫자가 수백이오. 어찌 겨우 다섯 명의 희생을 그에 견주겠소이까?"

역시 개방의 황룡 공궁각이다.

사실 그 역시 묵안노 마한의 무력한 패퇴에 큰 충격을 받고 있었으나 세상 사람들이 모르는 하나의 비밀을 그는 간직하고 있었다.

그가 월하선봉에 오르기 전 은밀히 묵안노 마한을 만났다는 사실, 그리고 묵안노와 우서한을 상대하는 일에 대해 깊은 대화를 나누었다는 사실이다.

물론 전마별호에서의 일이 끝난 후 강호무림의 운명에 대해서도 이미 묵안노 마한과 합의를 끝낸 공궁각이다.

그런데 그 묵안노 마한이 더 이상 사람 구실을 할 수 없게 되었으니 당황할 수밖에 없었다.

그러나 노련한 공궁각은 이 절체절명의 순간에도 우서한의 말꼬리를 잡아 장내의 분위기를 변화시킬 기회를 놓치지 않았다.

그의 지적은 정확했다.

오늘 월문의 길을 통과해 그들이 지키려는 밀교의 문 앞에 도달하기까지 죽은 강호인의 숫자가 수백이었다.

그 희생을 생각하면 월문의 문도 다섯의 희생은 미미하다

할 수 있었다.

"맞는 말이오! 노공은 왜 오직 월문의 희생만 생각하시오? 지금까지 죽은 강호 동도들에 대해선 어떤 안타까움도 없단 말이오?"

천산노조 현위도 추궁하듯 물었다.

비록 의천노공 우서한의 전율적인 무공에 사람들의 심장이 얼어붙었지만 공궁각이나 천산노조 현위 같은 자들은 노련하게 장내의 판세를 가늠할 줄 알았다.

이들의 눈에는 여전히 장내의 상황이 자신들에게 유리하게 보였다.

아직 수백의 고수가 남아 있고, 월문은 북두현진이 깨져 더 이상 진의 위력에 의지할 수 없는 상황이다.

더군다나 우서한과 마한, 두 사형제 간의 싸움으로 월문 문도들의 마음은 혼란스럽기 이를 데 없었다.

이런 상태에서 강호인들의 전의만 되살릴 수 있다면 단번에 월문을 굴복시킬 수 있다고 생각하는 두 사람이었다.

그러기 위해선 죽은 동료들에 대한 원한을 불러일으키는 것이 가장 좋은 방법이란 것도 두 사람은 알고 있었다.

그래서 우서한이 월문 문도의 희생을 언급한 것이 외려 두 사람에게 좋은 기회를 준 것이나 마찬가지였다.

그리고 두 사람의 예상대로 중인 사이에서 월문과 우서한에 대한 적의를 드러내는 자들이 생겨났다.

"맞소이다. 월문 문도의 목숨만 중한 것이 아니오. 지금까지 죽은 강호 동도들의 목숨 역시 중하오. 그러니 당연히 그 대가를 받아내야 하오."

얼굴을 숨긴 자들이 호기롭게 말했다.

그러나 그런 중인의 의도는 한순간에 꺾였다.

"갈!"

우서한의 입에서 다시 한 번 사람들의 정신을 혼미하게 만드는 사자후가 터져 나왔다.

전마별호를 뒤흔드는 포효에 중인의 심장이 다시 얼어붙었다.

그렇게 무림인들의 입을 막아버린 우서한이 천천히 걸음을 옮기며 말했다.

"도적의 죽음과 가문을 지키기 위해 죽은 사람의 죽음이 어찌 같은 무게랴. 그대들이 아직도 자신의 잘못을 깨닫지 못한다면 결론은 하나다. 죽음으로 그 빚을 갚아야 하는 것! 나 우서한은 다른 것은 용납할 수 있지만 두 가지는 용납할 수 없다. 신성한 월문의 업을 방해하는 것, 그리고 그 업을 지키기 위해 평생 자신을 희생하며 어둠 속에서 살아가는 월문의 문도들을 공격하는 것이 그것이다."

"그래서 우리 모두를 죽이기라도 하겠다는 것이오?"

공궁각이 냉소를 흘리며 되물었다.

순간 우서한의 손이 눈에 보이지 않는 속도로 움직였다.

어느새 그의 손에서 검이 사라지고 대신 하나의 검은 철궁이 들렸다. 월문의 법황들에게 대대로 전해지는 절대의 기보

중 하나인 전륜밀궁이다.

우서한의 손에 전륜밀궁이 들렸다 싶은 순간 어느새 전륜밀궁에서 파마시가 발출됐다.

쐐애액!

공기를 가르는 파마시의 파공음이 사람들에게 다시금 공포를 일깨웠다.

혈왕 종고와 흑제 오릉이 손 한번 써보지 못하고 당한 바로 그 파마시에 대한 공포였다.

파마시가 어느새 공궁각의 이마에 이르렀다.

"헛!"

혈왕 종고와 흑제 오릉이 죽은 이후 줄곧 파마시를 경계하고 있던 공궁각이었지만, 자신에게 날아드는 파마시를 피해내는 것은 개방 제일 고수인 황룡 공궁각에게도 어려운 일이었다.

공궁각이 헛바람을 흘리며 재빨리 땅을 굴렀다.

파마시가 그의 이마 대신 목덜미를 아슬아슬하게 스치고 지나갔다.

팟!

그럼에도 불구하고 파마시에 스친 공궁각의 목덜미에 적지 않은 상처가 났다. 그 상처에서 붉은 피가 솟구쳤다.

"마물이구나! 모두 저 마인을 공격하시오!"

공궁각이 땅을 구르던 몸을 겨우 멈추고 손으로 목덜미에 난 상처를 누르면서 악을 쓰듯 소리쳤다.

그러나 그 순간 갑자기 다시 한 대의 파마시가 그의 심장을 파고들었다.

퍽!

갑작스레 닥쳐든 파마시가 여지없이 공궁각의 심장을 뚫고 지나갔다.

"악!"

공궁각의 입에서 날카로운 비명 소리 터져 나왔다. 동시에 그의 신형이 허공으로 붕 떠오르더니 삼사 장 뒤로 날려가 땅에 처박혔다.

우웅!

공궁각을 관통해 허공으로 솟구친 두 대의 파마시가 크게 원을 그리며 돌아 나와 다시 우서한의 손으로 들어갔다.

"방주님!"

개방의 방도들이 쓰러진 공궁각을 향해 달려들었다. 그러나 두 대의 파마시에 맞은 공궁각의 목숨이 온전할 리 없었다.

공궁각은 눈을 부릅뜬 채 죽어 있었다.

"이… 악독한 노마!"

개방의 방도들이 우서한을 노려보며 이를 갈았다. 그러자 우서한이 조용히 대답했다.

"물러가라. 마지막 자비다. 이미 마인이란 소리까지 들은 이상 더 이상의 침범은 용납지 않겠다. 그리고 그 대가는 그대들의 죽음으로 끝나지 않는다. 계속에서 월문의 법을 어지럽히는 자는 그 자신은 물론 그 문파까지 대가를 치르게 될 것이다."

차가운 협박에 장내의 고수들이 두려움에 몸을 떨었다.

나직하고 조용한 우서한의 말투가 외려 그의 말이 단순한 협박이 아님을 말해주고 있었다.

"월문이 드디어 강호의 공적이 되려 하는구려."

천산노조 현위가 우서한만큼이나 차가운 목소리로 말했다.

"강호공적? 글쎄… 과연 세상이 그렇게 평가할까? 오늘 이후이 일에 깊이 관여한 몇 개의 문파를 정리하겠다. 죄는 당연히 강호인들을 선동해 월문을 침범하고 본 문의 문도들을 살해한 일이지. 그렇게 몇 개의 문파를 정리하고 우린 물러날 것이다. 월문이 세상에 군림할 의도가 없다는 것을 눈으로 본다면 과연 강호의 인심이 어디로 흐르겠는가? 수백 년 힘으로 강호를 지배해 온 그대들인가, 아니면 세상의 권력을 버리고 월하선봉으로 물러난 월문이겠는가?"

우서한의 물음에 현위가 감히 대답을 하지 못했다.

그러자 우서한이 다시 말을 이었다.

"명분의 싸움에선 그대들이 항상 질 수밖에 없다. 이유는 단하나, 그대들은 강호에 군림하려 하지만 우리 월문은 그렇지 않기 때문이다. 탐욕을 가진 자는 언제나 비난받게 마련이니까."

"정말… 월문은 세상에 대한 탐욕이 없소?"

현위가 물었다. 인정할 수 없다는 표정이다. 사람인 이상 어찌 세상에 대한 야심이 없을 것인가.

그리고 그의 짐작대로 우서한이 고개를 저었다.

"물론 월문의 문도라고 어찌 세상에 대한 욕심이 없겠는가.

당장 나의 사형 역시 그 야망에 물들어 스스로 자신의 이름을 더럽히고 몸이 망가지지 않았는가. 다만 우리 월문의 제자들은 그 욕망을 억제할 뿐이지. 고귀한 월문의 업을 위해서!"

"대체 그 월문의 업이란 것이 뭐요?"

현위가 물었다. 그러자 우서한이 파마시로 등 뒤의 절벽 아래 석문을 가리켰다.

"문을 지키는 것!"

"겨우 이십팔룡의 유물을 지키는 것이란 말이오?"

"그대는 아직도 내가 이십팔룡의 유물 따위를 지키고 있다고 생각하는 것인가?"

우서한이 되물었다. 그러자 현위가 눈살을 찌푸리며 절벽 아래의 석문을 응시했다.

이쯤 되면 현위뿐 아니라 노련한 고수라면 누구나 짐작할 수 있었다. 우서한의 말대로 월문이 지키려는 것이 결코 이십 팔룡의 유물은 아니라는 것을.

그렇다면 대체 문 안에는 뭐가 들어 있단 말인가. 그 의혹이 이십팔룡의 유물만큼이나 사람들을 유혹했다.

"문 안에는 대체 뭐가 들어 있소?"

현위가 물었다.

"그것이야말로 본 문이 지켜야 할 가장 큰 비밀. 그러니 그 질문에 대답해 줄 수 없다. 단 하나 말해줄 수 있는 것은 우리가 지키는 것이 결코 보물은 아니라는 것이다. 보물이 아니라 오히려 파멸의 이름으로 불릴 수 있는 것이기에 우리 월문은 그대들의 목숨을 앗으면서까지 이 문을 지키려는 것이다."

우서한이 설득하듯 말했다. 이쯤에서라도 무림인들이 욕심을 거두고 돌아가 주기를 바라는 모습이다.

그러나 장내의 무림인들은 쉽사리 움직이지 못했다. 설혹 우서한의 말이 사실이라 할지라도 이대로 물러서기에는 그들의 욕망이 너무 컸다.

더군다나 외려 우서한의 말이 인간의 가장 강한 본능 중 하나인 호기심을 불러일으킨 면도 있었다.

천하를 파멸시킬 그 무엇에 대한 두려움과 호기심이 거의 비등하게 장내 고수들의 마음을 흔들고 있었다.

그러나 그렇다고 또한 우서한의 저 무서운 파마시와 경혼이라 불린 검을 상대할 용기를 지닌 사람도 없었다.

그래서 긴 침묵과 기이한 대치는 석양이 전마별호에서 물 빠지듯 빠지고 그 안을 어둠이 채울 때까지 계속되었다.

"견딜 수 없군."

긴 대치의 끝에 우서한이 중얼거렸다. 그러고는 자신의 품속에서 파마시를 꺼내 전륜밀궁에 걸치며 말했다.

"그대들이 나의 충고를 받아들이지 않음으로써 앞으로 일어날 일들은 모두 그대들의 몫이다. 사실 나로선 강호무림보다 세상을 중시하는 사람이라 그대들의 희생은 능히 감당할 수 있다. 그리고 난 너무 늙어서 이렇게 추운 밤을 그대들과 함께 한데서 새울 자신도 없다."

말이 끝나기도 전에 전륜밀궁이 들리고 두 대의 파마시가 동시에 시위에 걸렸다.

파마시의 위력을 알고 있는 중인이 급급히 뒤로 물러나며 도검을 들어 파마시의 위협에 대비했다.

"노공! 정녕 무림과 등을 지실 것이오?"

중인 대신 자하산장의 몽중도가 외쳤다.

"세상을 위해 살성이 되어야 한다면 난 능히 그리하리라. 그게 바로 월문의 업(業)이라!"

쐐애액!

다시금 파마시가 전륜밀궁을 떠났다.

시위를 떠난 파마시는 상하좌우로 어지럽게 흔들리며 목표를 찾아 중인을 향해 날아갔다.

두 개의 파마시가 각기 다른 방향으로 향했기에 그 화살을 맞이하는 무림인들 역시 사방으로 흩어졌다.

픽!

"악!"

혈궁의 마인 한 명이 파마시에 꿰뚫려 허공으로 치솟았다가 땅 위로 떨어졌다.

뒤를 이어 다시 상관세가의 부가주인 상관일홍이 죽었고, 어느 새 허공을 돌아 나온 첫 번째 화살이 남궁세가의 가주 남궁천에게로 향했다.

"노공! 자중하시오!"

남궁천이 노성을 터뜨리며 검을 들어 파마시를 쳐내려 했다.

그러나 그 순간 파마시가 더욱 강렬하게 떨리더니 남궁천의 검이 미처 화살에 닿기도 전에 섬전같이 속도를 더하며 옆으로 피하는 남궁천의 어깨를 뚫고 지나갔다.

"억!"

파마시에 어깨를 뚫린 남궁천이 신음 소리를 내며 자신도 모르게 땅을 뒹굴었다. 뒤를 이어 날아올 다른 파마시를 피하기 위함이었다.

쐐애액!

허공에서 두 대의 파마시가 만들어내는 소름 끼치는 파공음이 장내를 가득 채웠다.

사람들은 살귀의 울음 같은 그 소리에 질려 다시금 사오 장 뒤로 물러났다.

그러면서도 그들은 하늘을 날고 있는 파마시를 찾느라 분주하게 시선을 돌렸다.

하지만 걱정과 달리 허공에 뜬 파마시는 더 이상 사람을 해치지 않았다.

대신 파마시는 사람들의 시선을 즐기듯 유유히 허공을 유영하더니 한순간 우서한의 손에 다소곳이 내려앉았다.

그리고 다시 우서한의 충고가 들렸다.

"모두를 죽여야 한다면 난 그리하겠다! 세상을 위한 월문의 업을 행하기 위해선 말이다! 그러니 나로 하여금 더 이상 괴로움을 겪게 하지 말라!"

우서한의 얼굴은 심하게 일그러져 있었다.

수십 년간 쌓아온 자신과 월문의 명예가 한순간에 무너져 내리고 있었다.

천하의 구성이던 자신이 무림의 일대 살성으로 변해가는 현실은 그조차도 쉽게 견딜 수 없는 모양이었다.

그래서 가능하다면 더 이상의 파마시를 쓰고 싶지 않은 우서한이었다. 그리고 어쩌면 그 일은 가능해 보이기도 했다.

거의 무방비로 파마시에 당하고 마는 절정고수들을 본 중인이 월문이 지키려는 것에 대한 호기심보다 자신도 목숨을 잃을 수 있다는 두려움에 사로잡히기 시작한 것이다.

그러나 우서한의 바람은 결국 이뤄지지 않았다.

모든 일이 어둠과 함께 끝날 수도 있던 그 순간에 새로운 바람이 어둠 속에서 불어왔기 때문이다.

두두두!

지축을 울리는 말발굽 소리가 어둠의 저편에서 들렸다. 그리고 그 소리를 듣는 순간 사람들은 눈에 보이지는 않지만 무언가 새롭고 거대한 힘이 그들을 향해 다가오고 있음을 짐작했다.

본능은 이성보다 먼저 주인의 안위를 걱정했다. 사람들이 말발굽 소리가 다가오는 방향에서 자신도 모르게 비켜났다. 그러자 수많은 사람이 죽음으로 열리던 월문의 길이 저승의 입구처럼 열렸다.

그 길을 따라 말발굽 소리가 점점 가까워지더니 급기야 거대한 검은 구름이 밀려들었다.

쿠쿠쿵!

가까이 다가온 검은 구름은 말발굽 소리라기보다는 천둥소리에 더 가까운 굉음을 만들어냈다.

그 거대한 무게감에 강호 고수들이 다시 십여 장 뒤로 물러났다.

히히힝!

한순간 검은 구름이 우서한의 십여 장 밖에서 멈췄다. 그리고 서서히 구름이 걷히며 이 기이한 불청객들의 정체가 드러나기 시작했다.

"십… 자성!"

누군가의 입에서 검은 구름을 몰고 온 자들의 정체가 흘러나왔다. 그들을 가장 먼저 알아본 사람은 혈왕 종고를 따라 월문의 길을 뚫은 천무맹의 고수들이었다.

어쩌면 당연한 일이었다. 왜냐하면 검은 구름과 함께 나타난 사람들은 어제까지만 해도 그들과 함께 천무맹이라는 이름으로 한솥밥을 먹던 십자성의 고수들이었기 때문이다.

그런데 어쩌면 아직도 동료일 수 있는 이들이 이 저녁 천무맹의 고수들에게는 무척 이질적으로 느껴졌다.

그리고 그들은 금세 그 이유를 깨달았다.

검은 구름을 몰고 온 십자성의 고수 중 일부가 그들이 보지 못하던 생소한 인물들이었기 때문이다.

그런데 그 생소한 자들의 정체를 또 다른 부류의 사람들이 알아봤다.

"정천사자……?"

무림인 중에 섞여 있던 북두회 육가의 수뇌들과 북두회 호천 대 전오조의 고수 중 일부가 십자성의 고수들과 함께 나타난 정천사자들을 알아본 것이다.

그러나 그 누구보다 나타난 자들에 대해 정확하게 아는 사람이 있었다. 그건 바로 의천노공 우서한 바로 그였다.

"왔느냐?"

우서한이 흑마에 높이 앉아 십자성의 무리를 이끌고 월문의 길을 지나온 적풍에게 담담한 목소리로 물었다.

"오랜만에 뵈오."

"결국 이렇게 보게 되는구나."

"이곳으로 날 부른 것은 노공이시오."

의천노공 우서한의 노공무행(老公武行)의 결과가 오늘의 파국을 이끌었다는 뜻이다.

그러자 우서한이 잠시 말 위에 앉아 있는 적풍을 응시하다가 감회 서린 음성으로 말했다.

"정말 닮았구나."

순간 적풍의 눈썹이 꿈틀거렸다. 우서한이 이 자리에서 자신의 내력을 밝힐지도 모른다는 생각이 든 것이다.

만약 그렇게 된다면 상황은 또 다른 방향으로 흘러갈 수 있었다.

"신중하셔야 할 거요."

적풍이 협박하듯 말했다.

"두려우냐?"

우서한이 빙그레 미소를 지었다.

"그렇소."

적풍은 부인하지 않았다. 그러자 우서한이 뜻밖이라는 표정으로 말했다.

"네가 두려워하는 것이 있는 줄은 몰랐구나."

"나라고 두려운 것이 왜 없겠소. 그리고 그중 가장 두려운 것이 뭔지 아시오?"

"글쎄, 궁금하구나."

"내가 가장 두려운 것은… 내 손으로 월문을 멸망시키는 것이오. 그것은……."

적풍이 슬쩍 시선을 돌려 허소월을 바라봤다. 그러나 허소월은 애써 적풍의 시선을 외면했다. 그는 마치 이방인처럼 적풍과 우서한의 대화에 무관심해 보였다.

"그러니까 그에 대해 말하면 넌 월문을 멸하겠다는 것이구나."

"협박하는 것이 아니오. 노공의 입이 열리면 결국 그리될 것이라는 것을 말하는 것뿐이오."

"흐흠, 여기 있는 사람을 모두 죽여야 할 텐데?"

우서한이 조금은 당황한 표정으로 자신과 적풍을 주시하고 있는 무림 고수들을 보며 말했다.

"그럴지도 모르오. 그런데 애초에 노공께서도 월문의 업을 지키기 위해 이곳에 모인 모든 사람을 죽일 생각 아니었소?"

적풍의 추궁에 우서한의 할 말을 잃고 씁쓸한 미소를 지었다. 적풍이 살마가 되는 것을 걱정하는 것은 자신의 처지에서 보면 분수에 넘치는 일이라는 것을 깨달은 것이다.

"하아, 그래, 그래서 네가 원하는 것은 뭐냐?"

"한 수 가르침을 받겠소."

적풍이 말했다.

"형님!"

순간 지금까지 두 사람을 외면하고 있던 허소월이 화난 목소리로 적풍을 불렀다.

그러자 적풍이 손을 들어 허소월을 진정시켰다.

"아우, 흥분하지 마라. 잘 생각해 보면 이것만이 이 기이한 난국을 큰 피 흘리는 일 없이 끝낼 수 있는 유일한 길이다."

"어째서 그게 유일한 길이라는 겁니까?"

허소월이 따지듯 물었다.

그러자 적풍이 잠시 허소월을 보다 천천히 고개를 돌려 우서한을 향해 말했다.

"노공께 한 가지 약속을 드리겠소. 감히 노공과 겨루어 내가 패한다면 나의 생사와 상관없이 남북 두 개의 십자성은 오로지 월문의 업을 지키는 데 힘을 보탤 것이오. 그리된다면 감히 그 누구도 월문의 업(業)을 방해하지 못할 것이오."

적풍의 말에 두 사람을 지켜보던 중인은 물론 적풍을 따라

온 십자성의 고수들 역시 놀란 표정을 지었다.

이런 일은 지금까지 단 한 번도 입에 올린 적이 없는 적풍이었다. 그러나 그렇다고 누구 하나 앞으로 나서서 적풍의 결정에 이의를 제기하는 사람은 없었다.

"그래? 나쁘지 않군. 사실 난 조금 피곤했는데 십자성에 일을 맡길 수 있다면 아주 다행한 일이지. 그런데 반대의 경우에는 내가 뭘 내놓아야 하느냐?"

우서한이 물었다. 그러자 적풍이 잠시 침묵을 지키다가 문득 전왕의 검이라는 사자검을 뽑아 들었다.

그르릉!

검이 검집을 벗어나면서 정말 사자처럼 으르렁거렸다.

"내 목을 원한다는 것이냐?"

우서한이 적풍의 손에 들린 사자검을 보며 물었다.

"아니오."

"그럼?"

"이놈의 근원을 알아야겠소. 문을 열어야 하는 일이라면 그렇게 해서라도 말이오."

적풍이 말했다.

"감당할 수 있겠느냐? 그 파멸의 씨앗을?"

"월문도 감당하는데 나라고 못하겠소?"

"광오하구나!"

"세상을 홀로 감당하고 있다고 말하는 월문만 하겠소?"

적풍이 되물었다. 그러자 우서한이 물끄러미 적풍을 바라보다 이내 고개를 끄떡였다.

"좋다, 네 말대로 해주마. 생각해 보니 그 방법이 가장 쉬울지도 모르겠구나. 너를 꺾고 너와 십자성을 월문 앞에 세우면 감히 월문에 도전하는 자가 더 이상은 나오지 않겠지."

"고맙소!"

적풍이 가볍게 말 위에서 날아올랐다. 그리고 검을 든 채 우서한의 사오 장 앞에 내려섰다.

"그만들 하세요!"

적풍과 우서한의 싸움이 현실이 되자 허소월이 신경질적으로 소리쳤다. 그러자 우서한이 허소월을 보며 말했다.

"소월, 이건 어쩔 수 없는 일이다. 생각해 보니 결국 이렇게 될 운명이었다는 생각이 드는구나. 그러니 너도 받아들여라."

"사부님!"

"한 가지 명을 내리겠다. 넌 어떤 경우에도 이 싸움에 끼어들지 말거라. 이건 오직 나와 저 아이의 문제다. 싸움의 결말이 어찌 되더라도 넌 그 결과에 순응하기 바란다. 알겠느냐?"

우서한이 이 순간만큼은 월문의 법황으로서 정색을 하며 명을 내렸다. 그러자 허소월이 적풍과 우서한을 번갈아 바라보다가 화난 표정으로 신형을 날리며 소리쳤다.

"좋아요. 나도 모르겠어요. 마음대로들 하세요. 하지만 이거 하나는 명심해요. 누가 살고 누구 죽든 산 사람은 다신 날 보지 못할 겁니다."

"허허, 녀석. 결국 살수는 쓰지 말라는 거군. 어떠하냐?"

우서한이 웃으며 적풍에게 물었다.

"내게 그런 능력이 있는지 모르겠소."

"나 역시 마찬가지다. 넌 그동안 너무 크게 진보했구나. 과거의 그를 보는 것 같아. 그래서 나도 소월의 당부를 지킬 수 있을지 자신할 수가 없구나."

"생사는 결국 운명이 결정하는 것 아니겠소?"

"운명이라……. 좋아, 어디 하늘의 뜻을 알아보자. 과연 너와나 둘 중 누구에게 천명이 있는지."

우서한이 번개처럼 전륜밀궁을 들어 적풍을 겨누었다. 어느새 파마시가 전륜밀궁의 시위에 걸려 있다.

그리고 우서한은 한 번의 망설임도 없이 파마시를 적풍을 향해 쏘아 보냈다.

쿠우웅!

마치 화살이 아니라 거대한 돌기둥이 자신을 향해 날아오는 것 같았다.

박달나무로 만든 작고 연약한 나무 화살이 만들어내는 위력이라고는 상상할 수 없는 압력이었다.

적풍은 그렇게 파마시가 만드는 강력한 힘에 자신이 온전히 갇힌 듯한 느낌을 받으며 힘겹게 무거운 사자검을 들어 가슴 앞에 세웠다.

그그극!

단단하게 땅에 박아 넣은 발이 파마시의 위력에 밀려 둔탁한 소음을 일으키며 조금씩 뒤로 밀려갔다.

적풍은 태산 같은 파마시의 압력 속에서 몸의 중심을 잃지 않기 위해 노력했다.

잔뜩 진기를 머금은 사자검이 앞으로 달려 나가고 싶다는 듯 계속해서 포효했다.

그러나 적풍은 파마시의 압력을 견딜 뿐 사자검에게 자유를 주지 않았다. 사자검을 휘둘러 파마시를 상대하는 순간 돌이킬 수 없는 우서한의 치명적인 공격이 있을 거라는 걸 알고 있기 때문이다.

한 대의 파마시를 날려 보낸 우서한은 어느새 그가 가지고 있는 다른 파마시를 전륜밀궁에 걸고 있었다.

그 한 대의 파마시는 적풍이 앞선 파마시를 막아내기 위해 허점을 드러내길 기다리고 있었다.

콰아아!

움직이지 않는 적풍을 향해 급기야 파마시가 날카롭게 파고들기 시작했다.

사자검을 움직여 파마시를 막으면 뒤를 이어 상대할 기회조차 주지 않을 다른 한 대의 파마시가 날아올 것이고, 이대로 견디자면 이 강력한 파마시에 당장 몸이 꿰뚫릴 판이다.

망설이는 순간 갑자기 적풍은 잊고 있던 한 가지 사실을 깨달았다.

'노공, 미안하지만 내겐 두 개의 검이 있소.'

적풍의 얼굴에 희미한 미소가 지어졌다.

그리고 다음 순간 그의 눈에서 검은 기운이 흘러나오더니 순식간에 사자검과 그의 몸을, 그리고 그를 향해 달려드는 파마시를 뒤덮었다.

그의 몸에 내재된 모든 신혈의 기운이 폭발하는 그 순간 적풍의 사자검이 그의 손을 떠났다.

카르릉!

적풍의 손을 떠난 사자검이 일 장 안으로 닥쳐든 파마시를 휘어 감았다.

그러자 검과 화살 사이에서 눈부신 광채가 터져 나왔다.

사람들은 그 빛의 눈부심에 질끈 눈을 감았다. 그대로 있었다가는 동공이 타들어가 시력을 잃어버릴 것 같았기 때문이다.

그러나 한 사람, 우서한만큼은 눈을 깜빡이지도 않았다. 대신 그의 입가에 희미한 미소가 지어졌다.

"버티지 못했으니 대가를 치를 것이다!"

파앙!

우서한의 경고와 함께 또 하나의 파마시가 전륜밀궁을 떠났다.

우서한은 확신하고 있었다. 전왕의 검이 아닌 그 어떤 병기도, 혹은 그 어떤 신공도 파마시를 막아내지는 못할 것이라고. 그래서 이 싸움이 결국 자신의 승리로 끝날 것이라는 것을.

그리고 그의 예상대로 두 번째 파마시가 전왕의 검을 던져버린 적풍의 심장을 향해 벼락처럼 닥쳐들었다.

그런데 한순간 우서한의 얼굴에 의아한 표정이 깃들었다. 검은 기운 속에서 자신의 가슴을 꿰뚫으려는 파마시를 응시하는 적풍의 입가에 웃음기가 드리워져 있었기 때문이다.

"무슨 속셈이냐?"

우서한이 나직하게 중얼거렸다.

그 순간 우서한의 눈에 적풍의 등 뒤에서 붉게 달궈진 하나의 검이 전광석화처럼 뻗어 나오는 것이 보였다.

"설마!"

우서한의 입에서 당황스러운 음성이 흘러나오는 순간, 적풍의 손에 들린 붉은 검이 자신의 심장 바로 앞에서 파마시를 가격했다.

쾅앙!

용암이 터지듯 거대한 홍염이 터져 나왔다. 적풍과 파마시, 그리고 그가 들고 있는 붉은 검이 모두 사람들의 시야에서 사라졌다.

그 강렬한 충격에 무림인들이 두려움에 떨며 다시금 멀찍이 뒤로 물러났다.

그리고 그 찰나의 순간, 세상이 붉은 기운으로 멈춘 듯한 그 시간이 지나자 적풍이 붉은 기운을 박차고 튀어나와 그대로 우서한을 향해 달려들었다.

그의 양손에는 어느새 회수한 전왕의 검과 붉게 달아오른 검, 지왕종문의 소주 우다문에게서 취한 불의 검이 들려 있었다.

콰아아!

두 개의 검이 만들어내는 검은 기운과 붉은 기운이 태극의 문양처럼 섞이면서 우서한을 덮쳤다.

우서한은 월문의 신병 경혼검을 들어 적풍을 상대하려 했지만 그의 얼굴에는 이미 패배의 기색이 역력했다.

콰앙!

불의 검과 경혼검이 격돌하며 다시 한 번 천번지복의 굉음이 장내를 강타했다. 그리고 그 순간 사자검이 어둠처럼 스며들어 검면으로 우서한의 가슴 부위를 강타했다.

탁!

"음!"

우서한이 나직한 신음을 흘리며 수 장을 날려가 비틀거리며 무릎을 꿇었다.

적풍은 그런 우서한을 쳐다보지도 않은 채 장내의 싸움이 만들어낸 충격으로 어느새 묵은 때를 벗고 신비스러운 모습을 드러낸 석문, 밀교와 천기자의 문 앞에 섰다.

일곱 개의 정체를 알 수 없는 보석이 도(刀), 검(劍), 부(斧), 척(尺) 등 다양한 모양으로 밀교와 천기자의 문에 꽂혀 있다.

그중 다섯 개는 제대로 아귀가 맞아 있고, 다른 두 개는 석문에 파인 홈과 어긋나 있었다.

적풍은 망설이지 않았다. 한순간만 망설여도 이 문을 열 용기가 사라질 것 같았기 때문이다.

적풍이 어긋나 있는 두 개의 보석을 홈에 맞춰 끼워 넣었다.

그러자 갑자기 석문에서 기이한 소음이 일어나기 시작했다.

구오오!

거인이 수백 년의 잠에서 깨어나듯 그렇게 석문이 울기 시작했다. 그러나 석문은 울기만 할 뿐 열리지는 않았다.

적풍의 얼굴이 일그러졌다. 석문을 열기 위해 다른 무엇인가가 필요하다는 걸 깨달은 것이다.

그의 시선이 자연스레 우서한에게로 향했다. 그러나 우서한이 석문을 여는 비밀을 말해줄 리 없었다.

그런데 비밀은 엉뚱한 곳에서 풀렸다.

"검을… 불의 검을 열쇠로 쓰시오!"

적풍이 고개를 돌렸다.

그러자 그의 눈에 탐욕과 열망, 그리고 교활함이 뒤섞인 지왕종문의 법사 모악의 모습이 보였다. 그의 뒤에선 염화마군 철특이 모악과 같은 표정을 한 채 적풍을 바라보고 있었다.

"절대 그 문을 열지 마라!"

한 손으로 땅을 짚고 겨우 상체를 일으킨 우서한이 간청하듯 말했다.

그러나 적풍의 귀는 닫혀 있었고, 그의 눈은 검은 기운을 흘리며 석문의 네 귀퉁이에 파인 일곱 개의 검신 모양의 구멍을 응시하고 있었다.

적풍이 붉게 달아오른 불의 검을 들었다. 그리고 망설이지 않고 일곱 개의 구멍 중 한 곳에 불의 검을 밀어 넣었다.

그그긍!

석문이 울음을 울었다. 그리고 절벽의 한 부분이 밀려나고 적풍 앞에 검은 공간이 모습을 드러냈다. .

차가운 공기가 가장 먼저 적풍을 맞이했다.

뒤를 이어 짙은 어둠이, 다시 그 어둠 뒤에서 봄날의 아지랑이처럼 일렁이는 희미한 풍경이 보였다.

그리고 그 풍경 저쪽에서 기이한 모습을 한 자들이 말에 탄 채 고개를 돌려 적풍을 응시했다.

기이한 일이었다.

이상하게도 거리가 느껴지지 않았다. 바로 앞에 있는 것 같기도 하고, 혹은 수십 리 밖에 떨어져 있는 것 같기도 했다.

손을 내밀면 닿을 것 같으면서도 또 아무리 달려도 닿을 수 없을 것 같은 거리에 그들이 있었다. 그리고 그들 너머 희미하게 불을 토해내는 산봉우리도 보이는 듯했다.

적풍은 자신이 마치 선 채로 잠이 들어 꿈을 꾸고 있는 것이 아닌가 하는 생각이 들었다.

보이는 광경이 모호한 만큼 그의 머리도 모호했다.

아주 길게 느껴지는 시간이 사실은 찰나에 지나지 않는다는 것도 적풍은 알아채지 못했다.

그런데 그 순간 두 개의 그림자가 적풍을 스치고 지나 그 기이한 광경 속으로 뛰어들었다.

염화마군 철륵과 모악이었다.

꿈속 같은 풍경 속으로 뛰어든 두 사람의 모습은 한순간에 적풍의 시야에서 사라졌다.

두 사람이 그렇게 문 안으로 사라졌지만 적풍은 쉽사리 그 문 안으로 들어서지 못했다.

그 둘은 이 문 안쪽에 무엇이 있는지 알고 있는 듯했지만 적풍은 이 기이한 광경이 뭘 의미하는지 전혀 짐작할 수 없었기 때문이다.

그런데 그 순간 갑자기 한 줄기 소름 끼치는 파공음이 적풍의 정신을 번쩍 들게 했다.

"형님! 피하세요!"

우마의 목소리가 아련하게 들렸다.

적풍이 고개를 돌렸다. 그러자 그의 눈에 자신의 아미를 향해 날아오는 한 대의 화살이 보였다.

'파마시?'

우서한은 쓰러졌고, 그의 파마시는 바닥났다. 그런데 또다시 파마시라니…….

그 순간 적풍은 파마시 뒤에 서 있는 한 사람의 얼굴을 보았다.

'소월!'

어느새 사라졌던 허소월이 나타나 적풍을 향해 파마시를 쏘아낸 것이다.

"소월……."

적풍이 이번에는 입 밖으로 소리를 내 허소월의 이름을 뇌

까렸다. 그리고 여전히 손에 남아 있는 사자검을 들어 파마시를 막으려다 말고 다시 사자검을 내렸다.

그 순간 적풍을 향해 날아온 파마시가 그의 오른쪽 관자놀이를 스치고 지나갔다.

콰앙!

적풍의 등 뒤에서 강력한 파열음이 일어났다.

허소월의 파마시는 정확하게 적풍이 석문에 꽂아놓은 불의 검에 격중됐다.

그 충격에 불의 검이 석문에서 튕겨져 나왔다. 그러자 밀교의 문이 다시금 절벽 앞쪽으로 밀려 나오며 꿈결처럼 열린 그 기이한 광경의 공간을 닫았다.

쿠웅!

거대한 소음과 함께 석문이 완전히 닫혔다.

적풍은 여전히 허소월을 바라보고 있었다. 그런 적풍을 향해 허소월이 다가왔다.

"다시 문을 열려면 이번엔 저와 싸우셔야 해요."

허소월이 차분하게 말했다. 적풍은 그의 얼굴에서 흔들리지 않을 의지를 읽었다.

허소월은 정말 이 밀교의 문을 지키기 위해 적풍과 싸울 생각이었다. 그리고 그 싸움에 자신의 목숨을 걸 것이 분명해 보였다.

적풍은 한참 동안 침묵을 지켰다.

승패는 알 수 없다. 아니, 우서한을 물리쳤으니 그 자신이 이 길 가능성이 다분했다.

그러나 상대는 허소월이다.

그리고 그가 본 문 안의 광경은 호기심보다 두려운 모습이었다. 어쩌면 우서한의 말이 맞을지도 모른다. 이 기이한 문은 파멸의 시작일 수도 있다는 생각이 떠올랐다.

적풍의 침묵이 길어졌다. 허소월은 담담하게 적풍의 대답을 기다렸다.

그 긴 침묵 끝에 적풍이 나직하게 물었다.

"내가 본 것들… 설명해 줄 수 있느냐?"

"그럼 싸우지 않을 거예요?"

"그러마."

순간 허소월의 얼굴에 생기가 돌았다. 그의 입가에 웃음이 번지면서 세상이 밝은 빛을 되찾는 듯 환해졌다.

"사부는 반대하겠지만… 네, 그래요. 말해 드릴게요. 이미 보셨으니까."

칠왕의 땅

그날 호수에 다시 물이 찼다.

물이 차기 전 월하선봉 북벽이 무너져 잠시 세상에 모습을 드러냈던 밀교의 비밀스러운 문이 완전히 묻혔다. 이젠 산의 신령이 와도 그 문의 형체를 찾을 수 없을 정도였다. 그러나 그곳에 모여 있던 강호인들은 아쉬움보다 안도감에 가슴을 쓸어내렸다.

월문이 지키려 하던 그 밀교의 문이 사실은 고금을 통해 무림을 어지럽힌 절대마인들을 가둔 무저갱의 입구라는 사실이 알려졌기 때문이다.

그 문이 열리는 순간 고금제일마를 자처하는 살성들의 무공이 세상에 흘러나올 것이고, 혹은 최근 백 년 이내에 월문이 비밀스레 잡아들여 무저갱에 가두어놓은 절대마인들이 살아서 강호로 나올 수도 있었다.

월문이 그 문을 비밀스럽게 지켜온 이유도 분명했다.

금옥의 비밀이 세상에 알려지는 순간, 마인들의 후예들, 혹은 탐욕에 물든 그 누군가가 금옥을 깨고 들어가 봉인된 마인들의 유산을 세상에 끄집어낼 수 있기 때문이었다.

수백 년, 혹은 수천 년 그렇게 어둠 속에서 세상을 지켜온 월문의 희생은 그날 최악의 위기에서 세상에 알려졌다.

이후 월하선봉 전마별호는 다시금 세상의 신성한 금역이 되었다.

그리고 그 월문의 이름 앞에 십자성이 존재했다.

전왕 적풍이 이끄는 십자성은 천무맹을 해체하고 강호에서 은거했다. 들리는 소문에 의하면 남십자성의 고수들은 각기 일가를 이뤄 세상 각지로 흩어지고 그 수뇌들은 북십자성의 이름으로 월문의 수호자를 자처하며 세상에서 자취를 감췄다.

전왕 적풍 역시 이후 무림에서 그 모습을 볼 수 없었다.

사람들은 망각의 시간 속에서 빠르게 그날의 기억을 지워갔다. 강호는 다시 패권을 추구하는 강자들의 각축장이 되었고, 세상에는 새로운 세력과 문파들이 생겨나기 시작했다.

쿠르릉!

수천 개의 벼락이 월하선봉을 타고 흘렀다. 화살 같은 빗줄기가 꽂히듯 전마별호로 떨어졌다. 적풍과 허소월, 그리고 고목처럼 늙은 모습의 우서한이 초가 앞 평상에 앉아 벼락과 폭풍우에 무너질 것 같은 전마별호의 밤 풍경을 바라보고 있었다.

"한동안 바빠지겠네요."

허소월이 투덜거렸다.

"그래도 이번엔 제법 오랜만 아니냐? 사 년 만인가?"

우서한이 말했다.

"정확히 사 년 만이지요. 형님, 도와주실 거죠?"

허소월이 적풍에게 물었다.

"글쎄… 루가 허락할지……."

"에이, 형수님께는 제가 허락을 받을게요."

허소월이 말했다.

그러자 적풍이 고개를 끄떡였다.

"그렇다면야. 나도 오랜만에 세상 구경할 수 있어서 좋지. 그런데 사실 난 아직도 믿기지가 않아."

"교벽(橋霹)이오?"

"음……."

"세상의 신비를 누가 다 알겠어요. 하지만 칠왕의 땅과 이 땅을 이어주는 유일한 끈인 것은 확실해요. 푸른 번개가 치는 순간에 만들어지는 작은 틈이 유일한 문(門)이죠. 밀교의 문이 무너진 이상은… 이번에도 몇몇이 왔을 거예요. 그들을 찾으려면 시간 좀 걸릴 거예요."

"북십자성의 사람들을 움직이면 좀 더 수월할 거야."

"세상의 이목을 끄는 것은 안 돼!"

우서한이 고개를 저으며 말했다.

"은밀하게 움직이죠."

"그래도 항상 조심해야 한다. 세상인심은 믿을 것이 못 돼. 그날 너와 월문, 그리고 무림의 수뇌들이 맺은 그 약속도 이젠 서서히 잊히고 있다. 벌써 십이 년째가 아니냐?"

"필요하다면 다시 한 번 공포를 보여줄 수도 있지요."

"하아, 세월이 지나도 너의 그 성정은 변하지 않는구나."

우서한이 탄식했다.

"그게 바로 이 피의 특징이지요."

"그래서 내가 널 월문의 식구로 온전히 받아들이지 못하는 거다."

우서한이 말했다.

"그건 저도 싫고요. 월문은… 고리타분해서……."

적풍이 고개를 저으며 자리에서 일어났다. 그러고는 걸음을 옮기며 허소월에게 말했다.

"오늘은 늦었으니 내일 와서 루를 설득해."

"알겠어요. 쉬세요."

허소월의 말에 적풍이 가볍게 고개를 끄떡이고 장대 같은 빗속으로 걸어갔다.

그렇게 적풍이 떠나자 우서한이 근심 어린 표정으로 말했다.

"어떻게 생각하느냐?"

"뭐가요?"

"저 아이가 칠왕의 땅에 대한 관심을 완전히 끊었다고 보느냐? 믿어도 될까?"

"아뇨."

허소월이 망설이지 않고 대답했다. 그러자 우서한이 의아한 표정으로 물었다.

"그런데도 걱정이 되지 않는단 말이냐?"

"네."

"왜?"

"형님과 전마 적황이 다른 점이 뭔지 아세요?"

"글쎄……?"

"전마 적황이 지켜야 할 사람은 칠왕의 땅에 있고, 형님이 지켜야 할 사람은 이곳에 있다는 것이죠. 그래서 형님은 아무리 칠왕의 땅에 가고 싶어도 이곳을 떠나지 않을 겁니다. 사실은 그런 피를 가진 부자예요. 형님과 전마는."

"그런가? 그렇게 되는 건가?"

우서한이 고개를 갸웃거리며 중얼거렸다. 그러자 허소월이 물었다.

"사부님이야말로 가고 싶지 않으세요?"

"내가 왜?"

"항상 그를 만나고 싶어 하셨잖아요?"

"그렇긴 하다만… 하지만 그저 그리워하는 것이 모두를 위해 좋을 때도 있는 법이다. 자칫 잘못 문을 열었다가 문을 통제하지 못하게 되면… 한쪽은 파멸을 맞게 될 테니까. 월문의 법황으로선 차마 할 수 없는 일이지."

"그렇지요. 그런데 며칠 전 현월문이 보낸 수문(水文)을 읽었어요."

"그래? 뭐라 전하더냐?"

"현월문주가 말하기를… 그의 천명이 이제 거의 다해가고 있다고 하더군요."

"음……."

"이 이야기를 형님께 해줘야 할까요?"

"아서라. 전마의 수명이 다해간다는 것을 알면 다시 문을 열려 할 수 있어."

"그럴까요?"

"그럼. 말하지는 않아도 만나고 싶어 하는 기색은 역력하더구나."

"알았어요. 그런데 참 불행한 부자(夫子)예요."

"어쩔 수 있나. 운명인 것을."

우서한이 중얼거렸다. 그 순간 다른 어느 때보다도 강력한 푸른 번개가 떨어졌다.

쩌저적!

"이크, 이번엔 제법 큰 놈이군!"

우서한이 옷깃을 여미며 말했다.

"저 정도 위력이면… 누군가 왔겠군요. 분명히."

허소월이 푸른 벼락이 떨어진 곳을 바라보며 중얼거렸다.

『십자성—전왕의 검』 1부 終

9권부터 십자성 2부가 이어집니다.

새로이 시작되는 적풍의 이야기를 기대해 주세요.

초대형 24시 만화방

신간 100%, 샤워실, 흡연실, 수면실(침대석), 커플석, 세탁기 완비

■ 강북 노원역점 ■

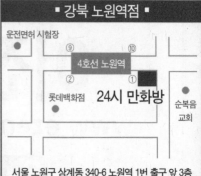

서울 노원구 상계동 340-6 노원역 1번 출구 앞 3층
02) 951-8324 (화용빌딩 3층)

■ 일산 정발산역점 ■

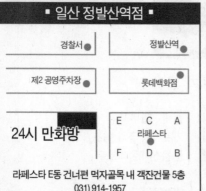

라페스타 E동 건너편 먹자골목 내 객잔건물 5층
031) 914-1957

■ 일산 화정역점 ■

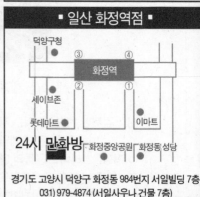

경기도 고양시 덕양구 화정동 984번지 서일빌딩 7층
031) 979-4874 (서일사우나 건물 7층)

■ 부천 역곡역점 ■

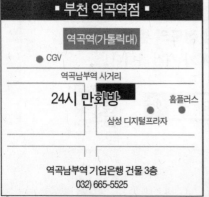

역곡남부역 기업은행 건물 3층
032) 665-5525

■ 부평역점 ■

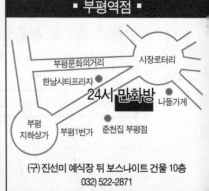

(구)진선미 예식장 뒤 보스나이트 건물 10층
032) 522-2871

검자 新무협 판타지 소설
FANTASTIC ORIENTAL HEROES

목탁

해적으로 바다를 누비던 청년,
절해고도에 표류해… 절대고수를 만나다!

"목탁은 중생을 구제하는
좋은 이름일세."

더 이상 조무래기 해적은 없다!
거칠지만 다정하고, 가슴속 뜨거운 것을 품은

목탁의 호호탕탕 강호행에
무림이 요동친다!

Book Publishing CHUNGEORAM

유행이 아닌 자유추구 ·
WWW.chungeoram.com

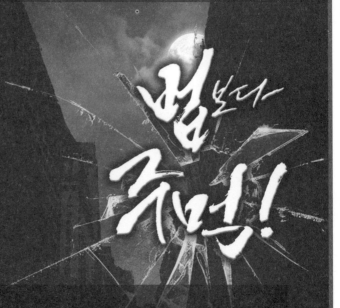

2016년 대한민국을 뒤흔들 거대한 폭풍이 온다!

『법보다 주먹!』

깡으로, 악으로 밤의 세계를 살아가던 박동철.
그는 어느 날 싱크홀에 빠진다.

정신을 차린 박동철의 시야에 들어온 건 고등학교 교실.
그리고 그에게 걸려온 의문의 ARS는 그를 새로운 인생으로 이끄는데⋯⋯.

민약빈 부익부가 팽배한 세상, 썩어버린 세상을 타파하라!

법이 안 된다면 주먹으로!
대한민국을 뒤바꿀 검사 박동철의 전설이 시작된다!

Book Publishing CHUNGEORAM

유행이 아닌 자유추구 -
WWW.chungeoram.com

연기의 신

FUSION FANTASTIC STORY

서산화 장편소설

GOD OF ACTING

PRODUCTION
DIRECTOR
CAMERA
DATE | SCENE | TAKE

무대, 영화, 방송…
모든 '연기'의 중심에 서다!

『연기의 신』

목소리를 잃고 마임 배우로 활동하던 이도원은
계획된 살인 사건에 휘말려 비참한 죽음을 맞이한다.
그런 그에게 주어진 특별한 기회, 타임 슬립.

"저는 당신의 가면 속 심연을 끌어내는 배우입니다."

이제 그의 연기가 관객을 지배한다!
20년 전으로 되돌아가 완전한 배우로서의
삶을 꿈꾸는 이도원의 일대기!

Book Publishing CHUNGEORAM

유행이 아닌 자유추구 -
WWW.chungeoram.com